btb

Malachy Tallack

Die Kraft von Wasser

Eine Liebeserklärung an tiefe Seen,
sprudelnde Bäche und das Fischen

*Aus dem Englischen
von Klaus Berr*

btb

Die Originalausgabe erschien 2022 unter dem Titel
»Illuminated By Water« im Verlag Transworld Publishers Ltd., London

Autor und Verlag danken der University of Chicago Press für die Erlaubnis,
aus *A River Runs Through It* von Norman Maclean zu zitieren,

MIX
Papier | Fördert
gute Waldnutzung
FSC® C014496

Penguin Random House Verlagsgruppe FSC® N001967

1. Auflage
Deutsche Erstausgabe Dezember 2024

Dieses Werk wurde vermittelt durch die
Literarische Agentur Kossack, Hamburg.
Covergestaltung: Semper Smile, München, nach einem Entwurf
von Marianne Issa El Khoury/TW
Covermotiv: © Chris Wormell
Satz: GGP Media GmbH, Pößneck
Druck und Bindung: Nørhaven A/S
JT · Herstellung: han
Printed in Denmark
ISBN 978-3-442-77480-7

www.btb-verlag.de
www.facebook.com/penguinbuecher

Inhalt

Einführung

*V*on der gedrungenen Betonbrücke aus, über die der samstägliche Verkehr brauste, nahmen wir den Treidelweg entlang des Forth and Clyde Canal. Es war mitten am Vormittag, Mitte November, und die Luft war kühl und feucht. Ich nahm an, dass wir Regen bekommen würden, bevor unsere Wanderung zu Ende war. Die Wolken sahen danach aus. Dunkel an den Rändern. Wie Augen, die Schlaf brauchen.

Hinter einem geschäftigen Hafen voller Jachten und Kanalboote, einige von ihnen bewohnt, andere für den Winter mit Planen abgedeckt, wurde es stiller. Ein paar Jogger waren unterwegs, Leute, die ihre Hunde ausführten, und ein oder zwei Radfahrer, doch ansonsten waren wir so gut wie allein. Schulter an Schulter marschierten wir auf dem schmalen Pfad, Roxani, meine Partnerin, auf der Seite mit den Bäumen und der grasbewachsenen Uferböschung, und ich auf der Wasserseite.

Im Allgemeinen mag ich Kanäle. Ich mag die Art, wie sie weder das eine noch das andere so richtig sind. Von der Form her sehen sie aus wie Flüsse, doch im Wesen und als Lebensraum sind sie Seen, die sich über die Landschaft erstrecken. Nur wenige Dinge, die wir Menschen für unsere Bequemlichkeit bauen, sind der Natur von Nutzen. Aber

Kanäle, sofern sie gepflegt sind, bilden da eine Ausnahme. Insekten, Amphibien, Fische, Vögel und Säugetiere, siedeln sich im und am Wasser an. Früher förderten Kanäle die industrielle Wirtschaft des Landes. Jetzt fördern sie andere Lebensformen.

Dieser hier verbindet, wie der Name schon sagt, den Firth of Forth im Osten mit den Firth of Clyde im Westen und durchschneidet Schottland damit an seiner schmalsten Stelle. Mit seinen fünfunddreißig Meilen Länge wurde er 1790 eröffnet und führt Meer mit Meer und Stadt mit Stadt zusammen. Glasgow liegt an einem Ende, Falkirk am anderen, und bis 1933 bot der Union Canal mittels einer Reihe von Schleusen noch eine weitere Verbindung zu Edinburgh. Heute übernimmt diese Aufgabe das weltberühmte Falkirk Wheel, allerdings sehr viel dramatischer.

Am Wasserrand bietet dichter Bewuchs aus Rohrkolben und Schilf Vögeln Schutz. Nicht viele waren es an diesem Tag, nur einige Stockentenpärchen, die im Seichten dümpelten, und ein grau gesprenkelter junger Schwan, der um Brot bettelte. Auf dem gegenüberliegenden Ufer staksten Sumpfhühner, die immer wieder in der Vegetation verschwanden und sich gereizt mit blechernem Schreien und Pfeifen meldeten.

Wie viele der Wanderungen, die Roxani und ich unternehmen, war auch diese eine Ausrede, um am Wasser sein zu können, und diese Nähe war eine Ausrede dafür, das Leben darin zu suchen und zu bestaunen. Fast alles entlang des Kanals leitet den Blick in die Gegenrichtung. Die Bäume deuteten nach oben, wie auch die Stängel der Binsen und vertrockneter Engelwurzen. Da waren die Schwärme der

Wacholderdrosseln, die wie in Böen umherflogen; da war der junge Bussard, der in die eine Richtung flatterte, und das Sperberweibchen, das in die andere segelte. Sogar das Wasser schaute von sich weg, die stille Oberfläche spiegelte die nackten Äste am anderen Ufer und den fahlen Himmel darüber.

Hinter einer zweiten Brücke warf ein Mann, der zwei Ruten am Ufer stehen hatte, die Leinen bereits im Wasser, eine dritte aus, als wir an ihm vorbeigingen. Daran befestigt war ein klobiger weißer Schwimmer, und darunter hing ein Fisch. Silbrig und fingerlang, wahrscheinlich schon lange tot. In diesem Kanal gab es Hechte, gierige Räuber, immer auf der Suche nach einer einfachen Mahlzeit – für so einen wäre dies der perfekte Köder. Der Mann schnippte die Rute leicht über die Schulter, und Fisch und Schwimmer landeten mit einem Platschen.

Ein Stückchen weiter kamen wir an einem zweiten Angler vorbei, der eben aufbaute. Er war in Begleitung einer jungen Frau, die am Wasserrand nach vorne gebeugt auf einem Segeltuchstuhl saß und auf ihr Handy starrte. Er fädelte unterdessen gemächlich die Schnur durch die Ringe seiner Rute, einen Karton mit Maden offen vor seinen Füßen und einen Joint zwischen den zusammengebissenen Zähnen. Er grinste uns zu, und der süßliche Geruch von Marihuana waberte über den Treidelpfad.

Ich hatte recherchiert, bevor wir hierherkamen. Ich wollte wissen, welche Fischarten in dem Kanal lebten, auch wenn ich nicht fischen würde. Ich wollte es mir vorstellen können, wollte aufs Wasser schauen und spekulieren. Tatsächlich wäre ich sehr gerne stehen geblieben, um einem der Angler zuzuschauen, einfach nur dastehen und eine Stunde oder zwei warten, um zu sehen, was sie fingen; aber ich befürchte, keiner der beiden (und wahrscheinlich auch Roxani nicht) wäre damit einverstanden gewesen. Unterwegs suchte ich jedoch nach Hinweisen, nach Lebenszeichen unter der Wasseroberfläche. Ein einzelnes, unauffälliges Steigen: die konzentrischen Kräuselungen, die erscheinen, wenn ein Fisch sich Nahrung – meistens ein Insekt – von der Oberfläche pickt. Ein Halsband aus Bläschen, gerülpst von einer Schleie oder einer Brasse. Ein Zittern im Schilf, das eigentlich alles sein könnte. Jeder Hinweis, jedes Detail brachte eine kurzfristige Erregung, einen Kick, der mich wie ein Reiher ins Trübe starren ließ.

Dieses Drängende des fast Gesehenen packt mich immer, wenn ich am Wasser bin. Es ist wie das Nachglühen einer Sternschnuppe, wenn die Augen an der Dunkelheit kleben auf der Suche nach einer anderen, oder wie die letzten Augenblicke des Wartens auf eine lange verzögerte Nachricht. Es ist Warten, Zweifeln, Sehnen.

Der Reiz des Angelns wird manchmal wegerklärt als Jagdinstinkt, als wäre so etwas, wenn es tatsächlich existiert, eine einfache Sache. Aber ich bin nicht überzeugt. Für mich ist der Wunsch, einen Fisch zu fangen, das genaue Gegenteil von einfach, und an seiner Wurzel steht absolut nicht die Gier, zu töten oder Beute zu machen. Wenn ich gezwungen bin zu reduzieren, würde ich auf einen ganz anderen Instinkt verweisen: eine intensive, konzentrierte Neugier. Was ich neben dem Wasser fühle, ist der Drang, das Versteckte zu entdecken, der Drang, zu betrachten und in Händen zu halten, worauf man sonst nur einen flüchtigen Blick erhascht, oder was überhaupt nicht zu sehen ist. Es ist die Sehnsucht, durch diese spiegelnde Oberfläche zu schauen und sicher zu wissen, was dort unten ist. Diese Sehnsucht kann ein Leben verändern. Sie kann jedes Gewässer in einen Ort des Staunens verwandeln.

Zwischen einer und zwei Millionen Menschen gehen im Vereinigten Königreich jedes Jahr zum Angeln, und in den Vereinigten Staaten sind die Zahlen noch viel höher: nach Angaben des US Fish and Wildlife Service etwa fünfunddreißig Millionen Angler jährlich. Das ist ein bedeutsamer Teil der Bevölkerung dieser beiden Länder, für den die Verlockungen des Wassers zumindest gelegentlich unwiderstehlich sind. Einige dieser Leute sind natürlich nur Einmal-Angler, mitgeschleift von einem begeisterten Elternteil oder Partner. Doch für viele von ihnen ist Angeln etwas wirklich sehr Wichtiges.

Ich *bin* Angler, und das seit früher Jugend. Wenige andere Bezeichnungen passen so hervorragend auf mich. Nur wenige treffen wie diese ohne Einschränkungen zu. Angeln steckt tief in meinen Erinnerungen, meinen Tagträumen, meinen Ambitionen. Es hat geformt, wie ich die Welt betrachte und registriere, und was ich über meinen Platz in ihr denke. Es ist der Kindheitsspleen, der nicht nachgelassen hat, die Leidenschaft der Jugend, die mich nie richtig losgelassen hat. Während fast alles andere sich verändert hat in den Jahren, seit ich das erste Mal zum Angeln ging, kann ich noch immer diesen Ruf des Abenteuers spüren, der mich anzog und fesselte, vor mehr als drei Jahrzehnten. Das Angeln – und das Nachdenken übers Angeln – war eine kostbare Konstante in meinem Leben, auch zu Zeiten, in denen ich viel weniger angelte, als ich eigentlich wollte. Als würde man sich die Songs wieder anhören, die man als Teenager liebte, fühlt jede Rückkehr ans Wasser sich an wie eine Rückkehr zu mir selbst.

Der Dichter und Romanautor Jim Harrison schrieb einmal, Angeln sei die Tätigkeit, die ihm seine geistige Gesundheit garantiere, und ich weiß ziemlich gut, was er damit meinte. Angeln hat auf mich beruhigende Wirkung, nicht nur, wenn ich irgendwo bin und auswerfe oder fange, sondern auch zu anderen Zeiten, wenn ich mich daran erinnere oder es mir vorstelle. Es bietet eine Verbindung zu einem Ort, die sich intimer und facettenreicher als die meisten anfühlt, und ein Einlassen auf die natürliche Welt, das komplex und zwingend ist. Es ist mit Sicherheit eine Investition von Aufmerksamkeit, aber auch eine Beteilung am Leben – und manchmal am Tod – der Kreaturen, auf die es der Angler abgesehen hat.

Wie alle Hobbys ist Angeln sowohl Zeitverschwendung und zugleich eine Möglichkeit, diese Zeit mit Sinn zu füllen. Die Fliegenfischerin und Autorin Ailm Travler hat geschrieben, das Angeln Torheit sei: nutzlos, unvernünftig, irrational und ohne Ziel. Aber sie meint das nicht als Kritik. Denn wie viele von den großen Freuden des Lebens sind ebenfalls nutzlos? Wie Travler schreibt, ist Angeln genau deshalb Torheit, weil es das Überleben schwieriger macht, als es bereits ist, und indem es das tut, macht es aus dem Überleben eine Kunst. Es ist nicht nötig, sich bei diesem Wort, Kunst, ganz sicher zu sein, um zu verstehen, was sie meint: Dass Angeln seinen eigenen Sinn erschafft, seine eigene Bedeutung. Travler schließt, dass es sinnstiftend über das Denken hinaus ist – die Wasserringe nach dem Steigen eines Fisches.

Dieses Buch ist ein Versuch, einigen dieser Dinge nachzuspüren, ihnen nach draußen zu folgen, um zu sehen, wohin sie gehen. Es ist ein Versuch, etwas von diesem Sinn und dieser Bedeutung zu begreifen. Es ist ein Buch übers Angeln, aber es ist auch über Flüsse, Seen und Kanäle, und über die Dinge, die in und an ihnen leben. Es ist über Schönheit, über Hoffnung und darüber, wie Freiheit gesucht und manchmal gefunden wird. Es ist ein Buch nicht nur für diejenigen, die bereits angeln und deshalb verstehen, was es heißt, eine Leine auszuwerfen, sondern für diejenigen, die neugierig sind und mehr erfahren wollen über die Orte, an die das Angeln einen führt.

Es gibt eine schon lange bestehende Beziehung zwischen Angeln und Schreiben, und das Endprodukt dieser Beziehung sind die zahllosen Bücher, die zu dem Thema veröffentlicht wurden und weiter veröffentlicht werden. Nur sehr wenige Steckenpferde haben im Lauf der Jahrhunderte so viele Wörter erzeugt. Das berühmteste dieser Bücher ist ohne Frage Izaak Waltons *Der vollkommene Angler,* das 1653 erstveröffentlicht wurde und das angeblich nach der Bibel und dem *Book of Common Prayer* das am meisten nachgedruckte Buch in englischer Sprache ist. (Den Beweis für diese oft wiederholte Behauptung muss ich aber erst noch sehen.)

Waltons Abhandlung wurde geschrieben in den Nachwehen des Englischen Bürgerkriegs, in dem er, als Anglikaner und Royalist, auf der Verliererseite stand. Es war eine gewalttätige, turbulente Zeit, und Walton hatte sein Leben riskiert, weil er nach er Schlacht von Worcester im Jahr 1651 eine der Kronjuwelen nach London schmuggelte. Doch in seinem

Buch wandte er sich ab vom Chaos der Welt und widmete sich dem Frieden und der Freude, die er am Wasser fand. »Kein Leben, mein redlicher Schüler«, schrieb er, »kein Leben so glücklich und so angenehm wie das Leben eines gut angeleiteten Anglers.«

Walton glaubte, Angeln sei eine tugendhafte Tätigkeit – die ehrlichste, aufrichtigste, stillste und harmloseste Kunst – und befördere daher die Tugendhaftigkeit der Ausübenden. Kein Wunder, argumentierte er, dass Jesus vier Fischer zu seinen Jüngern erwählte, denn es waren Männer von sanftem, gnädigem und friedfertigem Geist. Und tatsächlich lautet der endgültige Schluss der vielen (und gelegentlich etwas ermüdenden) philosophischen und theologischen Abschweifungen des Buchs, dass Ehrfurcht vor dem Fisch gleich nach der Gottesfurcht kommt. Oder so in der Richtung. Und der Ursprung der Tugendhaftigkeit des Angelns, wie Walton es sah? Es ist eine Tätigkeit, die das Nachdenken fördert und die tatsächliche das ideale Gleichgewicht zwischen Körper und Geist liefert.

Ich weiß nicht so recht, ob das Angeln einen besseren Menschen aus mir gemacht hat, ob es meine Moral auf eine bedeutsame Art erhöht hat. Ich würde das natürlich gerne glauben, aber ich fürchte, Walton hat sich geirrt. Vielleicht sogar verrannt. Seine Bemühungen, den Sport zu rechtfertigen, haben eine eindeutige Tendenz zur Verteidigung und auch zur Scheinheiligkeit, auch wenn sie abgemildert sind durch die fröhliche Bescheidenheit, die sein Markenzeichen war. Walton war ein Mann, der, nachdem er eben einen Krieg verloren hatte, unbedingt eine Diskussion gewinnen wollte. Oder sich zumindest selbst überzeugen wollte, dass Gott auf seiner Seite stand.

Was das Nachdenken angeht, hat er sich jedoch nicht geirrt. Wie jeder Angler weiß, passiert mit dem Geist etwas, wenn der Körper mit Angeln beschäftigt ist, eine merkwürdige Verbindung von Konzentration und frei schweifendem Geist, die der Achtsamkeit nicht ganz unähnlich ist, wie ich mir vorstellen kann. Die Gedanken wandern, und man holt sie zurück. Jeder Augenblich gewinnt seine eigene Art innerer Ausdehnung.

Der kontemplative Aspekt des Angelns ist, wie ich annehme, der Hauptgrund, warum diese Tätigkeit so viele Bücher inspiriert hat. Beim Angeln hat man viel Zeit zum Nachdenken. Viel Zeit, um sich zu fragen, was um alles in der Welt man da eigentlich tut, um sowohl über das Lächerliche wie das Erhabene nachzudenken. Die tiefe Konzentration ist auch förderlich. Sie bietet sich direkt und ganz pragmatisch zum Schreiben an. Der Dichter Ted Hughes hat einmal gesagt, dass er die Fähigkeiten, die nötig sind, um die Gedanken auf ein Gedicht zu konzentrieren, nicht in der Schule gelernt habe. Stattdessen habe er sie beim Angeln gelernt, den Blick auf den Schwimmer gerichtet, die Gedanken diese helle Schnur umkreisend, diese zitternde Fliege, an der sich das Reale und das Imaginäre treffen.

Zeit, Konzentration, Neugier: Das sind die wesentlichen Bestandteile sowohl des Angelns wie des Schreibens. Und auch des Lesens.

Bücher übers Angeln drehen sich meistens um eine von zwei Fragen: *Wie* oder *Warum*. Sie liefern praktische Ratschläge oder raffinierte Selbstrechtfertigungen. Auch diejenigen, die reine Angelgeschichten sind, berichten darüber, was wo gefangen wurde, sind eigentlich Geschichten über

Motivation. Nur einige wenige – und *Der vollkommene Angler* gehört dazu – haben etwas über beides zu sagen, aber meistens halten die Autoren diese Fragerichtungen getrennt.

Dieses Buch passt bequem in letztere Kategorie. Auch wenn sie nicht permanent direkt gestellt wird, steht diese Frage, *Warum,* hinter allem darin. Warum bringt diese Aktivität so vielen Leuten so viel Freude, so viel Faszination? Warum suche ich mir aus den unendlichen Möglichkeiten der Zeitverschwendung gerade diese aus? Warum kann das Angeln die Welt für mich größer, reicher und komplexer machen?

Ich habe anfangs geschrieben, dass meine Identität als Angler keine Einschränkungen braucht, das heißt aber nicht, dass keine Einschränkungen gemacht werden können. Zum einen bin ich vorwiegend Fliegenfischer, und ich werfe häufiger nach Bachforellen aus als nach anderen Arten. Außerdem bin ich unbestreitbar ein Angler mäßigen Talents. Ich angle nun schon lange Zeit, und ich bin kompetent in einer begrenzten Anzahl von Umständen, doch darüber hinaus verfalle ich schnell, und manchmal nicht ungern, in Untauglichkeit.

Ich habe mich deshalb entschieden, *Warum* anstelle von *Wie* zu fragen, zum Teil weil es notwendig war, denn es ist die einzige Frage, die zu beantworten ich wenigstens einigermaßen in der Lage bin. Das wenige, was ich an praktischen Ratschlägen zu bieten habe, lohnt des Niederschreibens nicht und dürfte wahrscheinlich ignoriert werden. Aber *Warum* ist auch die Frage, die mir selbst am wichtigsten ist, diejenige, zu der ich immer und immer wieder zurückkehre.

Ich habe dieses Buch aus zwei einfachen Gründen geschrieben. Erstens interessiert mich das Angeln. Es beschäftigt, fasziniert und verwirrt mich. Wenn mein Geist nicht anderweitig beschäftigt ist, wandert er meistens zum Wasser, und normalerweise gestehe ich ihm das gerne zu. Diese Bewegung, zum Wasser und von ihm weg, ist einer der grundlegenden Rhythmen meiner Tage, und sie hallt in diesen Seiten wider. Dieses Buch springt willkürlich zwischen Orten und Zeiten hin und her, von meiner Kindheit zur Gegenwart; doch das Organisationsprinzip ist dieser Rhythmus. Die Kapitel beschäftigen sich abwechselnd mit einem Ort oder einer Idee beziehungsweise einem Objekt. Es ist eine Art Auswerfen und Einholen, wenn Sie so wollen, vor und zurück, von der Aktion zur Kontemplation.

Mein zweiter Grund für das Schreiben wurde sehr prägnant von dem Romancier und Angelautor W. D. Wetherell formuliert. Ich schreibe übers Fischen, erklärte er in *One River More,* weil ich gerne über Freude schreibe. Ich begann dieses Buch im Sommer 2020, sechs Monate nach Beginn der Covid-19-Pandemie, einer Zeit, in der Freude nur schwer zu bekommen und deshalb ersehnter denn je schien. Beim Schreiben wandte ich mich einem Thema zu, das die beständigste Quelle der Freude und des Trostes in meinem Leben ist, und plötzlich fragte ich mich: *Warum?*

Scaland Wood

EAST SUSSEX, 1989

Alle Angler haben Ursprungsgeschichten, über einen Ort und eine Zeit, die den Grundstein für ihr Interesse, ihre Obsession weckten. Einige sind öde wegen ihrer Unausweichlichkeit: die bekannte Geschichte eines Hobbys, das von einem Elternteil an ein Kind weitergegeben wurde. Aber die besten Geschichten sind völlig unwahrscheinlich; Ereignisse, die eigentlich gar nicht hätten passieren dürfen. Diese Geschichten beharren auf der bizarren Vorstellung, dass, wäre es anders gelaufen, wäre dieser spezielle, zufällige Augenblick nie gekommen, ein ganzes Leben hätte anders sein können.

Dass diese Geschichten so verbreitet sind und sie so viel Gewicht haben, liegt daran, dass Angeln nicht ist wie Fußball; es ist kein Teil der alltäglichen Hintergrundgeräusche der Populärkultur. Es ist auch nicht wie Tennis oder Golf, mit allseits bekannten Wettbewerben, die viel Aufmerksamkeit auf sich ziehen. Und auch wenn es Ähnlichkeiten zwischen den beiden Steckenpferden gibt, ist Angeln auch nicht wie Vogelbeobachtung. Ob wir sie nun bewusst wahrnehmen oder nicht, sind Vögel ein Teil unseres Lebens (und das bewusste Wahrnehmen ist der erste Schritt zum Vogelbeobachter). Im Gegensatz dazu bleiben die Objekte der Begierde von Anglern meistens unsichtbar. Um sich einen Fisch richtig anzusehen, muss man ihn in die Hand nehmen. Daraus ergibt sich ein gewisses Paradox: Um vom Angeln verzaubert zu werden, muss man angeln gehen.

Was normalerweise bedeutet, dass jemand einen mitnehmen muss.

Viel weiß ich nicht mehr über den Mann, der alles ins Rollen brachte, diese jahrzehntealte Fixierung. Man nannte ihn Paddy, da bin ich mir ganz sicher. Aber ich bin mir ähnlich sicher, dass das nicht sein richtiger Name war. Er war ein Mann aus Nordirland, der Ende der Achtziger in England lebte, und damals nannten die Leute ihn einfach Paddy.

Ich erinnere mich, dass er einen Schnurrbart hatte und Pfeife rauchte. Wenigstens sehe ich ihn jetzt so, und ich hoffe, diese Erinnerung ist korrekt. Er war ein Bekannter meiner Eltern, aber keiner, den sie gut kannten. Es ist möglich, dass meine Mutter ihn kennenlernte, weil sie der einzige andere Mensch aus Nordirland in der Stadt war. Sicher weiß ich aber noch, dass Paddy an dem Tag, als er uns – meinen Bruder Rory und mich, sieben und acht Jahre alt – zum Angeln mitnahm, so gut wie ein Fremder war, ein Mann, mit dem wir noch nie Zeit verbracht hatten. Ich habe mir vorzustellen versucht, wie es dazu kommen konnte, zu diesem unwahrscheinlichen Szenario, aber mir fällt nichts ein, was mich wirklich zufriedenstellt. Ich könnte natürlich meine Mutter fragen, wie es dazu kam. Aber manchmal ist es besser, den Nebel der eigenen Erinnerungen nicht mit der abgestandenen Luft von denen eines anderen Menschen zu kontaminieren.

Warum auch immer, jedenfalls holte Paddy uns an diesem Morgen ab und fuhr mit uns durch Jarvis Brook, ein Dorf am

Rand von Crowborough in East Sussex, wo er wohnte. Wir erreichten Scaland Wood und suchten uns eine Stelle an einem kleinen See, dessen Ufer dicht von Bäumen bestanden war. Es gab gerade genug Platz für Paddy auf seinem Klappsitz und Rory und mich links und rechts von ihm auf der Erde. Sonst war absolut niemand am See.

Ich sehe die Stelle vor mir, umrahmt von Ästen, und den Blick hinaus über lehmbraunes Wasser, mit einer Klarheit, die nach mehr als dreißig Jahren unvorstellbar erscheint. Was ich noch sehe, sind die Seerosenblätter links der Stelle, wo wir auswarfen, den schmalen Schwimmer mit der orangenen Spitze, unter dem unser Haken mit Köder hing, und die Fische, die wir fingen: silbrige Rotaugen mit hellroten Flossen und Karauschen, so goldbraun wie Nussbutter. Was für glitzernde, bezaubernde Dinger diese Fische waren, wenn sie an unserer Angel die trübe Oberfläche durchbrachen. Sogar ihre Namen schienen fast Magie zu besitzen: *Crucian carp* (auf dt.: *Karausche*, Anm. d.- Übers.) – was für ein erhabenes Wort.

Doch woran ich mich noch deutlicher erinnere, ist ein Gefühl, das ich zuvor noch nie erlebt hatte, ein Gefühl gespannter Erwartung, prickelnder Stille. Während ich diesen Schwimmer anstarrte, darauf wartete, dass er eintauchte und verschwand, hatte ich das Gefühl, dass gleich etwas Monumentales passieren würde. Zum ersten Mal schien ich zu begreifen, dass die Welt erstaunliche Geheimnisse in sich barg, und wenn ich meine Zeit darauf verwenden könnte, sie zu suchen, wäre ich glücklich. Dieses Wissen, diese Empfindung hat mich nie verlassen.

Wir beide, Rory und ich, waren ekstatisch, als wir nach Hause zurückkehrten, und von diesem Tag an war ich von einer glühenden Leidenschaft gepackt. Fruchtlose Versuche, unseren Erfolg zu wiederholen, mit Bambusstecken, gebogenen Nadeln und dünnen Schnüren, konnten uns nicht entmutigen, und deshalb nahm mein Onkel Joseph mich mit, um mir meine erste richtige Angelrute zu kaufen, in einem Antiquitätengeschäft in seiner Straße. Es war ein komisches Gebäude, drinnen immer dunkel, ganz egal wie hell der Tag auch war, und an der Rückseite gab es einen Innenhof, mit durchsichtigen Plastikplanen, die innen von außen trennten. Ich erinnere mich an Dreck auf den Böden und ein nahezu chaotisches Durcheinander. In einer düsteren Ecke am hinteren Ende des Ladens stand ein Fass mit einem halben Dutzend Ruten wüst durcheinander. Eine davon nahm ich mit nach Hause. Gefertigt aus schlammbraunem Fiberglas, war sie schwer und unhandlich – und ich hätte mich nicht mehr über sie freuen können.

Es ist merkwürdig, dass diese Sachen jetzt zu mir zurückkommen, dass ich eine so deutliche Erinnerung bewahrt habe an eine Zeit, die ansonsten so gut wie verschwunden ist. Normalerweise ist mein Gedächtnis nicht besonders gut. Eigentlich ist es eher ein Netz, das mehr durchlässt als zurückhält. Und doch erinnere ich mich ans Angeln. Ich erinnere mich an Seen, die ich seit fast dreißig Jahren nicht mehr gesehen habe. Ich erinnere mich an Nachmittage auf Booten und Stegen und felsige Küsten und Ufer unter Heidegestrüpp. Ich erinnere mich an unzählige Tage, an denen nichts Bemerkenswertes passierte, außer dass ich Fische suchte. Rückblickend ist mein Leben von Wasser erleuchtet.

Wenn ich angle, spüre ich eine Präsenz, die nicht vergleichbar ist mit anderen Präsenzen. Sogar wenn meine Gedanken schweifen, wie sie es gern tun, ruhe ich doch völlig in einem speziellen Augenblick und an einem speziellen Ort. Und an jedem Tag beim Angeln gibt es immer Zeiten – ein paar Minuten, eine Stunde, vielleicht mehr –, da sich alle Aufmerksamkeit in ihrem eigenen Augenblick in meinem Inneren konzentriert, wenn Gefühl und Gedanken genau dort und genau dann gehalten werden. Wenn das passiert, gibt es nichts anderes mehr.

Diese tiefe Achtsamkeit für Zeit und Ort, diese ungeteilte Präsenz, ist einer der Gründe, warum sogar ereignislose Tage einen so tiefen Eindruck hinterlassen können. Die Details, die sich in solchen Augenblicken ansammeln, geben ihnen eine Masse, die die reine Dramatik überstrahlt. Was sie haben, diese Erinnerungen, ist eine üppige Spezifität, verbunden mit einem Frieden, der tiefer ist als jeder, den wir in unserem Leben erfahren. Die Tage, die wir mit Angeln verbringen, wie Ted Leeson schreibt, sind kleine Stillen in der Unaufhörlichkeit unserer Zeit. Diese Stille und diese Spezifität dauern an.

Natürlich hilft auch die Leidenschaft. Und die Besessenheit. Das totale Vertieftsein, das Wiedererleben von Fängen und Verlusten. Das endlose Träumen. In diesen ersten sechs Jahren, nachdem ich mit Angeln angefangen hatte, war ich darauf fixiert. Ich richtete fast meine gesamte kindliche Inbrunst darauf. Ich las übers Angeln, redete übers Angeln, dachte übers Angeln nach, und sooft ich konnte, ging ich angeln.

Inzwischen ist es nicht mehr ganz so. Diese Inbrunst überlebt die Pubertät nicht. Sie schwächt sich ab – bei mir war das auf jeden Fall so. Die Besessenheit reduziert sich auf schlichten Enthusiasmus, mit gelegentlichen Rückfällen im Lauf der Jahre. Schätze, das passiert den meisten von uns. Kindliche Leidenschaft wird zusammengequetscht von der Unsicherheit der Teeanger-Jahre, dann noch weiter gequetscht von den verschiedenen Lasten des Erwachsenenlebens. Wenn wir Pech haben, wird sie völlig ausgelöscht.

Obwohl ich nie aufgehört habe zu angeln, spüre ich das Fehlen dieses zielstrebigen Eifers. Wie andere Dinge, die ich unterwegs verloren habe, ist er noch da, er wartet auf mich, wenn ich zurückschaue. Und wenn ich jetzt darüber nachdenke, ist das ein Teil dessen, was Angeln für mich bedeutet: ein Zurückschauen, ein Sehnen, ein Greifen nach Unerreichbarem. Es ist eine aktive, körperliche Nostalgie. Chris Yates hat gesagt, dass alle Angler noch Kinder sind, aber das ist eine Wunschvorstellung. Zutreffender müsste man sagen, dass Angeln ein Versuch ist, etwas neu zu entfachen, was in der Kindheit am hellsten gelodert hat. Es ist ein Versuch – ein vergeblicher natürlich, aber dennoch unwiderstehlich – zu dem Augenblick zurückzukehren, in dem ein Angler sich zum ersten Mal verzaubert sah, diesem Augenblick, in dem er zum ersten Mal überwältigt wurde vom Mysterium dessen, was unter der Wasseroberfläche liegt, und dem Wunsch, dieses Mysterium aufzudecken und sich ihm zu unterwerfen. Immer wenn man als Erwachsener auswirft, ist das ein Wurf rückwärts.

In meinem ganzen Leben habe ich versucht, etwas von dieser ersten Begegnung mit dem Wunder zurückzuholen, dieses überwältigende Gefühl der Erregung, der Entdeckung, der Möglichkeit, der Ehrfurcht. Immer wenn ich eine Angelrute zur Hand nehme, auch jetzt noch, versuche ich, zurückzukehren in den Scaland Wood, noch einmal den Kick zu erleben, der einen trifft, wenn man erkennt, dass der Welt eine so wundervolle Offenbarung entlockt werden kann.

Flüchtiges

*E*s gibt einen See, an den ich manchmal denke: eine lange, schmale Wasserfläche, eingezwängt zwischen Bergen, irgendwo im Norden von Vancouver Island. Ich war nur ein einziges Mal dort, mit vierzehn, als wir zum ersten Mal die kanadischen Verwandten meiner Mutter besuchten.

Der See lag hoch oben in den Hügeln, weit weg von der nächsten Stadt, und der einzige sichtbare Hinweis auf menschliche Behausung, an den ich mich erinnern kann, war ein Campingplatz an einem Ende, wo wir für ein paar Tage übernachteten, die drei Erwachsenen in einem Caravan, mein Bruder und ich in einem Zelt. Die Cousine meiner Mutter brachte ihre Katze mit. Einen Teil des Tages wanderte sie furchtsam zwischen den Bäumen umher, und den Rest der Zeit starrte sie aufs Wasser hinaus.

Die Kanadier waren gut ausgestattet für das Leben in der Wildnis (wie Kanadier das meistens sind). Zusätzlich zu Caravan und Zelt hatten sie all die Grillausrüstung, die man sich nur erhoffen konnte, und ein Ruderboot mit einem winzigen Außenbordmotor, sodass wir aufs Wasser hinauskonnten. Für meinen Bruder und mich war das Boot etwas Erstaunliches. Gas geben, spüren, wie die Luft unsere Gesichter peitscht, während wir über die Wellen schnellen – es konnte nichts Aufregenderes geben. Nicht einmal die kleinen orangenen Rettungswesten, die so eng saßen, dass es uns den Atem nahm, konnten unsere Freude trüben.

Wir hatten natürlich Angelruten auf diesem Ausflug dabei – eine für meinen Bruder und eine für mich, und es gab Forellen zu fangen. Jeden Abend kamen sie an die Oberfläche, und ihr Steigen durchstach die Stille. Doch sosehr wir es auch versuchten, wir konnten sie nicht fangen. Wir konnten sie nicht vom Boot aus fangen und auch nicht vom Ufer aus. Ich erinnere mich, wie wir eines Abends nebeneinanderstanden und in die Dämmerung auswarfen, und während unsere Fliegenleinen vor- und zurückzischten, flatterten Fledermäuse über das Wasser. Wir fürchteten, sie könnten unsere künstlichen Fliegen für echte halten, und wir überlegten uns, was wir tun würden, wenn wir tatsächlich eine an den Haken bekämen. Aber wir hätten uns keine Sorgen machen müssen. Die Fledermäuse waren nicht anfälliger für unsere Bemühung als die Forellen. Zu der Zeit lernten wir beide noch Fliegenfischen, und unsere Technik ließ viel zu wünschen übrig. Wir hatten ein paar Ideen, wie wir diese Fische überlisten könnten, aber keine davon funktionierte.

Doch es machte nichts. Rein gar nichts. Wir hätten nicht glücklicher sein können. Und dieses Glück kam nicht nur von den Freiheiten, die uns hier gewährt wurden, sondern auch von dem Ort selbst, der sicherlich der schönste See war, den ich je gesehen hatte. Vielleicht ist er es immer noch, wenn ich mich entscheiden müsste.

Ich weiß nicht so recht, ob Schönheit etwas ist, worüber Kinder so viel nachdenken. Sie ist nicht wirklich ein Teil davon, wie sie die Welt beurteilen. Sie spüren natürlich den inneren Drang des Staunens, und sie entwickeln ein Sensorium für *Hübschheit,* das zumindest zum Teil beeinflusst ist von der Populärkultur – und vor allem vom Fernsehen. Aber das Gespür für Schönheit kommt langsamer. Es baut auf diesen beiden Wahrnehmungen auf und kombiniert sie mit etwas wie *Geschmack,* einer allmählichen Anhäufung von Reaktionen auf das jeweils Gesehene, die sich letztendlich zu Gewissheit verfestigt.

Ich kann mich nicht erinnern, vor diesem Ausflug je derart ergriffen gewesen zu sein von der Gewissheit, dass ein Ort schön ist. Aber damals ergriff sie mich, und zwar heftig. Warum? Na, wer weiß? Vielleicht war hier irgendein goldener Schnitt aus Berg, Himmel und Wasser im Spiel, eine Formel, die sogar mein jugendliches Auge erkennen konnte. Wahrscheinlicher jedoch sprach dieser See irgendetwas an, das bereits in mir war, eine Sehnsucht nach Wildheit und nach Landschaften, die ganz anders waren als alles, was ich bis dahin kannte. Dies und das Wissen, dass unser Aufenthalt nur kurz sein würde und wir diesen Ort vielleicht nur einmal in unserem Leben sehen würden, gab dem Ganzen eine ätherische Qualität, eine Perfektion, die nur den Dingen gewährt wird, die nicht von Dauer sein können. Doch während das Urteil nach außen gerichtet war – der *See* ist schön –, sagte der Gedanke in Wahrheit genauso viel über mich aus wie übers Wasser.

Diese Erfahrung, diese Gewissheit, hat mich geformt. Auf die eine oder die andere Art habe ich jeden Ort, den ich seitdem besucht habe, an diesem gemessen. Und auch wenn es keine klare Meinung war, die ich sofort artikulieren konnte, hat dieser Ausflug bei mir den merkwürdigen Gedanken hinterlassen, dass Schönheit etwas mit Angeln zu tun haben könnte, oder dass Angeln etwas mit Schönheit zu tun haben könnte. In all den Jahren, die seitdem vergangen sind, hat mich noch nichts vom Gegenteil überzeugt.

Kurz bevor wir unser Zelt wieder zusammenpackten, machte ich ein Foto. Genau das tut man, wenn man sich mit Perfektion konfrontiert sieht, man versucht, ein Stück davon mit nach Hause zu nehmen. Ich habe es immer noch: ein kleines, rechteckiges Bild, dessen untere Hälfte aus Wasser besteht. Darüber zwei kiefernbestandene Hänge, einer auf jeder Seite, wie die Zungen von Gletschern, die sich in der Mitte fast treffen. Dahinter der gezackte Umriss eines Berggipfels und ein Keil aus blau-weißem Himmel. Erst vor ein paar Tagen habe ich das Foto aus einem Karton gezogen und mich gefreut zu sehen, dass es ein wenig verblasst war, das ganze Bild verhüllt von diesem Schleier des Alters, der den Abstand zwischen damals und heute nur zu beweisen scheint.

Es gibt auch noch ein größeres Bild von diesem Wochenende, in Öl gemalt von der Cousine meiner Mutter. Die Ansicht auf dieser Leinwand ist fast identisch mit der auf dem Foto: der See, die Hügel, der Berg. Der Unterschied zwischen ihrem und meinem – vom Medium abgesehen – liegt in dem Boot, das sie aufs Wasser gemalt hat, und den beiden kleinen Jungen darin, beide in orangenen Rettungswesten. Im Vordergrund sitzt eine Katze und betrachtet die Szene.

Wie bei der Vogelbeobachtung, beim Wandern, beim Klettern kann der Reiz des Angelns nicht losgelöst werden von den Orten, wo das Angeln passiert. Für bestimmte Personen sind die Orte die schönsten, die Wasser enthalten, und das schönste Wasser eines, das Fische enthält. Auch wenn es nicht jeder Angler genau so formulieren würde – und einige auch schon bei dem Gedanken die Nase rümpfen –, ist doch die Jagd nach Fischen zumindest zum Teil eine Jagd nach Schönheit.

Das heißt natürlich nicht, dass Angeln nur eine Ausrede dafür ist, sich schöne Landschaft anzuschauen. Es ist keine feuchte Form des Sightseeings. Was Angeln eher bietet, ist ein Eintauchen in diese Landschaft, ein Umfasstwerden von einem Ort. Es bietet Schönheit nicht als etwas, das zu bewundern ist, wie ein Gemälde, oder in Ehrfurcht anzugaffen, wie ein romantischer, dunstverschleierter Ausblick, sondern als etwas, das zu bewohnen, kennen zu lernen, zu erfahren ist.

Ich kann die Bücher nicht mehr zählen, die ich gelesen habe, in denen der Autor seine Leser ernsthaft aufruft, sich mit der Natur »zu verbinden« oder sich auf einen Ort »einzulassen«, um ihrer geistigen Gesundheit willen oder der Umwelt zuliebe, oder beidem. Diese zwar wohlmeinenden Ermahnungen werden nur selten begleitet von einer grundsätzlichen Erklärung, wie diese Verbindung oder dieses Einlassen tatsächlich aussehen könnte, wie es sinnvoll umgesetzt werden kann. Reicht es, draußen zu sein? Sollte man auch die Namen von Vögeln und Käfern lernen? Falls ja, wie vieler Namen bedarf es? Ist es wirklich nötig, in eiskalte Bäche zu springen, um zu schwimmen?

Für mich wird das Einlassen handfest, wenn ich längere Zeit die Anwesenheit eines Ortes spüre. Ein Ort enthüllt sich nur allmählich. Das kann bei wiederholten Besuchen passieren, bei denen man ihn kennen lernt, wie man es bei einer

Person tun würde. Aber vorhersehbarer entsteht es durch lange Zeitspannen beinahe stummer Nähe. Während Minuten und Stunden vergehen, wird meine Aufmerksamkeit von Dingen angezogen, die ich bis dahin noch nicht bemerkt hatte. Die Geschöpfe, die durch meine Ankunft gestört wurden, kehren vielleicht langsam zurück, akzeptieren meine Anwesenheit oder vergessen, dass ich da bin. Die Zeit bringt die Schichten eines Ortes ans Licht, enthüllt, was auf einen flüchtigen Blick nicht gesehen werden kann. Es ist größtenteils eine stille Offenbarung.

Ich erfahre dieses Einlassen am häufigsten, wenn ich angle. Aus keinem anderen Grund würde ich sechs oder sieben Stunden an einem Ort verbringen, ohne zu reden, ohne aufs Handy zu schauen, und den Ort einfach sein lassen; es ist deshalb keine Überraschung, dass ich in diesen Stunden mehr sehe, mehr höre und mehr bemerke als zu anderen Zeiten draußen. Es ist keine Überraschung, dass ich das Gefühl habe, der Ort und ich werden miteinander bekannt. Aber Angeln bietet mehr als nur eine Gelegenheit zum Einlassen. Es liefert auch eine tatsächliche Verbindung, eine direkte Leitung zur natürlichen Welt. Der Angler schaut nicht nur und lauscht, der Angler interagiert. Er lernt einen Ort durch jeden seiner Sinne kennen und kann, durch Berührung, das Unsichtbare wie das Sichtbare kennen lernen.

Das letztendliche Ziel des Angelns ist es, eine Verbindung einzugehen. Es ist, sich vom Leben eines Ortes umringen und absorbieren zu lassen. Es ist, die Hand auszustrecken und zu merken, dass etwas es ebenfalls tut. Wenn das passiert – wenn der Haken sein Ziel trifft und der Angler mit der Welt verbunden ist –, »wird man zum Fisch«, wie Tracy

K. Smith es in ihrem Gedicht »Astral« formuliert hat. Sehnsucht mit Sehnsucht verbunden. Die ganze Beschäftigung gipfelt in diesem intensiven Augenblick der Verbindung, wenn ein Ort ein weiteres Stück seiner Schönheit preisgibt.

Der Ort, den ich am besten kenne, an dem ich die meiste Zeit meines Lebens verbracht habe, und auf jeden Fall die meiste Angelzeit, ist Shetland: der verstreute Archipel weit im Norden der Britischen Inseln. Als ich neun war, zogen wir aus dem Süden Englands dorthin – meine Mutter, mein Bruder und ich. Es war etwa ein Jahr nach unserem allerersten Angelausflug, aber ich hatte mich in der Zwischenzeit nicht sehr verbessert. In Wirklichkeit war ich immer noch ein völliger Anfänger.

Dieser Umzug hatte, was das Angeln anging, Vor- und Nachteile. Der Nachteil war, dass die Arten der Fische und des Angelns, die ich bisher kannte, hier nicht existierten. Auf den Inseln gibt es, abgesehen von Aalen, keine Grobfische, die im Gegensatz zu den Lachsfischen bzw. Edelfischen weniger begehrt in der Küche sind. Es gibt keine Karpfen, keine Schleien, keine Barsche. Das meiste dessen, was ich bis dahin gelernt hatte, war nutzlos. Doch die Problemlosigkeit des Fischens hier machte diesen Nachteil mehr als wett. Wir wohnten damals in Lerwick, nur eine oder zwei Gehminuten vom Hafen entfernt, und an der Küste gab es zahllose Stellen, wo man Meeresfische fangen konnte. Man musste auch nicht in Begleitung eines Erwachsenen sein, ich konnte alleine fischen, wenn ich wollte, oder mit meinem Bruder, wenn ich musste. Und was alles noch einfacher machte, war die Tatsache, dass es in Shetland viele Leute gab, die mir helfen konnten, wenn ich Hilfe brauchte. Einige meiner neuen Klassenkameraden angelten; der Untermieter, den wir in unserem ersten Jahr auf den Inseln hatten, angelte; unser direkter Nachbar angelte. War Angeln mir bis dahin als esoterische Aktivität erschienen, die Ausübenden eine mysteriöse Gemeinschaft, zu der ich Zutritt wollte, gab es hier Angler wie Sand am Meer. Auch wenn das Angeln nach Grobfischen auf die Sommerferien in England warten musste, wo mein Vater noch immer lebte, gab es für die Zwischenzeit keinen Mangel an anderen Optionen.

Am Anfang angelte ich vorwiegend im Meer. Es war der am einfachsten zugängliche Ort, und der nachsichtigste gegenüber meinen beschränkten Fähigkeiten. Ich musste nur meine Leine von der Mole ins Wasser werfen und warten. Wenn mich der Ehrgeiz packte, konnte ich metallene Blinker oder Fliegenköder auswerfen. Ich fing winzige Kohlfische (die wir in Shetland *sillocks* nannten), Flundern (die wir *flukes* nannten), Seeteufel (die wir *plucker* nannten) und gelegentlich Makrelen (die wir Makrelen nannten).

Doch auch wenn ich nach der Schule und an Wochenenden am Hafen angelte, so oft das Wetter es erlaubte, war ich doch vom Meeresangeln nie so richtig überzeugt. Irgendwie fühlte sich der Ozean für mich zu groß und zu unbegreiflich an, und für mich hatte immer das Süßwasser den größten Reiz. Ich mochte zwar die Vielfalt der Arten, die man an der Küste fangen konnte, und ich strengte mich sehr an, sie zu fangen, aber was ich eigentlich fangen wollte, seit wir in Shetland angekommen waren, waren Forellen.

Die meisten Angler haben in ihren Köpfen eine Art Hierarchie der Fische (auch wenn sie das Fremden gegenüber vielleicht nicht zugeben würden). Es wird natürlich keine komplette Hierarchie sein, nur eine partielle Liste: die Arten, über die der Angler genug weiß, um ein Werturteil abgeben zu können, ausgehend von seinen eigenen Prioritäten, den eigenen Vorurteilen, den eigenen exzentrischen Standards. Die Arten auf dieser Liste werden die Fische umfassen, die der Angler tatsächlich gefangen oder mit eigenen Augen gesehen hat, doch sie werden auch andere einschließen: Fische, von denen sie gelesen, Fotos gesehen oder die sie sich einfach nur vorgestellt haben.

Für einige werden Größe und Kraft die Hauptmerkmale sein, auf denen ihr Urteil fußt. Groß und stark ist die Gewinnerkombination. Für andere lässt das schmeichelhafte Licht der Nostalgie, der Kindheitsassoziationen einige Arten glänzen. Aber ein Kriterium, das bei der Erstellung solcher Listen immer eine Rolle spielt, ist die Schönheit. Die Attraktivität oder das Gegenteil einer Art spielt eine Schlüsselrolle bei der Zuneigung, die Angler für sie empfinden.

Ich vermute, das ist schwer zu verstehen für jene, die Schellfisch nur aus dem Supermarkt kennen, oder Hering, wie er in der Auslage des Fischhändlers präsentiert wird. Steif, mit milchigen Augen und vertrocknend: So können sie ans Groteske grenzen. Aber das ist kaum die angemessene Umgebung, um ein ästhetisches Urteil zu fällen. Schließlich sehen die meisten Tiere besser aus, wenn sie noch am Leben sind. Im eigenen Lebensraum betrachtet, können Fische spektakulär sein, so eindrucksvoll wie Vögel. Wenn sie mit ihren Körpern wedeln, um ihren Platz in der Strömung zu behaupten, sind sie anmutige, elegante Wesen. Und doch sind sie für die meisten Menschen unsichtbar.

Was das Ranking von Arten angeht, liegt das Urteil natürlich im Auge des Betrachters. Zumindest bis zu einem gewissen Grad. Nehmen wir zum Beispiel den Flusskarpfen, der für viele in Großbritannien und in Europa der unübertroffene Champion ist. Das ist ein Fisch mit vielen hingebungsvollen Bewunderern, von denen einige es sich nie träumen lassen würden, einen anderen Fisch zu jagen. Auch wenn er eine hübsche bronzefarbene Tönung aufweisen mag, liegt der optische Reiz des Karpfens in seinen Schuppen. Sie können groß und beeindruckend sein, wenn man so etwas mag. Doch wenn nicht, dann sind sie einfach nur dicklich, mit einem dümmlichen Ausdruck, der nicht so recht zu seinem Ruf der Hinterlist passt. Heutzutage finde ich mich eher in letzterem Lager wieder.

Verständnisvoller bin ich, wenn es um die entfernten, kleineren Cousins des Karpfens geht: den Häsling, die Rotfeder, die Plötze. Sehr gern mag ich auch die Schleie, die von einer seltenen grün-goldenen Farbe ist und die manchmal fast zu glühen scheint. Aber zu meiner Shortlist der hübschesten Fische – im Augenblick beschränkt auf die in britischen Gewässern, ob süß oder salzig – gehört keine dieser Arten. Stattdessen würde ich den Barsch, die Äsche, die Makrele und den Lippfisch wählen. Aber vor allem würde ich die Forelle wählen.

Mit Forelle meine ich vor allem die Bachforelle. Obwohl ich eigentlich, wenn ich meine Wahl erweitern kann, die gesamte Unterfamilie der Salmoniden meine, vor allem die Süßwasserarten. Ich bin nicht ganz so beeindruckt von Lachsen, wie einige Angler es zu sein scheinen, aber die Forelle und die Rotforelle sind unübertroffen: in meinen Augen unvergleichlich schön.

Meine Taschenbuchausgabe von *The Observer's Book of Freshwater Fishes,* ein ansonsten moderater und unparteiischer Führer, stellt in seinem Kapitel über *Salmo trutta* diese erstaunlich unwissenschaftliche Behauptung auf: »Wenn es so etwas geben sollte wie den ›perfekten Fisch‹, dann ist es die Forelle. Dieser spezielle Fisch oder diese Familie von Fischen hat etwas, das zu extravagantem Lob einlädt. Seine lebendige, gesprenkelte Eleganz verlangt Superlative. Sie sind, wie der populäre Angelschriftsteller John Gierach einmal bemerkte, ›verdammt viel hübscher, als sie sein müssten‹«.

Mit das Erstaunlichste an diesen Fischen – eine Tatsache, die ihre außerordentliche Schönheit noch unterstreicht – ist ihre Vielfalt, die extremen Unterschiede in Größe, Erscheinung und Verhalten, die in einer einzelnen Art zu finden sind. Eine Bachforelle zum Beispiel kann blass wie eine Sardine sein oder dunkel wie Moorwasser. Sie kann gelb wie ein Eidotter oder olivgrün sein. Man kann Andeutungen von Blau und Orange entdecken. Die Konstellation der Punkte auf ihren Flanken ist für jedes Individuum einzigartig, eine Kombination aus Schwarz und Scharlachrot, große und kleine, und jeder Punkt kann silbrig eingekreist sein. Forellen gehören zu jenen Tieren, die das Konzept der Arten an seine Grenzen treiben, die Trennlinien, die wir Menschen zwischen einem Geschöpf und einem anderen ziehen. Auch heute gibt es noch keine Einigkeit darüber, wie viele Typen von Forellen es gibt.

Eben dieses 1941 veröffentlichte Buch *Freshwater Fishes* nennt elf Arten von einheimischen Forellen in Großbritannien und Irland, wohingegen heutige Biologen nur zwei anerkennen: die Bachforelle, *Salmo trutta,* und die Gillaroo,

Salmo stomachicus. (Letztere wird nicht von allen als getrennte Art anerkannt.) Ein einziger See kann mehrere optisch und genetisch verschiedene Forellengruppen enthalten, die alle unter den einen großen Schirm passen: *Salmo trutta.* Und dann gibt es auch noch die Meerforellen, die den Großteil ihres Lebens im Salzwasser verbringen und die ganz anders aussehen als Bachforellen, aber taxonomisch gesehen die gleichen Fische sind. Von den Saiblingen will ich gar nicht anfangen, von denen es vielleicht nur eine in ganz Europa heimische Art gibt oder aber fünfzehn allein auf den Britischen Inseln, je nachdem, wen man fragt. Und was den Rest der Welt angeht, das weiß der Himmel.

Wenn beim Grobfischangeln und beim Meerangeln die Vielzahl der Arten einen Teil des Reizes ausmacht, muss man auf Vielfalt nicht verzichten, wenn man sich auf Forellen konzentriert. Seit ich angle, habe ich mehrere Hundert davon gefangen, und jede war anders. In meinen Augen sind es großartige Geschöpfe, so wunderschön wie nur wenig sonst auf dieser Welt. So wunderschön wie Kolibris, wie Kirschblüten, wie Schwalbenschwänze. Als ich mich schon früh entschied, nach Forellen zu angeln, war diese Großartigkeit eine der Belohnungen.

Forellen gedeihen in sauberem, kaltem Wasser. Sie gedeihen in Hochlandbächen, Kreidebächen, alpinen Seen und klaren Kalkstein-Lochs. Sie gedeihen an Orten, die eher zum Malerischen neigen, und ihr Vorhandensein deutet auf eine Pracht hin, die übers rein Ästhetische hinausgeht. Die Existenz von Forellen ist abhängig von der Gesundheit des Wassers, der Gesundheit eines ganzen Ökosystems. Sie hängt ab vom reichlichen Vorhandensein von Insekten, das wiederum abhängt von einem immensen Netzwerk anderen Lebens und dieses auch erhält, von Mikroorganismen, Pflanzen, Vögeln, Amphibien. Sie sind die Verkörperung der Vitalität eines Lebensraums.

Über die Inseln Shetlands verstreut liegen buchstäblich Hunderte von Lochs, und beinahe jeder dieser Lochs enthält Forellen. Sie sind der perfekte Ort für sie – sauber und kalt – und auch ein perfekter Ort für den aufstrebenden Forellenangler.

Ich fing auf die einfache, reizlose Art an, nach ihnen zu angeln, mit Wurm und Schwimmer. Und auch nicht mit den schlanken, eleganten Schwimmern, die ich vom Grobfisch-Angeln kannte. Diese waren zu leicht, um mit ihnen auf größere Entfernung auszuwerfen, und zu zerbrechlich, um dem beinahe beständig wehenden Wind auf den Inseln standzuhalten. Nein, das notwendige Hilfsmittel für diese Aufgabe war eine Wasserkugel aus hohlem, dickwandigem, fluoreszierendem Plastik, das halb mit Wasser gefüllt werden konnte, um ihm mehr Gewicht zu geben. Beim richtigen Gleichgewicht zwischen Wasser und Luft kann man diese Dinger bis in die Mitte eines Lochs werfen und sie trotzdem nicht aus den Augen verlieren. Sie waren robust und praktisch, und so hässlich wie eine rasierte Katze.

Ich weiß nicht mehr, wann oder warum genau ich beschloss, eine andere Technik auszuprobieren. Vielleicht war es ein Magazin, das den Anstoß gegeben hat – in *Trout & Salmon* benutzte niemand eine Wasserkugel. Vielleicht war es aber auch die Tatsache, dass nur wenige Erwachsene, die ich beim Angeln sah, taten, was ich tat. Die meisten Forellenangler, die ich in Shetland sah, waren Fliegenfischer, die ihre Ruten schwangen wie Zauberstäbe, ohne Schwimmer oder Würmer, die sie nach unten zogen. Das bekehrte mich schon aus der Ferne, und als ich etwa dreizehn war, gab ich mein Bestes, um diese anderen nachzuahmen.

Mein Bestes? Nun, für lange Zeit war das nicht gut genug.

Beschäftigungen, die eine gewisse Anmut und Kunstfertigkeit erfordern, zeigen in den Händen der Ungeschickten oft das Gegenteil. Es gibt kaum etwas Würdeloseres und Lächerlicheres als jemand, der das Fliegenfischen lernt. Vor allem jemand, der es sich selber aus einem Buch beibringt, anstatt von jemandem angeleitet zu werden. Absolut nichts, was ich bisher gelernt hatte, lieferte mir die Fertigkeiten, die das Fliegenfischen erforderte – Fertigkeiten beim Timing, beim Gleichgewicht und eine Bewegungsempfindlichkeit, die mit nichts sonst beim Angeln irgendetwas zu tun hat. Oder eigentlich mit nichts sonst im Leben. Mach es richtig, und es passiert etwas ganz Erstaunliches. Mach es falsch, und dein Haken landet nicht einmal im Wasser.

Jetzt erstaunt es mich, dass ich beharrlich dranblieb, obwohl ich täppisch um mich schlug, mich in den Leinen verfing, Haken mir in Kleidung und Haut stachen, ich Monat um Monat rein gar nichts fing und dennoch nicht aufgab. Woher kam diese Beharrlichkeit? Heute würde ich sie mit Sicherheit nicht mehr aufbringen. Ich würde mir diese Frustration und Demütigung nicht mehr antun. Ich würde mir zumindest jemanden suchen, der mir zeigt, wie es geht, der mich auf meine Fehler hinweist und mir hilft, sie zu korrigieren. Doch damals schlug ich einfach weiter um mich. Und Gott sei Dank dafür!

Die echte Wahrheit übers Fliegenfischen ist, schrieb John Gierach, dass es in fast jeder Hinsicht unbeschreiblich schön ist, und wenn eine gewisse Art von Mensch sich einer gewissen Art von Schönheit gegenübersieht, ist derjenige fürs Leben gerettet oder verdorben, oder ein wenig von beidem. Fliegenfischer stehen in dem schlechten Ruf, die Überlegenheit ihrer Technik gegenüber der anderer Angler zu behaupten – sowohl technische wie moralische Überlegenheit –, und in fast allen Aspekten ist diese Behauptung Schwachsinn. Aber in dieser einen Hinsicht – die reine Ästhetik – gibt es einfach keine Konkurrenz.

Jeder, der den Schauwert des Fliegenfischens anzweifelt, sollte seine Ausbildung vermutlich damit beginnen, dass er sich Robert Redfords Film von 1992 *Aus der Mitte entspringt ein Fluss* anschaut. Und tatsächlich haben viele Fliegenfischer so angefangen. Der Kinostart dieses Films, der auf Norman Macleans autobiografischer Erzählung desselben Titels basiert und in dem der junge Brad Pitt die Hauptrolle spielt, führte zu einer Explosion des Interesses für diesen Sport. Zwei Jahre nach seinem Start hatte sich die amerikanische Fliegenfischen-Industrie mehr als verdoppelt. Unzählige Menschen sahen die großartige Landschaft Montanas, in der er spielte, getaucht in honigweiches Licht, sie sahen das graziöse Fliegenwerfen der Schauspieler (oder ihrer Körperdoubles), wie sie mit ihren Leinen raffinierte Schleifen in die Luft malten. Sie haben das alles gesehen, und sie dachten: Das will ich auch machen. Als ich den Film im Fernsehen sah, mit vierzehn, damals noch tollpatschig und linkisch, dachte ich genau das.

Aus der Mitte entspringt ein Fluss ist ein wunderschöner Film, und das Buch, auf dem er basiert, enthält meiner Meinung nach einige der schönsten Sätze in der englischen Sprache. Überdies geht es im Film wie im Buch um *Schönheit:* die Suche nach ihr und ihr Verlust. Das Wort »schön« taucht immer und immer wieder auf, oft auch zusammen mit dem Wort »Anmut«. Der Vater des Erzählers, Jon Maclean, ein schottischer presbyterianischer Priester in Missoula, Montana, betrachtet das Fliegenfischen als ein Mittel, um Gottes Rhythmus aufzunehmen, und die unerhörte Schwierigkeit, eine Fliege gut auszuwerfen, als Beweis dieser Bedeutung. Für ihn kommen alle guten Dinge – Forellen wie die ewige Erlösung – durch Anmut, und Anmut kommt durch Kunst, und Kunst ist nicht einfach.

Nach Reverend John Maclean sind Forellen die himmlische Belohnung für gutes Fischen. Aber diese fromme Logik wird auf den Prüfstand gestellt von Paul, dem Bruder des Erzählers. Von den dreien – den beiden Brüdern und ihrem Vater – ist Paul der wirklich große Angler. Er ist derjenige, bei dem die Leute stehenbleiben, weil der hauchzarte Sprühregen seiner Leine ihn mit einem Strahlenkranz umgibt und die Luft über dem Fluss irisiert wie ein Regenbogen. Wenn er auswirft, ist der Canyon verklärt von Rhythmen und Farben.

Aber Paul kann selbst nicht gerettet werden. Er wird, noch als junger Mann, gewaltsam getötet, und Norman und sein Vater leiden ihr Leben lang unter diesem Verlust. In einem der wenigen Gespräche, die sie nach seinem Tod über Paul führen, beharrt Norman darauf, dass er über seinen Bruder nichts mehr zu sagen hat.

Ich habe dir alles gesagt, was ich weiß. Wenn du mich drängst, weiß ich eigentlich nur, dass er ein guter Angler war.

Du weißt mehr als das, sagte mein Vater. Er war wunderschön.

Ja, sagte ich, er war wunderschön. Musste er auch sein – du hast es ihm beigebracht.

Eine Geschichte zu schreiben, ist, wie ein Foto zu schießen oder ein Bild zu malen, der Versuch, Schönheit einzufangen und zu besitzen, an etwas festzuhalten, was man tatsächlich gar nicht halten kann. Man kann sich nur erhoffen, eine völlig andere Art der Schönheit zu erschaffen, eine eher dauerhafte, fabrizierte. Die Art, die in Norman Macleans Sätzen schimmert. Die Art, die überhaupt nicht die seines Bruders war, sondern seine ganz eigene.

Auch Angeln ist der Versuch, einzufangen, was schön ist, doch der Angler kann nicht einmal so tun, als würde er diese Schönheit besitzen. Nicht für länger als einen Augenblick. Ein Fisch ist, wenn gefangen, etwas Flüchtiges. Man kann ihn töten oder ins Wasser zurücksetzen, aber so oder so ist er verloren, bewahrt nur in der Erinnerung. Das Beste, was man tun kann, ist im Grunde, noch einmal auszuwerfen.

Auf der Rückseite des Ronas Hill

SHETLAND, 2020

Von unserem Standpunkt aus war es nur ein weißer Fleck auf der Hügelflanke, eine geringfügige Unterbrechung in Heidekraut, Moos und rosa Granit. Mit dem nackten Auge konnte ich es kaum erkennen, aber mein Bruder Rory mit seinem Fernglas meinte, es sei einen näheren Blick wert. Also stapften wir auf morastigem Boden nach oben, hüpfend, springend, durch einen torfschwarzen Bach, die Ufer von blühendem Sonnentau gesprenkelt, dann höher, zu einer kleinen Erhebung aus Wolligem Honiggras, wo wir stehenblieben und wieder schauten.

Der Fleck war jetzt ein Umriss, auf jeden Fall etwas Lebendiges, und die Liste der Möglichkeiten war kurz. Wir schauten abwechselnd durchs Fernglas und gingen weiter, doch vorsichtiger jetzt, um nicht zu stören. Es gab nirgendwo Deckung, hinter der wir uns hätten verstecken können. Als der Hang steiler wurde, blieben wir stehen, ein paar Hundert Meter von der Stelle entfernt, wo der Umriss zwischen Felsen hockte. Auch ohne Fernglas gab es jetzt keinen Zweifel mehr. Mit ihm konnten wir sehen, dass der Umriss uns beobachtete: eine Schneeeule, ein Männchen, in einem so perfekten Weiß, dass es unmöglich, eingebildet schien.

Der Vogel erhob sich, nervös geworden von unserer Nähe,

und die breiten Flügel öffneten sich lautlos zum Himmel. Als er aufflog, erhob sich auch ein Paar arktischer Skuas und jagte ihm nach, und eine einzelne dieser Großen Raubmöwen, auch Bonxie genannt, braun gesprenkelt und riesig, tat es den beiden gleich. Die Eule ignorierte die Angreifer, landete knapp unterhalb des nächsten Grats und brachte sich wieder in Position, ohne uns aus den Augen zu lassen. Wir ließen sie in Ruhe, gingen wieder ein paar Meter nach unten und drehten uns dann noch einmal um. Sie war nirgends zu sehen.

Wir waren auf dem Nordhang des Ronas Hill, dem höchsten Punkt auf den Shetlands. Mit knapp 450 Metern ist er weit von einem Berg entfernt und dennoch eine imposante Erscheinung, so wie er sich auf beinahe senkrechten Meeresklippen auf der Süd- und Westseite erhebt. Mit seinen steilen Flanken aus rosa gesprenkelter Tundra ist das ein Ort, der eher in die Arktis zu gehören scheint als zu den Britischen Inseln. Die Eule, sonst kein normaler Bewohner, verstärkte dieses Gefühl nur noch.

Auch wenn um Rorys Hals fast immer ein Fernglas hängt, waren er und ich nicht hier, um Vögel zu beobachten. Wir waren zum Angeln hier. Das Plateau aus Moor und Heide und Granit, das nördlich dieses Hügels liegt, bietet einige der besten Angelmöglichkeiten in Shetland und einige Lochs mit den ansprechendsten Namen. Clubbie Shuns, Many Crooks und Maadle Swankie gehören zu denen, die man auf einigen Karten findet. Andere, wie der Loch of the Grey Yowe, sind Teil der mündlichen Geografie, einer Karte, die nur im kollektiven Gedächtnis existiert.

Das Erstaunlichste an diesem Ort ist, zumindest für einen

Angler, die Vielzahl der größeren und kleineren Lochs, die es hier gibt. Auf Papier kann man sehen, was vom Boden aus oft nicht zu erkennen ist: Das Wasser ist überall. Auf einer Fläche von ungefähr sieben Quadratmeilen gibt es mehrere Dutzend Lochs, die groß genug sind, damit sich das Angeln rentiert. Und in fast allen gibt es Forellen. In diesem Land dürfte es wohl nur wenige Landstriche geben, wo man in so vielen Gewässern angeln kann, die alle an einem einzigen Tag zu Fuß zu erreichen sind.

Aber es ist auch eine Gegend, in der man sich leicht verirren kann. In schwachem Licht oder bei Nebel kann ein Loch aussehen wie der andere. Es gibt nur wenige sichtbare Landmarken, an denen man sich orientieren kann – keine Bäume, keine Pfade, keine von Menschen errichteten Strukturen – und in den Tagen, bevor unsere Handys Karten und GPS enthielten, gehörte ein Kompass zur notwendigen Ausrüstung jedes Anglers. Das mag nur eine kleine Ecke einer Insel sein, wenn man aber zu Fuß unterwegs ist, wirkt sie viel größer. Neben einem Hügel, der sich anfühlt wie ein Berg, ist dies ein Plateau, das sich anfühlt wie eine eigene Welt.

Rory und ich begannen unseren Tag am Swaabie Water, dem Loch, der unserem Parkplatz am nächsten lag, oben auf der Kuppe des Collarfirth, Ronas Hills untersetzterem Nachbarn. Nach dem Erlebnis mit der Eule begann das Angeln ziemlich ruhig. Ein paar halbherzige Schnapper nach den Fliegen, ein paar handtellergroße Forellen. Dort drin sind auch größere, aber eine Mischung aus Wind und Gestrüpp machte einen Großteil des Lochs fürs Angeln ungeeignet. Also beschlossen wir, weiterzuziehen.

Im Nordwesten, näher am Meer, liegt Sandy Water. So groß und glasklar, wie es ist, gehört es zu den malerischsten dieser Lochs, und für mich ist es immer das Highlight jedes Tages hier oben. Meine ersten Würfe, in eine tiefe Bucht am Südufer, erbrachten wieder ein Schnappen, und ein zwanzig Zentimeter langer, glänzend silbriger Fisch kam widerwillig ins Netz. Ich holte ihn wieder heraus und spürte, wie er sich aus meiner Hand wand, ein elektrisches Zucken wiedergewonnener Freiheit.

Inzwischen türmten sich Regenwolken über der Westflanke des Ronas Hill, und mehrmals rollten Nebelwände die Hänge herunter und drohten das Plateau zu umhüllen. Herunter kamen sie und zogen sich dann wieder zurück, als könnten sie sich nicht recht entscheiden. Eine steife Brise wehte über das Wasser und brachte ein paar hellfarbige Köcherfliegen mit, doch andere Insekten waren kaum zu sehen. Aber das entmutigte die Fische nicht, und immer wieder gab es Schnapper. Als ich dann, die Leine hinter mir herziehend, nach Westen ging, biss ein besserer Fisch an, nur einen halben Meter vom Ufer entfernt. Er tauchte sofort auf, wütend den Kopf schüttelnd, und bog die Rute nach unten. Seine Kraft überraschte mich, und sofort war meine ganze Aufmerksamkeit bei dem Tier, denn jede seiner Bewegungen wurde auf mein Handgelenk übertragen. Es dauerte ein paar Minuten, bis ich ihn überzeugen konnte, hereinzukommen, und als er es tat, konnte ich seine Größe kaum glauben. Nicht viel schwerer als ein dreiviertel Pfund, er schien nur aus Muskeln und Maul und sonst nichts zu bestehen. Er war perfekt, und ich setzte ihn dankbar zurück.

Wieder zogen wir weiter, weil man das hier draußen so tut. Gründlich, methodisch angeln bedeutet, viel auszulassen, da es so viele Lochs zu erkunden gibt, und für viele Angler, die hierherkommen, hat die Vielfalt Vorrang. Anstatt sich die Zeit zu nehmen, alles genau zu erkunden, ein Loch wirklich kennen zu lernen, halten sie lieber Ausschau: Gehen und Auswerfen, Gehen und Auswerfen. Sie suchen die Forelle, die bereitwillig anbeißt, und versuchen erst gar nicht, die vorsichtigeren zu überreden. Ein buschiges Köcherfliegenimitat ist ideal für diesen Zweck – eine muntere Kombination aus Hirschhaar und Fell. Auch an Tagen wie diesen, wenn nur wenige Fische steigen, gibt es immer einige, die bereit sind, eine große Fliege zu untersuchen, die die Oberfläche in Bewegung bringt.

Wir wanderten nach Norden, zum Loch of the Hog Holm. Zumindest glaube ich, dass es das war. Hier liegen drei Lochs dicht beieinander, und ich vergesse immer, welcher welcher ist. Aber in einem davon fing ich eine weitere hübsche Forelle von einem guten halben Pfund, die eine so raffinierte Akrobatik vollführte, dass ich, nachdem ich sie vom Haken genommen hatte, innehalten und versuchen musste, die Leine zu entwirren, und dann die Vorfachspitze (den dünnsten Teil der Schnur) durchschneiden und ersetzen musste. Ich tat das langsam. Auch diese Stelle ist eine der malerischsten, mit hohen Blöcken rosa Granits auf zwei Seiten des Lochs. Wenn man von gewissen Punkten aus nach Norden schaut, kann man die steilen roten Klippen von Lang Clodie Wick sehen, wo Bäche fast hundert Meter vom Plateau ins Meer stürzen. Ich knüpfte meine Knoten, sah Rory zu, der am gegenüberliegenden Ufer auswarf, und dann zogen wir wieder weiter.

Es ist schwer zu sagen, wohin genau wir von dort gingen. Zum Teil, weil viele der Lochs, die wir besuchten, keine Namen haben, die ich kenne, zum Teil, weil ich keine Kontrolle über die Routenplanung hatte. Gleich hinter diesem Grat, sagte Rory oft mit einer Handbewegung, und ich folgte ihm. Wir angelten mehr oder weniger aufs Geratewohl, mit einem nur ungefähr geplanten Ende, aber einem langen Rückweg zum Auto, den wir im Auge behalten mussten. Manchmal erhellte so etwas wie Sonnenschein den grauen Himmel, und dann verlor auch der Wind seine Schärfe. Doch genauso schnell kroch dann wieder Nebel wie ein Gletscher über den Hügel, und ein dünnes Nieseln umgab uns und drohte sich zu Regen zu verstärken.

In einem Loch nicht größer als einen halben Hektar entdeckte ich beim Näherkommen eine Forelle nahe am Ufer. Sie sah besser aus als die Fische, die wir bisher gefangen hatten, und ich verfluchte mich, weil ich nicht vorsichtiger gewesen war. Ich kniete mich hin und legte die Fliegen dicht nebeneinander auf beiden Seiten von mir aus, aber natürlich war die Chance vertan. Ich ließ die Vorsicht sein und warf wieder aus, diesmal zur Mitte des Lochs hin. Ich machte ein paar Schritt nach rechts und zog die Leine planlos hinter mir her. Und dann war ein Fisch dran. Ich sah ihn nicht schnappen. Ich schaute nicht hin. Aber ich hörte ihn und spürte, wie sich die Rute bog.

Mit das Aufregendste an dieser Gegend ist die schiere Vielfalt der Gewässer und dessen, was sie enthalten. Einige Lochs sind voller winziger Forellen, die sich wie Piranhas auf fast jede Fliege stürzen, die sie sehen. Andere können viel größere Fische enthalten. Nicht zu wissen, was drinnen ist, wenn man zum ersten Mal die Fliege auswirft, ist ein Teil des Reizes. Vor allem, weil hier oben große Fische an unerwarteten Orten sein können.

Die Forellen auf diesem Plateau sind isoliert. Es sind die Abkömmlinge von Fischen, die nach der letzten Eiszeit hier gestrandet sind, als die Klippen im Westen erodierten und sie vom Meer isoliert waren. Ich bezweifle, ob irgendeiner dieser Lochs je mit Fisch von irgendwo anders besetzt wurde. Aber das heißt nicht, dass nicht weiterhin besetzt wird. Schließlich gibt es hier oben Lochs, in denen die Möglichkeiten der Forellen zur Vermehrung begrenzt oder nicht vorhanden sind: keine nennenswerten Zu- oder Abflüsse, keine Kiesbetten. Was bedeutet, dass einige eigentlich leer sein sollten. Aber örtliche Angler lassen sie nicht immer so. Eine Forelle von einem halben Pfund, die in einem Loch gefangen wurde, kann sehr leicht in einem anderen Loch ein paar Hundert Meter entfernt ausgesetzt werden. Und wenn die Konkurrenz hier begrenzt oder nicht vorhanden ist, bleibt es nicht lange bei diesem halben Pfund. Die Forelle wird sehr schnell wachsen. Ich habe gesehen, wie hier große Fische in winzigen Lochs gefangen wurden, die kaum größer waren als Pfützen.

Die Forelle, die ich am Haken hatte, war nicht riesig, aber doch recht anständig. Sie kämpfte nicht wie die anderen, führte sich nicht auf, aber ich konnte ihr Gewicht spüren, die Entschlossenheit ihres Widerstands. Ich zog, und sie zog zurück. Ich holte ein, und sie beanspruchte Leine. Doch der Widerstand wurde schnell schwächer, und ich spürte, wie sie sich mir zuwandte, bereit war heranzukommen. Und dann blieb sie stehen. Ich zog fester, aber sie blieb, wo sie war. Im ersten Augenblick dachte ich, dass ich den Fisch unterschätzt hatte und er größer war, als ich vermutet hatte. Doch dann begriff ich. Die Forelle hing am oberen Köder, der flauschigen Köcherfliege, und als sie in flaches Wasser kam, hatte sich der nachschleifende zweite Haken an einem Stein verfangen. Er steckte fest.

Ich hob die Rute hoch, und auch der Fisch hob sich. Sein Kopf stieg aus dem Wasser, als wäre er an einer Wäscheleine befestigt. Ich lockerte den Zug ein wenig, ließ ihn schwimmen, weil ich hoffte, Druck aus einer anderen Richtung würde den zweiten Köder lösen. Aber der Fisch kam nicht weit. Er war von zwei Seiten fixiert, weit außerhalb der Stelle, die ich in meinen Gummistiefeln erreichen konnte.

Inzwischen stand Rory neben mir, gespannt darauf, was passieren würde. Er bot mir seinen Rat an. Soweit er das sehen könne, meinte er, gebe es zwei Möglichkeiten. Ich könne die Leine nachlassen und hoffen, dass die Forelle die Chance zur Flucht ergreife und sich dabei vom Grund löse, oder ich könne Stiefel und Socken ausziehen und hineinwaten. Ich zog Möglichkeit eins in Betracht, da sie die trockenere und deshalb ansprechendere war. Aber mit Haken ohne Widerhaken war ich mir beinahe sicher, dass ich den Fisch so verlieren würde, auch wenn ich es schaffte, meine Köder zurückzuholen. Und den Fisch wollte ich wirklich nicht verlieren. Deshalb gab ich Rory die Rute.

Das Wasser war kalt, aber nicht so kalt, wie ich befürchtet hatte. Die Jeans bis zu den Knien aufgekrempelt, stieg ich hinein und spürte, wie meine nackten Zehen sich an den glitschigen Steinen festkrallten. Scharfe Kiesel stachen mir in die Sohlen, und ich versuchte, nicht zusammenzuzucken und dabei das Gleichgewicht zu verlieren. Die Forelle wartete, und war vielleicht sogar erleichtert, als ich schließlich den Kescher unter sie schob. Ich zog an der Schnur, um den unteren Köder zu befreien, doch er riss sofort ab. Ich drehte mich um und watete zum Ufer zurück.

Die Forelle war die feuchten Jeans, die Gänsehaut und die wunden Zehen wert. Der Rücken gesprenkelt, Flanken und Bauch orange wie ein Kürbis, wog der Fisch eineinhalb Pfund, vielleicht sogar etwas mehr. Natürlich nicht riesig, aber dennoch verblüffend. Verständlicherweise nach der langen Zeit am Haken, war er müde, deshalb legte ich ihn wieder ins Wasser, hielt ihn fest, bis seine Kräfte zurückkehrten, und sah dann zu, wie er eifrig davonschwamm.

Wir gingen zurück in die ungefähre Richtung des Autos, wollten eigentlich noch gar nicht aufgeben, wussten aber, dass die Uhr tickte. Es gibt mehrere Möglichkeiten, die Lochs hier oben zu erreichen, und jede erfordert eine längere Wanderung, entweder von einem Pfad in den Norden aus, oder von der Hauptstraße in den Osten aus, oder vom Gipfel des Collarfirth Hill in den Süden. Da die Zeit begrenzt ist, bestimmt die Wahl des Parkplatzes die Lochs, in denen man angelt. Am häufigsten habe ich die im nördlich-zentralen Teil des Plateaus besucht, deshalb war es gut, jetzt den südlichen Teil zu erkunden. Während unseres eher kurzen Tages angelte ich in insgesamt acht oder neun Lochs, und drei davon hatte ich noch nie besucht, ja nicht einmal gewusst, dass sie dort waren.

Der Boden war größtenteils feucht. Wenn wir von einem Ort zum anderen zogen, stapften wir zwischen morastigen Tümpeln und steinigen kleinen Bächen entlang. Die Erde schmatzte unter unseren Stiefeln. Überall zwischen den kurzen, steifen Gräsern standen die kleinen goldenen Stängel der Moorlilien, die gelben, herzförmigen Blütenblätter der Blutwurz und die festen, rosa Glöckchen des Heidekrauts. Wollgrasblüten waren über die Landschaft verstreut, als hätte jemand Wattebäusche einfach so in den Wind geworfen. Und dann, in einer feuchten Senke, blieb Rory plötzlich stehen, einen Fuß wie in der Luft erstarrt. Er trat einen Schritt zurück und bückte sich.

»Sumpf-Weichorchis!« rief er aus. Er schien es kaum glauben zu können. Ich kniete mich neben ihn, um sie mir anzusehen.

Diese seltenen kleinen Blumen waren bis dahin nur an einem halben Dutzend Standorten in Shetland gemeldet worden, und dieser hier gehörte nicht dazu. Doch hier waren sie: insgesamt drei, soweit wir das sehen konnten. Anämisch aussehende Dinger – blassgrün mit nur einem Anflug von Gelb und kaum mehr als ein paar Zentimeter hoch – die Tatsache, dass Rory sie überhaupt gesehen hatte, erschien mir nicht weniger eindrucksvoll als die Pflanzen selbst.

So viel von dem, was wir hier auf der Rückseite des Ronas Hill sahen und hörten, wirkte winzig. Diese Blumen, die da im Torf kauerten, der Zwergfalke, der am späten Vormittag im Tiefflug vorbeikreischte, verfolgt von Skuas; das flehende Schreien nervöser Goldregenpfeifer; und auch einige der Lochs selbst, kaum groß genug, um überhaupt Loch genannt zu werden. Und doch, wenn man diese Dinge mit einer gewissen Form erhöhter Aufmerksamkeit betrachtet, scheinen sie sich auszudehnen. Wie der Fleck, aus dem eine Eule wurde, werden sie größer. Ich glaube, Angeln erfordert diese

Art der Aufmerksamkeit. Sie ist ein Teil dessen, was wir tun, wenn wir angeln. Aufmerksamkeit für die Art, wie der Wind sich über eine Wasserfläche bewegt, für die Insekten, die über ihre Oberfläche huschen oder unter ihre Steine krabbeln; Aufmerksamkeit für die Schatten und das schwache Kräuseln der Fische im Wasser. Angeln bereichert. Es bringt die Welt näher.

Doch vielleicht gibt es auch gewisse Orte, die ihre eigene Art der Ausdehnung beinhalten; bei denen Maßangaben in Meilen oder Meter einem nichts darüber sagen, wie weit man gegangen ist oder noch zu gehen hat. Solche Orte scheinen eine innere Elastizität zu besitzen. Sie weiten sich als Reaktion auf unsere Anwesenheit und sind irgendwie größer als sie selbst. Ich glaube, hier ist so ein Ort.

Am frühen Abend gingen wir zum Auto zurück, nach einem letzten Loch und einem letzten Fisch. Während wir in südöstlicher Richtung dahinmarschierten, schien der Collarfirth Hill, wo unser Auto stand, von einem Schritt zum andern einfach nicht größer werden zu wollen.

Die Imitation des Lebens

*E*s brauchte eine Pandemie, um mich wieder zum Fliegenbinden zu bringen. Drei Monate, in denen Angeln nicht erlaubt war und alle Aktivitäten im Freien stark eingeschränkt waren. Die Regeln, die in diesem Frühling 2020 erlassen wurden, führten zu einer geografischen Schrumpfung des Lebens der Menschen, doch zugleich trieben sie mich – und ich bin mir sicher, viele andere auch – zu anderen Quellen der Freude und der Hoffnung. Einige entdeckten zum ersten Mal die Tier- und Pflanzenwelt in ihrem Garten oder dem örtlichen Park. Sie hörten die Vögel singen, da sie durch die Abwesenheit von Straßenverkehr und Flugzeugen lauter, besser hörbar wurden. Andere haben vielleicht Ferngläser gekauft, um die Welt aus der Nähe betrachten zu können. Wieder andere fingen mit dem Gärtnern an, um ihre Umgebung schöner zu machen. Ich, ich kaufte Haken, Garn und Federn.

Fliegenbinden war für mich nicht unbedingt neu. Es war eher etwas Altes, etwas, das ich schon längst aufgegeben hatte. Ich lernte das Binden in meinen Teenagerjahren, unter der geduldigen Anleitung älterer Mitglieder der Shetland Anglers Association. An den Dienstagabenden im Winter trafen wir uns im Vereinsheim in Lerwick, und ich schaute und hörte dann zu und gab mir die größte Mühe zu wiederholen, was man mir gezeigt hatte. Ich hatte einen billigen Baukasten, mit den wesentlichen Werkzeugen und Materialien, von denen die meisten für meine Zwecke völlig nutzlos waren: knallbunt gefärbte Truthahnfedern und fluoreszierendes Garn waren für traditionelle Loch-Fliegen nicht sehr gebräuchlich. Aber damals war ich ausgestattet mit einem Übermaß an Begeisterung, und meine Fliegenbox füllte sich sehr schnell mit grässlichen Exemplaren, die nie das Wasser sahen.

Doch wie viele jugendliche Zeitvertreibe – Skateboard-Fahren zum Beispiel, oder Klingelputzen –, hielt das nicht lang an. Irgendwann packte ich alle Materialien in eine Schachtel und machte den Deckel zu. Hin und wieder holte ich sie dann hervor, wenn Notwendigkeit oder Sparsamkeit es verlangten. Aber die Leidenschaft hatte ich verloren, und die wenigen Fähigkeiten, die ich zuvor gehabt hatte, waren schon immer beschränkt. Ich band ein paar, langweilte mich, und für weitere fünf Jahre ging alles wieder zurück in die Schublade. Und dann zehn. Irgendwann in meinen Dreißigern schenkte ich die Schachtel einem Freund, der talentierter und beharrlicher war als ich. Ab jetzt würde ich, dachte ich mir, Fliegen kaufen, wenn ich welche brauchte.

Als ich mich deshalb hinsetzte, um das Handwerkszeug neu zu bestellen – einen Bindestock, der die Haken fixiert, einen Spulenbehälter, der Faden ausgibt, und eine Hechelzange, die die Federn hält, wie auch einige andere Materialien –, war ich überrascht von meiner Entscheidung, von dem Eifer, der sich ohne Vorwarnung neu entfacht hatte. Es waren merkwürdige Zeiten, sagte ich mir, und merkwürdige Zeiten verlangten Veränderung. Stundenlag stöberte ich online, stellte mir vor, was ich machen würde, und sammelte, was ich dazu brauchte, in meinem virtuellen Einkaufskorb. Und dann, nach einer kurzen Pause, drückte ich den Button: Kaufen.

Die vielfältigen Möglichkeiten des Fliegenfischens haben etwas unbestreitbar Reizvolles, denn ein Angler kann sich nicht nur mit den nassen Teilen des Prozesses, dem Auswerfen und dem Fangen, beschäftigen, sondern auch mit dem trockenen: die Herstellung dieser Objekte der Täuschung, von denen alles andere abhängt. Mir fallen, wenn überhaupt, nur wenige Hobbys ein, bei denen die Ausübenden regelmäßig einen wesentlichen Teil ihrer Ausrüstung selbst produzieren. (Ich stelle mir gerne Badmintonspieler vor, die vor einem Match Gänsefedern in einen Korken stecken, aber ich fürchte leider, dass sie das nicht tun.)

Doch eine Fliege ist nicht nur ein Ausrüstungsgegenstand oder ein Geräteteil. Sie ist nicht wie eine Rute oder eine Rolle. Es ist viel mehr. Sie ist der Kernpunkt des Fliegenfischens, bei dem von menschlichen Händen Hergestelltes auf das Objekt unserer Begierde trifft. Dieses winzige, zusammengebastelte Ding ist es, worauf unser ganzes Streben abzielt. Es ist das angespitzte Fragezeichen, das wir am Ende unserer Leine befestigen, der Punkt, in dem sich praktisch das ganze Geheimnis dieser so geheimnisvollen Beschäftigung des Angelns konzentriert. Und auch nicht nur *eine* Art von Geheimnis.

Die größte Quelle der Verwirrung für Neulinge beim Fliegenfischen – natürlich abgesehen davon, wie man richtig auswirft – sind die Fliegen selbst. Wer einen Angelladen betritt, findet Hunderte von den Dingern, vielleicht Tausende. Es gibt Fliegen für Lachse, für Bachforellen, für Regenbogenforellen; Fliegen für stehende und für Fließgewässer; Fliegen für jede Jahreszeit und für alle möglichen Bedingungen. Es gibt Fliegen, die exakt so aussehen wie kleine Insekten oder Fischlein; es gibt Fliegen, die aussehen wie nichts sonst auf der Welt. Wo soll man also bei der ganzen Sache anfangen? Woher weiß man, was man kaufen und was man an die Leine binden muss?

Als ich in Shetland aufwuchs, benutzten die meisten Angler, die ich kannte, traditionelle Nassfliegen-Muster. Sie hatten Schwänze aus Goldfasan oder Wolle, diese Fliegen, ihre Körper bestanden aus Garnwicklungen oder Robbenfell oder aus Widerhaken, die mit Pfauenfedern umwickelt waren; sie hatten schwarze oder braune oder weinrote Hechel; einige hatten Flügel, manche aus Blauhäherfedern; die meisten hatten die Körper mit Draht oder Tinsel, einer Art Lametta, umwickelt. Es gab Black Pennells, Zulus und Ke-Hes, Bibios, Invictas und Butchers: Namen, die so gut wie nichts über die Fliegen selbst aussagten, die aber dennoch ein enormes, sinnträchtiges Gewicht zu haben schienen. Ich fand sie auf eine schwer zu beschreibende Weise schön. Sie waren elegant, meistens gedämpft in den Farben, abgesehen von ein paar Spritzern Rot, und sie waren nach einer Formel oder einer Reihe von Formeln gebaut, die sie vertraut aussehen ließen. Für einen Anfänger waren sie auch beruhigend; ihre reine Langlebigkeit flößte eine gewisse Zuversicht ein, auch als meine eigenen Erfolge noch minimal waren. Manchmal waren die Erinnerungen an frühere Fänge das Einzige, was mir Selbstvertrauen gab.

Aus Anglermagazinen wusste ich, dass es auch viele andere Fliegenmuster gab – größere Fliegen, kleinere Fliegen, buntere Fliegen, lebensechtere oder -imitierendere Fliegen – und ich schaute mir Fotos davon mit einem gewissen Staunen, aber auch einer gewissen Sorge an. Was verpasste ich, überlegte ich, als ich in diesen Hochglanzseiten blätterte? Schränkte ich meine Möglichkeiten ein, indem ich bei dem blieb, was ich kannte? Es gab örtliche Angler, die abenteuerlustiger waren als ich, die sich diese Fotos nicht nur anschauten, sondern aus ihnen lernten, immer wieder neue Sachen banden und die traditionellen Muster, auf die ich baute, hinter sich ließen. Aber es erfordert ein gewisses Vertrauen in die eigenen Möglichkeiten, um zu experimentieren, und lange Zeit, und aus einem guten Grund, war mein Vertrauen begrenzt. In meinen ersten Jahren als Fliegenfischer fing ich nicht viele Forellen, auch mit Mustern, von denen ich wusste, dass sie funktionieren sollten. Wie auf Erden könnte ich da so dreist sein, sie aufzugeben? Meine Dreistigkeit wurde gehemmt von meiner Ungeschicklichkeit – meiner schlechten Wurftechnik, meinen Wissenslücken und meiner blindwütigen, schludrigen Herangehensweise an die ganze Sache.

Doch da war noch etwas anderes, ein Gefühl, das mich plagte auf eine Art, die ich heute kaum glauben kann. Es war das Gefühl, dass alle diese anderen Fliegen – die ich in Magazinen sah oder über die ich in Büchern las – für andere Orte gemacht waren, und dass genau diese Fremdheit in Shetland sie hier zum Scheitern verurteilen würde. Aber zu der Zeit nahm ich auch noch an, dass die meisten der Fliegen, die ich kannte, diejenigen, die ich benutzte oder zu binden versuchte, auf den Inseln erfunden worden waren, oder zumindest mit Inselforellen im Sinn. Sie schienen hier so sehr zu Hause zu sein, dass ich mir kaum vorstellen konnte, wie weit einige davon gereist waren; dass sie von Anglern in ganz Großbritannien, Irland und weit darüber hinaus erfunden worden waren, wäre mir nie in den Sinn gekommen. Und auch wenn ich mich in dieser Hinsicht irrte, lag ich doch nicht *völlig* falsch, mein enger Begriff der Örtlichkeit von Nassfliegen-Mustern war allerdings unzutreffend. Auch wenn das Internet mit seinen grenzenlosen Informations- und Verkaufsangeboten, alle ohne jeden Bezug zu einem konkreten Ort, einen Prozess der Gleichmachung beschleunigt hat, der schon längst im Gange war, waren die Traditionen des Fliegenbindens und der -auswahl früher einmal teilweise regional – und sind es bis zu einem gewissen Grad immer noch.

In vielerlei Hinsicht ist Fliegenfischen eine auf der ganzen Welt ziemlich homogene Beschäftigung. Wie bei allen Sportarten und Hobbys gibt es Regeln und Gepflogenheiten, die universell sind. Es gibt globale Marken, die mit ihren Waren weltweit auf Angler abzielen. Variationen in der Art, wie die Leute angeln, betreffen vorwiegend die Mechanik: Unterschiedliches Gerät und divergierende Techniken sind nur andere Arten, wie man einen Haken vor einen Fisch bringt. Aber Fliegen sind anders. Fliegen reflektieren eine Vielzahl nationaler und regionaler Traditionen. Sie haben Entstehungsgeschichten und Mythologien. Sie repräsentieren praktische, philosophische und soziale Unterscheidungen. Sie sind kulturelle Artefakte, jede einzelne von ihnen.

Denken Sie zum Beispiel an die *Spider* (»Spinnen«), eine Familie von Mustern, die vor mindestens zweihundert Jahren im Norden Englands und im Süden Schottlands entstanden. Einige dieser Fliegen werden noch immer verbreitet genutzt, während andere heutzutage kaum noch zu sehen sind. Was sie hervorhebt, ist die Einfachheit ihrer Gestaltung und die einheimische Natur ihrer Materialien. Vom Aufbau her sind die meisten kaum mehr als eine dünne Schicht aus Garn, Seide oder Fell entlang des Hakens, mit einer dürftigen Feder, genannt Hechel, die wie ein Kragen um die Spitze gewickelt ist. Die Namen dieser Fliegen reflektieren oft diese Einfachheit, indem sie den Vogel, von dem der Hechel stammt, mit der Farbe des Körpers kombinieren: *Partridge and Orange* (Rebhuhn und Orange) zum Beispiel oder *Snipe and Purple* (Schnepfe und Lila). Während die meisten Fliegen benannt werden von und manchmal auch nach den Personen, die sie erfunden haben, scheinen die Spider-Muster, wie traditionelle Volkslieder, eher geografische als individuelle Kreationen zu sein. Die ältesten von ihnen bestanden ausschließlich aus Materialien von Vögeln und Tieren, die in der Region zu finden waren, in der die Angler lebten: Sumpfhuhn, Waldschnepfe, Wacholdervogel, Schnepfe, Star, Rebhuhn, Maulwurf und Hase. Das bedeutete, dass so gut wie jeder sie binden konnte. Es waren zugängliche, gleichmacherische Muster, die am Ort verwurzelt waren.

Denken Sie auch an die Beliebtheit der *fully dressed* (komplett bekleideten) Fliegen für Atlantischen Lachs, die ursprünglich in Irland entwickelt wurde, aber im Lauf des Jahrhunderts in Schottland so allgegenwärtig wurden, dass die meisten älteren, örtlichen Muster völlig verdrängt wurden. Diese neumodischen Fliegen waren farbenprächtige

Dinger, so ausgefallen in Farbe und Komplexität, dass sie für mich eher lächerlich als schön erscheinen, wie die Damenhüte beim königlichen Pferderennen in Ascot. Die *fully dressed* Muster waren Bouquets aus leuchtend gefärbten Federn von britischen Arten wie Schwänen und Enten zusammen mit einer Fülle anderer exotischerer Materialien: Strauß, Gabelschwanzhuhn, Glanzkrähe, Diamantfasan, Blaukopfara. Das waren nicht nur neue Federn fürs Fliegenbinden, das waren Beutevögel des Empires. Und auch wenn die Erfinder solcher Muster manchmal hochkomplexe Erklärungen für jedes außergewöhnliche Element ihrer Fliegen lieferten, war der eigentliche Zweck des Ganzen jedoch, zu beeindrucken – nicht unbedingt Fische, sondern Leute. Die raffinierten, vielschichtigen Flügel, die grellbunten Flanken und Hörner, die ganze groteske Aufmachung: Hier ging es nur ums Angeben. Nur die sehr Geschickten konnten sie binden, und nur die Reichen konnten sie sich leisten. In einem Jahrhundert, in dem durch das schnelle Wachstum der Eisenbahn das Angeln für viele in Großbritannien zugänglich wurde, wurden gleichzeitig andere Hürden errichtet, wodurch das Lachsangeln zu einem Zeitvertreib wurde, der für die meisten unerreichbar war. Diese Fliegen waren eine solche Hürde.

Traditionen sind etwas Lustiges, manchmal entwickeln sie sich, manchmal bleiben sie stehen, manchmal spalten sie sich ab und streben auseinander, und manchmal verhärten sie sich sogar zu Dogmen. In der Geschichte des Fliegenbindens haben sich Veränderungen nur langsam entwickelt und trafen gelegentlich auf beharrlichen Widerstand. Die meisten Fliegenbinder haben innerhalb der Grenzen der

Konvention gearbeitet. Sie haben alte Muster optimiert, neue Materialien hinzugefügt, Farben verändert; sie haben versucht, einige ein bisschen anders zu machen, nur um zu sehen, ob es funktioniert. Aber die Grenzen der Innovation wurden oft schon im Voraus definiert. Die Gewohnheit diktierte, was möglich oder erstrebenswert war, und ebenso wichtig, was nicht. Eine Tradition mag gezwungen sein, sich anzupassen, oder sie wird von einer anderen aus einer anderen Region verdrängt (wie bei den ziemlich drögen schottischen Lachsfliegen, die von den *fully dressed* hinweggefegt wurden), aber Konventionen konnten zu Zeiten auch bemerkenswert unflexibel sein. Und keine war das mehr als die der Trockenfliegenangler des südlichen Englands, die am Ende des neunzehnten Jahrhunderts Berühmtheit erlangten. Ihre Tradition war ursprünglich eine rein praktische Lösung eines Problems, das sich jedem Angler einmal stellt, aber aus ihr wurde mit der Zeit eine strikte und verbissene Ideologie, die von sich behauptete, nicht nur erfolgreicher zu sein als andere Angelmethoden, sondern auch moralisch überlegen.

Das Problem war folgendes: Manchmal fressen Forellen Insekten auf der Wasseroberfläche und ignorieren andere Nahrungsquellen. Die Lösung: Binde Fliegen, die an der Oberfläche bleiben und so diese Insekten imitieren. Diese Lösung wurde einfacher gemacht durch die Einführung wasserabstoßender Substanzen, die, wenn auf den Körper oder die Flügel einer Fliege angewandt, sie länger auf der Wasseroberfläche halten. Trockenfliegenangeln, wie diese Methode in Folge genannt wurde, gewann schnell an Beliebtheit, und das aus einem guten Grund. Trockenfliegen fingen Fische.

Aber für einige seiner Pioniere und Anhänger war das nicht nur eine Alternative zum Nassfliegenangeln, sondern verdrängte diese Methode völlig. Und als Anfang des zwanzigsten Jahrhunderts eine weitere neue Technik entwickelt wurde, mit Fliegen, die Unterwassernymphen imitierten, war die Reaktion heftig. Angeln mit Nymphen, so argumentierten die Trockenfliegenpuristen, sei eine fundamental unsportliche Aktivität, die in den geheiligten Kreidebächen Englands nicht erlaubt sein sollte. Wie viel von dieser Haltung reinem Snobismus entsprang – Nassfliegenangeln wurde als nördliche Methode betrachtet und deshalb von einigen im Süden als minderwertig – und wie viel schlichtem, altem kulturellen Konservativismus, ist unklar. So oder so, es war Unsinn. Doch auch wenn in Flüssen und Seen auf der ganzen Welt erfolgreich mit Nymphen geangelt wird, gibt es in England immer noch Ecken, in denen nur Trockenfliegen erlaubt sind.

Für den Anfänger im Angelladen, der verwirrt die Körbe mit Fliegen anstarrt, ist von dieser Tradition, diesem Wandel oder dieser Kontroverse nichts zu sehen. In Läden und auch online wird alles gleichgemacht. Es gibt Nassfliegen im Angebot, es gibt Trockenfliegen und Nymphen, es gibt Streamer und Goldköpfe und Buzzer und Blobs. Vielleicht gibt es sogar Kebari, die traditionellen japanischen Fliegen – schlicht im Design, oft mit nach vorne gerichteten Hecheln –, die jetzt auch im Westen eine gewisse Popularität erlangen. Der Angelanfänger dürfte sich über diese ganze Geschichte keine Gedanken machen, wenn er sie überhaupt kennt. Für ihn dürfte, wenn es ums Auswählen und Binden einer Fliege geht, die einzig wichtige Frage die offensichtliche sein: Fängt sie Fische? Das Problem bei fast jedem Muster, das einem in den Sinn kommt, ist, dass die Antwort auf diese Frage ›nun ja, vielleicht‹ lautet.

Als die Fliegenbindewerkzeuge und -materialien, die ich in meiner Einkaufsorgie während der Pandemie bestellt hatte, bei mir eintrafen, packte ich alles aus und verteilte es auf dem Tisch. Ich beschloss sofort, dass ich ganz neu anfangen, ganz an den Anfang zurückgehen würde. Mein Fliegenkasten – den ich in der Holzbearbeitungsklasse in der Highschool gebastelt hatte – sah ziemlich schäbig aus. Die Fliegen, die ich oft verwendet hatte, waren ausgefranst und rostfleckig, während die tadellosen diejenigen waren, die ich nie benutzt hatte. Ich nahm sie alle heraus, steckte sie in ein Glas und schraubte den Deckel drauf. Ich würde nur binden, was ich brauchte, beschloss ich. Ich würde den Kasten mit Fliegen neu bestücken, die ich wirklich benutzen würde, Fliegen, die mir Spaß machen würden. Aber wie würden die wohl aussehen?

Ich fing mit ein paar alten Lieblingen an: einige der Muster, die ich schon seit meinen Teenagerjahren benutzte, und für die meine Zuneigung nicht nachgelassen hat. Obwohl ich heute größtenteils außerhalb Shetlands angle, fühlen sich eine kleine Anzahl von traditionellen Nassfliegen noch immer nach guter Gesellschaft an, wie auch ein oder zwei der schlichtesten Nymphenmuster, die nur selten nicht an meiner Schnur hängen. Im Lauf der Jahre habe ich viele Fische damit gefangen. Aber natürlich habe ich viele Fische mit ihnen gefangen, genau weil sie nur selten nicht an meiner Schnur hingen. Dasselbe gilt für die alten Lieblinge. Diejenigen, die ich an die Schnur knüpfe, sind diejenigen, mit denen ich Fische fange, und diejenigen, die ich nie benutze, fangen mir rein gar nichts. Wie könnte es auch anders sein? Ich mag die Fliegen, die mir Fische fangen, und deshalb knüpfe ich sie an, und deshalb fange ich Fische mit ihnen, und deshalb mag ich sie. Und so weiter und so fort. Es ist ein logischer Zirkelschluss ohne sinnvollen Ein- oder Ausgang, kein Weg, um meine Argumentation jemand anderem zu erklären. Es ist eine Frage des Geschmacks, der sich zur Gewohnheit verfestigt hat.

Dieses Verlassen auf die Gewohnheit und die Launen des Geschmacks mag den Neuling beim Fliegenfischen überraschen. Schließlich wird alles, was Sie zum Thema wahrscheinlich lesen – die Bücher, Websites, Magazine, Foren –, in Begriffen der Gewissheit sprechen, in Begriffen des *Lernens* und *Wissens,* was, wo, wann und warum Fische fängt, wenn Sie nur weiterlesen. Wenn Sie nur gut aufpassen.

Dieser Unsinn ist alt.

In *A Treatyse of Fysshynge wyth an Angle,* veröffentlicht 1496 und das erste derartige Werk in englischer Sprache, beschrieb der Autor die Grundausstattung für zwölf Fliegenmuster, geordnet nach Monaten. Izaak Walton, der kein großer Fliegenfischer war, gab gut 150 Jahre später in seinem *Der vollkommene Angler* noch dieselbe Liste an. 1676 aber, als der zweite Teil dieses Buchs von Charles Cotton geschrieben und beigefügt wurde, waren die Dinge schon sehr viel komplizierter. Cotton beschrieb insgesamt fünfundsechzig Fliegen für den Gebrauch während des ganzen Jahres. Seine Anweisungen waren zuweilen lachhaft präzise (ein Muster verlangte Haare von dem schwarzen Punkt auf einem Schweineohr) und an anderer Stelle hoffnungslos verschwommen (bei den Fliegen, schrieb er, seien einige für ein bestimmtes Wasser und einen bestimmten Himmel und einige für andere; und abhängig von Veränderung in diesen ändern wir Größe und Farbe). Gelegentlich schaffte er es, in einem Satz zugleich präzise und verschwommen zu sein (Vom sechsten dieses Monats [April] bis zum zehnten haben wir auch eine Fliege namens Violett-Fliege, gemacht aus einem dunkelvioletten Stoff). Trotz aller Details, die er lieferte, gab Cotton zu, dass seine Fliegen, da sie hauptsächlich für den Fluss Dive im Peak District entworfen wurden, einem Angler in südlicheren Flüssen vielleicht keine guten Dienste erweisen würden. Tatsachlich habe, gestand er, ein Freund von ihm in London, den er mit einigen dieser Muster ausgestattet hatte, nie irgendwelche Großtaten mit ihnen vollbracht.

Dies also ist, vertraut seit fast 350 Jahren, der Ton, den man in beinahe jeder heutigen Veröffentlichung übers Fliegenfischen findet, ob online oder in Druck. Es ist ein Ton komplexen Selbstbewusstseins, gepanzert mit Vorbehalten. Es ist ein Ton, mit dem der Schreiber großes Fachwissen demonstriert und zugleich jede Schuld an einem Misserfolg dem Leser zuschreibt.

Viele dieser Ratschläge – vom *Treatyse* und dem *Vollkommenen Angler* bis hin zur jüngsten Ausgabe eines Angelmagazins – laufen auf dieselbe grundlegende Anweisung hinaus: Künstliche Fliegen, die dazu gedacht sind, Forellen oder Äschen zu fangen, sollten das imitieren, was die Fische fressen. Wer weiß, was die Fische fressen, weiß auch, welche Fliege er benutzen muss. Einfach so dahingesagt, scheint der Rat schlicht und unbezweifelbar. Er klingt wie ein praktischer Ausgangspunkt für den Binder oder Käufer von Fliegen. Tatsächlich aber ist die Imitation von Fischnahrung keine Anweisung, die man ohne Fragen befolgen kann. Sie bietet vielmehr ein ganzes Spektrum von möglichen Optionen. An einem Ende des Spektrums sind die präzise imitierenden Muster, die Charles Cotton produziert haben mag, falls die im siebzehnten Jahrhundert verfügbaren Werkzeuge und Materialien es erlaubten. Wie die traditionellen Trockenfliegenfischer gerne raten, sollte man darauf abzielen, den Schlupf zu imitieren (obwohl natürlich ein Großteil des Nahrungsspektrums eines Fisches gar nicht schlüpft, sondern schwimmt oder krabbelt oder an der Oberfläche treibt), und viele Fliegenbinder geben sich größte Mühe, exakte Nachahmungen von spezifischen Insektenarten zu erschaffen – *Ephemera danica,* die Große Eintagsfliege, zum Bespiel oder *Rhithrogena germanica,* die Braune Maifliege. Das ist unbestreitbar eine ernsthafte Fertigkeit und eine bewundernswerte. Die Farbe, Größe, Form und Haltung der Flügel, die Gliederung des Leibs, die Länge des Schwanzes: Absolut alles wird berücksichtigt und kopiert, mit Materialien, die sowohl natürlich wie menschengemacht sind. Ich vermute, es wird nicht mehr lange dauern, bis so gut wie jedes Insekt mit einem 3-D-Drucker exakt nachgebaut werden kann, nur um dann an einem Haken befestigt zu werden – falls es das ist, was man will.

Eine weitere mögliche Herangehensweise an die Imitation ist eher lockerer und impressionistischer. Fliegen, die eine Familie oder Gattung von Insekten verkörpern, sind beliebt und zweifellos erfolgreich. Beispiele sind Köcherfliegen, Kleinlibellennymphen, Schmacken und Zuckmücken, besser bekannt unter dem Begriff *Buzzer.* Dann gibt es auch Muster, die ein breites Spektrum verschiedener Arten nachbilden, aber an einem gemeinsamen Punkt ihrer Entwicklung. Die gebräuchlichsten sind die verschiedenen Emerger-Muster (also von Tieren im Schlupf), die von der Wasseroberfläche hängen wie Insekten, die gerade zu ihrem ersten Flug aufbrechen.

Die dritte Gruppe von Imitationen sind die Muster, die eigentlich gar nicht aussehen wie irgendetwas Spezielles, aber lebensechte (oder nahrungsechte) Eigenschaften an sich haben, etwas in ihrer Struktur, das sie verlockend oder essbar erscheinen lässt, auf eine Art, die schwer zu erklären sein kann. Die Spider (Spinnen) passen in diese Kategorie – ihre weichen Hechel pulsieren verführerisch, wenn sie sich durchs Wasser bewegen –, und auch einige der Nymphenmuster. Weniger ähneln sie etwas Lebendigem, sondern haben selbst etwas Lebendiges. Ich glaube, dass die meisten traditionellen Nassfliegenmuster ebenso in diese Kategorie passen, da sogar diejenigen, die so gestaltet sind, dass sie aussehen wie etwas Spezielles (die Black Pennell zum Beispiel ist angeblich eine Mückenimitation, obwohl sie viel zu groß ist), es nicht sehr gut schaffen. Aber das hält sie nicht davon ab, Fische zu fangen.

Diese drei unterschiedlichen Herangehensweisen an die Imitation sind nicht nur praktische Abweichungen. Sie repräsentieren philosophische Unstimmigkeiten. Die Entscheidungen, die man trifft beim Fliegendesign und der -auswahl sind eine Reaktion auf Fragen, die man nie komplett beantworten kann. Wie sehen Fische Farben? Wie wählen sie ihre Beute aus? Wie wählerisch sind sie? Welche

Faktoren lassen sie eine Fliege verschmähen? Welche Faktoren machen eine Fliege attraktiver? Und hinter diesen steht noch eine größere: Wie ist es, eine Forelle zu sein? Angler können die Antworten auf diese Frage nicht kennen, aber sie müssen sie sich trotzdem stellen, und sie dürfen nicht aufhören, sie zu stellen.

Diese Zweifel und weiterhin offenen Fragen, warum ein Fisch anbeißt (und warum so oft eben nicht), sind – wie auch das falsche Selbstbewusstsein einiger – schon sehr lange in der Welt. Erstaunlicherweise thematisiert der erste bestätigte Bericht über das Angeln mit einer Fliege, der vor mehr als achtzehnhundert Jahren geschrieben wurde, genau diese Unsicherheit. 200 n. Chr. beschrieb der römische Autor Claudius Aelianus (oder Älian) die Technik makedonischer Fischer an einem Fluss, den er Asträus nannte, zwischen Beröa und Thessaloniki gelegen. Hier, sagte er, gebe es Fische mit gesprenkelter Haut, die sich von nur in diesem Landstrich vorkommenden Fliegen ernährten, die über dem Wasser schwebten. Diese Fische waren mit Sicherheit Forellen, aber was war mit diesen Insekten? Es sehe nicht aus wie eine Wespe, schrieb Älian, »und von der Form her könnte man es auch nicht wie eine Mücke oder Biene beschreiben, aber es hat etwas von beiden. In Kühnheit ist es wie eine Fliege, von der Größe her könnte man es eine Mücke nennen, es ahmt die Farbe einer Wespe nach und es summt wie eine Biene.«

Diese kleinen Fliegen, was sie auch gewesen sein mochten, waren zu zart, um sie als Köder auf einen Haken zu spießen, erläuterte Älian, aber die Fischer hatten eine Lösung gefunden. »Sie befestigen rote (purpurrote) Wolle an einem Haken und stecken in die Wolle zwei Federn, die unter dem Kehllappen eines Hahns wachsen und die von der Farbe her wie Wachs sind ... Dann werfen sie ihren Köder aus, und der Fisch fällt, angelockt und gefoppt von der Farbe, sofort darüber her, weil er sie nach dem hübschen Anblick für einen leckeren Happen hält; doch wenn er sein Maul öffnet, verfängt er sich an dem Haken und genießt eine bittere Mahlzeit, als Gefangener.«

Die alten Makedonier befestigten also rote Wolle und zwei grau-braune Federn an einem Haken, um Forellen zu fangen, die sich von winzigen gelb-schwarzen Fliegen ernähren. Älian hält sich bedeckt bei der Frage, ob Hunger oder Wut die Forelle zum Anbeißen treibt, aber das ist vielleicht auch unwichtig, weil die Fischer Fische fingen.

Als wir nach Shetland zogen, war die für mich – Stümper und Städter, der ich war – am einfachsten zugängliche Beute junger Seelachs auch *sillocks* genannt, die winzigen Kohlfische oder Köhler, die sich an den Landungsstegen im Hafen von Lerwick tummeln. Auch wenn ich sie sehr leicht sehen konnte, brauchte ich doch noch ein bisschen Hilfe beim Fangen. Einer meiner Klassenkameraden war ein Stammgast im Hafen, und damals schien er gesegnet mit einem fast geheiligten Wissen über Angeln. Ich flehte ihn an, ein wenig von seiner Weisheit mit mir zu teilen. »Wie kann ich sie fangen?«, fragte ich. »Soll ich Lebendköder oder Spinner oder bunte Fliegen verwenden?« Seine Antwort überraschte mich. »Ein nackter Haken ist das Beste«, sagte er. »Häng ihn einfach ins Wasser, und sie beißen.«

Auch nach dreißig Jahren erinnere ich mich noch gut an meinen Widerstand gegen diese Antwort, mein Gefühl, dass das einfach nicht stimmen konnte. Auch als ich es dann selber ausprobierte, als ich sah, wie die Kohlfische den Haken umschwärmten, angezogen nur vom Blinken des Metalls, wollte ich nicht, dass es stimmte. Angeln sollte schwieriger sein, dachte ich. Es sollte mehr Arbeit, mehr Einfallsreichtum erfordern. Fische sollte man austricksen müssen, sie sollten sich nicht einfach auf den Haken stürzen.

Ich glaube, im Fliegenfischen gibt es einen ähnlichen Widerstand gegen die Einfachheit, eine Hingabe an den Gedanken, dass Fische schlau und anspruchsvoll sind, dass ihr Fang List und Innovation erfordert. Einige Angler behaupten, dass Forellen sich an bestimmte Fliegenmuster, die sie zu oft sehen, gewöhnen, dass sie lernen, diese Muster zu ignorieren, weil sie verstehen, welche Gefahr sie darstellen. Also sind immer wieder neue Fliegen nötig, um weiterhin zu fangen. Einige Angler behaupten, entweder explizit oder in Andeutungen, dass Forellen auch noch die geringsten Unterschiede und Form und Schattierung erkennen können, und dass diese Unterschiede bestimmen können, ob eine Fliege angenommen wird oder nicht. Einige Angler behaupten, dass Forellen, wenn sie selektiv nur ein einziges Insekt fressen, nur mit einer sehr genauen Imitation dieses Insekts zu fangen sind.

Ich bin alles andere als überzeugt, dass irgendetwas davon wahr ist.

Soweit Biologen das sagen können, entspricht die Intelligenz einer Forelle – in dem Sinne, wie wir Menschen sie verstehen und bewerten – ungefähr der eines Frosches oder einer Eidechse. So herrlich und wunderschön sie auch sind, und so perfekt an das Leben angepasst, das sie führen, was ihren Scharfsinn und ihre Lernfähigkeit angeht, sind Fische menschlichen Wesen nicht ebenbürtig. Und doch schaffen sie es immer wieder, wie jeder Angler weiß, uns auszutricksen. Zumindest scheint es so. Wir werfen nach ihnen aus, und sie beißen nicht an. Manchmal ignorieren sie einen ganzen Tag lang unsere Gaben. Der Grund, warum wir ihre Intelligenz übertreiben, ist offensichtlich. Indem sie dem Fisch schmeicheln, schmeicheln die Angler sich selbst.

Bei großzügiger Betrachtung ist die Theorie von der intelligenten Forelle eine Möglichkeit, die Unberechenbarkeit des Angelns zu erklären. Bei weniger großzügiger ist es eine Ausrede für unser Versagen. Aber die Ausrede funktioniert nicht so recht. Überlegen Sie mal: Wenn eine Forelle so intelligent ist, dass sie weiß, welche Farbe die Beine der Eintagsfliege *Baetis muticus* haben sollte und wie viele Segmente ihr Leib, warum sollte sie dann nach einer Fliege mit einem langen Stück Nylon am vorderen Ende und einem geschärften Haken am Hinterteil schnappen? Lautet die Theorie, dass Fische selektiv in ihrer Selektivität sind? Schaffen Sie es nicht, den Haken oder die Schnur zu bemerken, weil sie zu beschäftigt damit sind, die Strahlen der Schwanzfedern zu zählen oder Olivschattierungen zu vergleichen? Ich glaube es eher nicht.

Angeln ist eine von Zweifeln durchsetzte Beschäftigung. Das ist eins der Dinge, die ich am meisten daran liebe: die Tatsache, dass wir eigentlich nie irgendetwas wissen, dass wir nie vorhersagen können, was passieren wird. Mit der Technik und der Fliege, die an einem Tag Fisch um Fisch fangen, zieht man am nächsten Tag vielleicht eine Niete. Es kann frustrierend sein, ja, aber es ist auch aufregend. Das hält uns Angler auf Zack.

Forellen sind keine wirklich scharfsinnigen Tiere auf die Art, wie ein Großteil der Angelliteratur uns glauben machen will. Die Entscheidungen, die sie treffen – um ein Wort zu verwenden, das vielleicht nicht gänzlich angemessen ist – sind Teil eines andauernden Balanceakts zwischen zwei konkurrierenden Instinkten, Hunger und Vorsicht. Nur zusammen halten diese beiden Impulse sie am Leben, und die Vorherrschaft des einen oder des anderen hängt von einer Vielzahl von Faktoren ab.

Um Ihnen ein einfaches Beispiel zu nennen. Eine Forelle in einem übervölkerten See wird eine verminderte Vorsicht haben, um eine bessere Chance zu haben, ihren Hunger zu stillen. Sie wird nach allem schnappen, was so aussieht, als könnte es Nahrung sein, weil sie eine Gelegenheit zum Fressen nicht einfach übergehen kann. Andererseits kann eine Forelle, wenn es weniger Konkurrenz gibt, es sich leisten, vorsichtiger zu sein und alles zu verschmähen, was nicht mit Sicherheit Nahrung ist. Sie kann abgeschreckt werden vom Anblick unserer Schnur im Wasser oder von einer merkwürdigen, unnatürlichen Bewegung der Fliege. Vielleicht sieht sie das Metall des Hakens und spürt irgendwie, dass da etwas nicht stimmt. Eine künstliche Fliege, wie gut sie auch gebunden sein mag, riskiert immer, verschmäht zu werden. Im Grunde genommen ist es erstaunlich, dass sie nicht öfter verschmäht werden.

Es gibt auch Zeiten, in denen widersprüchliche Faktoren am Werk sind. Wenn zum Beispiel eine große Anzahl von einer oder zwei Arten von Insekten zugleich an die Oberfläche kommt, um zum Flug anzusetzen. Bei diesen Gelegenheiten, Schlupf genannt, zeigt die Forelle vielleicht die gutgenährte Vorsicht, wenn sie sich unseren Mustern gegenübersieht, oder verliert andererseits jede Vorsicht und schlägt sich hemmungslos den Bauch voll, solange die Gelegenheit günstig ist. Ich habe beides schon passieren sehen, und es ist nicht immer offensichtlich, was den Ausschlag gibt. Es stimmt, dass bei solchen Gelegenheiten die Forelle vielleicht jede Nahrung ignoriert, die kein schlüpfendes Insekt ist. Das zu tun, ist ein nützlicher Überlebensmechanismus: eine kurzzeitige Einengung der Aufmerksamkeit.

Nach überliefertem Wissen muss man zu diesen Zeiten die Insekten imitieren, aber es gibt natürlich keine Einigkeit darüber, was genau das bedeutet. Die Größe richtig hinzubekommen, dürfte ein wichtiger Faktor sein – auch wenn Fliegen, die zu groß oder zu klein sind, nicht unbedingt versagen müssen. Form und Haltung sind wahrscheinlich auch von Bedeutung – auch wenn sich Fische zugleich von Nymphen, Emergern (Schlüpfenden) und Erwachsenen einer Art zugleich ernähren können –, allerdings gibt es auch Leute, die behaupten, diese beiden seien völlig unwichtig. Noch etwas anderes ist bedenkenswert: Wenn natürliche Nahrung im Überfluss vorhanden ist, kann sich die eigene Fliege sehr leicht in der Menge verlieren. Richtiges Aussehen kann die Fische zum Anbeißen verleiten, aber falsches Aussehen wird vielleicht eher bemerkt.

Ich weiß, das ist das genaue Gegenteil dessen, was Angelanfänger hören wollen. Es ist mehrdeutig, zu unschlüssig. Aber es ist die Wahrheit. Tatsache ist, dass Fliegen eigentlich nur anhand ihres Erfolgs bei einer einzigen Gelegenheit mit einem einzigen Fisch beurteilt werden können: mit demjenigen, der anbeißt. Keine noch so große Menge an vergangenen Erfolgen garantiert, dass eine Fliege heute oder morgen funktionieren wird. Gleichfalls ist eine Ablehnung kein folgenschweres Urteil über ein spezielles Muster (sie kann allerdings ein Urteil über unsere Technik sein). Meistens erfahren wir gar nicht, warum eine Fliege verschmäht wird, welcher Faktor oder welche Faktoren den Misserfolg verursacht haben. Wenn man Haken nach argwöhnischen Fischen auswirft, wird es unweigerlich zu einer Ablehnung kommen.

Das soll aber nicht heißen, dass man sich nicht verbessern kann bei der Auswahl der Fliegen, beim Wissen darum, was in einer gegebenen Situation am besten funktioniert und was einen Fang fördern kann. Man kann es natürlich, und man tut es. Angler lernen immer dazu. Das soll heißen, dass es in dieser Richtung Grenzen gibt, dass Überraschungen unvermeidbar sind, und dass jeder, der mit absoluter Gewissheit über Fliegen spricht, zu weit geht. Das soll auch heißen, dass die Entscheidungen, die man trifft, welche Muster man binden und ausprobieren will, nicht nur rein praktischer Natur sind. Dabei geht es auch darum, welche Art von Angler man sein will, und darum, welche Art von Bewusstsein man dem Fisch, den man fangen will, zuschreibt. Das soll heißen, dass ein Wesen mit einem winzigen Hirn, ein Wesen, das zu echter Erkenntnis wahrscheinlich nicht in der Lage ist, in seinem angestammten Lebensraum einen Menschen durchaus verwirren und seine Absichten durchkreuzen kann. Mit all unserem Einfallsreichtum und unserer Klugheit hat er uns ganz schön dumm aussehen lassen. Und ist das nicht etwas

Wunderbares, das einen demütig werden lässt? Ist es nicht genau das, was dieses ganze Unterfangen so fesselnd, so reizvoll, so suchterzeugend macht?

Als die eine Ecke meines Fliegenkastens mit alten Lieblingen gefüllt war, setzte ich mich hin und überlegte, was ich als Nächstes binden sollte. Ich blätterte in Büchern und stöberte in Websites. Ich machte Listen mit Namen und Materialien. Ich strich Namen durch und schrieb neue. Ich entschied mich um. Und dann noch einmal. Was ich wollte, war eine Sammlung, die sich bewusst anfühlte und nicht zusammengewürfelt, eine Sammlung, die jede Angeleventualität, die ich erleben könnte, abdecken würde, aber auf einen einzigen Kasten begrenzt werden konnte. Oder vielleicht zwei. (Eindeutig zwei.) Was ich vor allem wollte, war eine Sammlung, in der sich jedes Muster zielgerichtet anfühlt, und in der ich jedes mit Zuversicht an meine Leine knüpfen konnte. Ich wollte nichts, das ungenutzt herumlag. Ich wollte Fliegen, die ich *mochte.*

Ich wusste bereits, was für mich keinen Reiz hatte: der pedantische Naturalismus, der auf unterschiedlichen Mustern für jede Insektenart besteht, die ich an einem Fluss oder einem Loch antreffen könnte. Ich habe weder den Platz noch das entomologische Wissen, das für diese Herangehensweise nötig ist, und um ehrlich zu sein, finde ich einige dieser präzisen Nachbildungen so steril wie das fotorealistische Gemälde einer Frucht. Ich glaube, was mich beim Fliegenbinden am meisten interessiert, ist weniger die Imitation von Arten, sondern die Imitation von Leben. Wie erschafft man etwas, das wirkt wie ein Insekt, auch wenn es wie kein spezielles aussieht? Wie wickelt man Fell und Federn um einen Haken und lässt es belebt erscheinen?

Die Spider passen in diese Kategorie, und ich habe Dutzende davon gebunden – einige traditionelle Muster und ein paar, die ich selbst erfunden habe, indem ich verschiedenfarbige Fäden kombiniert und sie mit Hecheln aus Federn von Henne, Rebhuhn oder Star besetzte. Ich liebe die unkomplizierte Schönheit dieser Fliegen, wie ich auch die schlichtesten Köcherfliegen- und Emerger-Muster liebe: nur Rehhaare und Hasenfell, nichts sonst. Beim Binden überlegte ich mir, an welchen Orten ich angeln würde, und welche Fliegen ich dort brauchen würde. Ich versuchte, diese funktionale Verbindung zwischen dem, was ich am Bindestock tat, und dem, was ich am Wasser tun würde, aufrechtzuerhalten. Aber einfach war das nicht.

Als Angler träume ich von größtmöglicher Verringerung, davon, die Anzahl der Muster, die ich bei mir habe, auf eine Handvoll wichtiger zu reduzieren (sagen wir mal zwölf, um dem historischen Beispiel des *Treatyse of Fysshynge wyth an Angle* zu folgen). So könnte ich mir ein winziges Fliegenkästchen in die Tasche stecken und wäre immer bereit. Aber als Binder führten meine Instinkte mich in die andere Richtung. Immer und immer wieder folgte ich einem Muster, machte zwei, drei, vier Fliegen und wich dann ab. Ich änderte die Farbe des einen oder des anderen Elements, fügte etwas Neues hinzu. Schon bald hatte ich vielfache Varianten derselben Fliege, ohne spezielle Gründe für die Unterschiede. Ich durchkreuzte aktiv mein eigenes Bestreben nach Einfachheit.

Da ich im Lauf der Jahre oft in den Fliegensammlungen anderer Angler spioniert habe, weiß ich, dass ich dabei nicht alleine bin. Der Impuls nach Vervielfältigung und Varianz ist stark, zum Teil ausgelöst von Langeweile – immer und immer wieder dieselbe Fliege zu binden, wird ziemlich schnell langweilig –, aber auch von anderen Faktoren. Ich glaube, in erster Linie ist der Impuls eine präventive Reaktion auf die Frustration, von der jeder Angler weiß, dass sie kommen wird: der Augenblick, in dem alles, was man den Fischen hinwirft, einfach ignoriert wird. Das ist die Zeit, in der die Suche nach etwas anderem beginnt, wenn man den Kasten nach der Fliege durchwühlt, die diese Durststrecke beenden könnte. Macht vielleicht ein Spritzer Orange den Unterschied? Verführt vielleicht ein längerer Schwanz sie zum Anbeißen? Und egal, wie sehr man glaubt, dass dies alles in die Irre führt – und ich bin ziemlich überzeugt davon –, Widerstand ist so gut wie unmöglich, sowohl in dem Augenblick am Wasser und in der Erwartung dieses Augenblicks am Bindestock. Denn letztendlich ist das Fliegenbinden nicht nur eine zielgerichtete Tätigkeit, sondern auch eine phantasievolle. Es geht nicht nur darum, Anweisungen zu folgen oder Lösungen für Probleme zu liefern oder Fliegen zu machen, die Fische vielleicht fressen mögen. Es geht darum, etwas sehr viel Wichtigeres zu erschaffen.

Ted Leeson schrieb: »Eine Forellenfliege ist nur eine Geschichte, die wir erfinden, ein Märchen, um einen Haken gesponnen aus den unvollkommenen Materialien, die wir zur Verfügung haben.« Eine der Zutaten für diese Geschichten – ein Material, das sich beim Binden vervielfältigt – ist Hoffnung. Was wir machen, wenn wir uns mit Faden und Federn hinsetzen, sind schöne, praktische Objekte. Aber sie sind auch, jedes einzelne, winzige Gefäße. Jedes kopierte oder erfundene Muster, jede Fliege, die den Bindestock verlässt und in den Kasten gesteckt wird, trägt in sich Hoffnung, eine Hoffnung, an die der Angler sich klammern kann, wenn es nötig ist. Es ist deshalb kein Wunder, dass es, mit einem Paket Haken und einer Schachtel mit Fell und Flitter, schwer sein kann, mit dem Binden aufzuhören.

Der grüne Bach

NORDINSEL, NEUSEELAND, 2005

Neuseeland ist ein weiter Weg, um eine Lektion zu lernen. Vor allen, wenn die Reise, die man machen muss, um dorthin zu kommen – vierundzwanzig Stunden durch den Himmel sausen – in einem Zustand weißknöcheligen Entsetzens verbracht wurde, wie es bei mir der Fall war. Im Älterwerden veränderte sich meine Flugangst: Aus einem leichten Unbehagen wurde ein regelrechtes Grauen. Deshalb ist allein schon der Gedanke an einen Langstreckenflug, seine Erwartung, ein Garant für eine Woche ohne Schlaf. Mich einen ganzen Tag in ein Flugzeug zu zwingen, ist deshalb eine höchst unattraktive Aussicht. Aber genau das habe ich getan. Mit vierundzwanzig flog ich dorthin und lernte etwas übers Fischefangen. Und obwohl ich es dort liebte, obwohl es fast alles bietet, was man von einem Land verlangen könnte, ist es sehr wahrscheinlich, dass ich nie wieder zurückkehre. Diese Reise ist einfach zu furchtbar, um auch nur darüber nachzudenken.

Damals, bei diesem ersten und einzigen Besuch, war ich sieben Wochen dort unten. Ich reiste mit Rory und einem unserer Freunde, Graeme. In Auckland mieteten wir ein Auto und fuhren von Campingplatz zu Campingplatz, vom Norden der Nordinsel bis in den Süden der Südinsel. Nachts teilten wir uns ein enges Dreimann-Zelt, das sich noch enger anfühlte, wenn Graeme einen seiner regelmäßigen Parasomnie-Anfälle hatte, in denen er fluchte und schrie, so laut er nur konnte, ohne je aufzuwachen. Rory und ich fanden diese Ausbrüche erschöpfend, manchmal schockierend, aber ich befürchte, die Leute in den Nachbarzelten dürften noch mehr gestört worden sein als wir.

Auf dieser Reise hatten wir vor, so viel wie irgend möglich von dem Land zu sehen. Darüber hinaus hatten wir keine Pläne. Damals, in meinen frühen Zwanzigern, angelte ich viel weniger als in meinen Teenager-Tagen. In den vier Jahren auf der Universität und dann dem Jahr als Lehrer in Übersee waren die Gelegenheiten vermindert, und meine Begeisterung folgte ihnen. Forellen waren beschränkt auf die wenigen Wochen im Sommer zu Hause.

Als ich deshalb ins Flugzeug nach Auckland stieg, hatte ich mit Angeln nichts im Sinn. Es war Januar, das triste Herz des Winters.

Doch als ich ankam, war nicht mehr Winter.

Wenn man als Angler durch Neuseeland fährt, ist es unmöglich, nicht an Forellen zu denken. Hinter jeder Straßenbiegung zeigt sich ein türkiser Wasserlauf. Jedes Tal entfaltet sich um einen perfekten Forellenlebensraum, randvoll mit Leben. Sie sind hier natürlich nicht heimisch – weder Regenbogen- noch Bachforellen –, aber sie haben sich so rückhaltlos, so erfolgreich eingelebt, dass es, wie bei den Hasen in der britischen Landschaft oder den Staren in den Vereinigten Staaten, sehr schwer ist, sich den Ort ohne sie vorzustellen.

Rory und ich schafften fünf Tage ohne Angelruten. Fünf Tage über Brücken spähen oder sehnsuchtsvoll aus dem Autofenster schauen. Fünf Tage voller Bedauern über unsere Kurzsichtigkeit, weil wir nicht mitgenommen haben, was so offensichtlich unerlässlich war. Am sechsten Tag marschierten wir in einen Laden in Rotorua und kauften alles, was wir brauchten: die billigsten Fliegenruten, Rollen und Schnüre, die wir finden konnten, und eine Handvoll Fliegen, die uns der Besitzer empfohlen hatte.

Rückblickend befürchte ich, dass Graemes Zeit in Neuseeland von unserer Unfähigkeit, dieser speziellen Versuchung zu widerstehen, negativ beeinflusst wurde. Von da an wurden etliche Navigationsentscheidungen aufgrund von Tatsachen getroffen, die einem Nichtangler wie ihm nicht unbedingt sachdienlich erschienen sein mochten. Die Nähe von Campingplätzen zu Flüssen zum Beispiel. Andererseits, mitten in der Nacht hochzuschrecken und Obszönitäten zu brüllen, kann negative Auswirkungen auf jene haben, die ein Zelt mit einem teilen.

Wie sich zeigte, erfordert Forellenangeln in Neuseeland ganz andere Fertigkeiten als die, die wir zumindest einigermaßen beherrschten. Das präzise Auswerfen von Trockenfliegen in schnell fließendes Wasser war nichts, worin wir viel Übung hatten, und das merkte man. Wir angelten ziemlich oft, aber wir fingen so gut wie nichts. Natürlich sahen wir Forellen – sahen sie steigen und kreisen, sahen in klaren Becken ihre Rückenflossen aus dem Wasser ragen –, aber näher zu Gesicht bekamen wir sie kaum. Immer mal wieder schnappte ein weniger scharfsinniges Exemplar nach der Fliege, die wir ausgeworfen hatten, und wir rissen ihr sie dann ungeduldig und vor der Zeit aus dem Maul. Die Leine landete in einem Haufen vor unseren Füßen, bevor der Fisch überhaupt die Chance hatte, sein Maul zu schließen.

Auf einem unserer ersten Ausflüge zu einem Bach auf der Nordinsel konnten wir einen ersten guten Blick auf eine dieser großen Neuseeland-Forellen werfen. Inzwischen wussten wir, dass die Fische in diesem Land nicht den Wachstumsregeln entsprachen, die wir von zu Hause kannten. Wie es aussieht, werden neuseeländische Forellen groß geboren und wachsen dann sehr schnell. Fast alle, die wir sahen, und mit Sicherheit die wenigen, die wir fingen, waren stattlicher als alles, was wir in Shetland gesehen hatten.

Der Bach – an dessen Namen ich mich nicht mehr erinnere – war sehr grün. Er hatte ein steiles, grasbewachsenes Ufer auf der einen Seite und überhängende Bäume auf der anderen, und das Wasser selbst war von einem satten, kohlartigen Grün. Es war so klar, dass man den Grund sehen konnte, außer in den tiefsten Becken; und doch war es deutlich, unmissverständlich grün.

Der Bach war außerdem schmal und floss nur langsam, was uns erlaubte, von einer Seite zur anderen zu werfen und uns einzureden, wir machten das gut. Die Tatsache, dass es mitten am Tag war, mit strahlem, brütendem Sonnenschein, und wir keine Fische beim Fressen sehen konnten, schreckte uns nicht ab. Wir warfen einfach immer wieder aus.

Letztendlich fanden wir einen Fisch: eine Bachforelle, die bewegungslos in tiefem Wasser stand, am Innenrand einer Biegung im Bach. Sie stand dicht an einem steilen Ufer, und von den Felsen darüber spähten wir auf sie hinunter, wie Kinder, die Stecken von einer Brücke fallen lassen. Wir konnten allerdings nicht nach ihr auswerfen. In der Nähe war nirgends eine Stelle, wo wir stehen konnten und unsere Leinen sie auch erreichten. Also beobachteten wir sie eine Weile nur, sahen die langsamen Bewegungen ihres Körpers, mit denen sie sich in der Strömung hielt.

Nach einer Weile fragten wir uns, ob irgendwas nicht stimmte. Forellen sind argwöhnische Wesen, und unser Starren war nicht gerade subtil gewesen. Bestimmt hatte sie gesehen, wie wir sie von oben anstarrten. Aber sie blieb, wo sie war, und bewegte sich kaum. War sie vielleicht krank? Oder ruhte sie sich einfach aus und wartete, bis die Hitze des Tages vorüber war?

Es war unausweichlich, dass wir unser Glück versuchten, und ich entschuldige mich nicht dafür. Jeder andere hätte dasselbe getan. Denn auch wenn wir nicht direkt nach diesem Fisch auswerfen konnten, hieß das nickt, dass wir unsere Haken nicht vor ihn bekommen konnten. Wir wechselten uns ab, senkten unsere Leinen direkt nach unten, wie wir es als Kinder am Ladungssteg gemacht hatten. Zuerst ließen wir die Fliegen einfach schwimmen, ließen sie über der Forelle treiben, und schnippten sie flussaufwärts, wenn diese Fliegen ignoriert wurden. Wir wechselten Muster. Dann noch einmal. Wir versuchten es mit sinkenden Fliegen. Damit schienen wir mehr Glück zu haben. Versucht man, einen Fisch zu verleiten, an die Oberfläche zu kommen, wenn er gerade nicht frisst, ist das vielleicht nicht von Erfolg gekrönt, aber ihm das Fressen vor die Nase zu halten und ihm so jede Mühe zu ersparen, könnte durchaus ganz anders ausgehen.

Vielleicht aber auch nicht.

Immer und immer wieder trieb die Fliege so dicht an seinem Maul vorbei, dass er nur hätte gähnen müssen, und wir hätten eine Verbindung gehabt. Aber der Fisch blieb, wo er war, und das Maul geschlossen. Ein oder zwei Mal stießen die Haken gegen seine Haut, und wir sahen ihn zucken und sich dann wieder beruhigen, aber darüber hinaus zeigte er kein weiteres Interesse. Uns waren die Fliegen und die Ideen ausgegangen.

Wenn ich sagen würde, ich hätte nicht erwartet, was als Nächstes passierte, wäre das nicht ganz wahr. Wir waren frustriert, und wir hatten alle legitimen Möglichkeiten ausgeschöpft. Der Fisch schien uns beinahe zu verhöhnen, indem er uns immer vor Augen blieb, aber sich weigerte, zu kooperieren. Und doch machten wir immer weiter, warfen ihm weiter unsere Fliegen vor die Nase.

Was nun passierte, war so gut wie unausweichlich.

Der Grund, warum es sinnvoll ist, Angeln als Sport zu betrachten, liegt nicht darin, dass Angler und Fisch so etwas wie Konkurrenten in einem Wettstreit sind. Es so zu beschreiben, heißt, völlig misszuverstehen, was da passiert. Zum einen kann ein Fisch sich nicht zu einem Spiel bereiterklären, und sein Risiko ist viel zu hoch, als dass es nur ein Spiel sein könnte. Nein, Angeln ist ein Sport, nur weil es Regeln hat, Regeln, die seine Ziele schwieriger zu erreichen machen, als sie es sonst wären.

Golf wäre sehr viel einfacher, wenn man einfach den Ball in die Hand nehmen, zum Green gehen und ihn ins Loch plumpsen lassen könnte. Tennis wäre eine viel weniger herausfordernde Tätigkeit, wenn man sich nicht mit jemandem auf der anderen Seite des Netzes herumärgern müsste, der den Ball immer wieder zurückschlägt. Ebenso müsste Angeln nicht so schwierig sein, wie wir es uns machen. Eine ins

Wasser geworfenen Dynamitstange wäre eine sehr viel einfachere Möglichkeit, Fische zu fangen, als mit Rute und Leine. Ebenso Stellnetze und elektrischer Strom.

Angler zu sein, heißt, sich freiwillig die Hände binden zu lassen. Es heißt, eine Reihe von Beschränkungen zu akzeptieren, eine Reihe willkürlicher Gepflogenheiten, die diktieren, was man tun kann, um sportlich Fische zu fangen, und was man nicht darf.

Eine dieser Gepflogenheiten ist, dass man Fische nur im Maul anhaken sollte.

Einige Leute nehmen diese Regel wirklich sehr ernst.

Einige sagen, ein Fisch, der unfair angehakt ist – das heißt, an einer anderen Körperstelle als an Maul oder Lippen –, muss ins Wasser zurückgeworfen werden. Er sollte bei Wettkämpfen nicht mitgezählt werden. Er sollte in einer Tagesfangliste (falls jemand so etwas notiert) nicht aufgeführt werden. Er sollte eigentlich überhaupt nicht als *gefangen* betrachtet werden. Das Ganze hätte ebenso gut auch nie passiert sein können.

Ich bin da bei Weitem nicht so streng. Die Mehrzahl der Fische, die so angehakt werden – normalerweise am Ansatz einer Flosse oder am Schwanz –, werden gefangen, weil sie versuchten, nach der Fliege zu schnappen, sie aber verfehlten. Vielleicht drehten sie im letzten Augenblick ab oder schlugen nach dem, was sie für Fressen hielten, um es bewegungslos zu machen. So oder so wurden sie überlistet, und bei solchen Dingen zu pedantisch zu sein, scheint mir unnötig. Ich fange einen Fisch viel lieber auf die korrekte Art, aber ich werde mich nicht quälen wegen den wenigen, die verkehrtherum aus dem Wasser kommen.

Diese spezielle Situation war allerdings anders, da die Forelle zu keinem Zeitpunkt unsere Fliege für Fressen gehalten hatte. Im Gegenteil, sie hatte während dieser gesamten Begegnung ein ausgezeichnetes Urteilsvermögen bewiesen. Ihr einziger Fehler war es gewesen, im Blickfeld von zwei übereifrigen jungen Anglern zu bleiben, die über ihr lauerten. Aber das reichte als Fehler.

Nach einer weiteren Verweigerung hob ich meine Rute, und der Haken fand etwas Festes. Der Fisch bewegte sich schnell, und die Leine in meinen Händen folgte ihm. Die Rute bog sich, als das volle Gewicht der Forelle offenbar wurde.

Ich wusste sofort, dass er unfair angehakt war, aber in den nächsten Minuten dachte ich nicht an dieses Detail. Ich versuchte nur, den Fisch nicht zu verlieren, ihn sicher ans Ufer zu ziehen. Das Detail kehrte jedoch zurück, als ich den Fisch in Händen hielt. Eine lange, blasse Forelle, golden leuchtend am Rücken, mit einem Maul, das für ihren Körper insgesamt zu groß wirkte. Es war nicht die Hübscheste, die ich je gefangen habe, aber zu der Zeit war es die Größte. Und der Haken steckte in einer Ecke einer Brustflosse.

Das Hochgefühl, das ansonsten einen solchen Fang begleitet hätte, war eher gedämpft, fast abwesend, und als ich mich bückte, um die Forelle wieder in den Bach zurückzusetzen, spürte ich ein leichtes Unbehagen. Schätze, es war dasselbe Unbehagen, das ich wahrscheinlich empfinden würde, wenn ich ein Quiz gewänne, indem ich die Antworten online gesucht hätte. War es Schuldbewusstsein? Oder Scham? Nicht ganz, aber nahe dran. Es war ein Gefühl innerer Leere und unverdienten Erfolgs.

Was ich aus dieser Erfahrung gelernt habe, hätte ich eigentlich bereits wissen müssen. Aber das ist eine Lehre, der junge Leute nur widerwillig Glauben schenken. Sie lautet, dass Regeln – auch willkürliche – dem Vergnügen nicht unbedingt im Weg stehen. Wie sich zeigt, definieren sie es manchmal. Manchmal sind Regeln wirklich wichtig.

Es dauerte beinahe drei Wochen, bis einer von uns wieder einen Fisch fing.

Betreten verboten!

Man kann sehr viel über die Sozialgeschichte des Angelns erfahren, indem man einen Angelladen in Großbritannien oder Nordamerika betritt. Schauen Sie sich an, wie die Dinge im Laden angeordnet sind. Achten Sie darauf, wer da ist und wer nicht. Ausgrenzung und Abspaltung sind seit langem Teil dieses Sports. Einige wurden entmutigt, diesen Sport auszuüben, oder direkt daran gehindert, bei anderen wurde die Angelgenehmigung beschränkt auf bestimmte Gewässer oder bestimmte Fischarten, die als minderwertig betrachtet wurden. Und auch wenn viel von dem Elitedenken und der Diskriminierung, die früher weit verbreitet waren, inzwischen verschwunden sind, sind ihre Auswirkungen es nicht.

Es müsste nicht so sein. Das Angeln sollte ein extrem egalitäres Hobby sein, da es sowohl Nahrung wie Vergnügen bieten kann. Es ist nicht unbedingt ein *billiges* Hobby, aber es muss auch nicht übermäßig teuer sein. Die nötige Grundausstattung kann man sich leicht zusammenschustern, wie jedes Kind mit einem Bambusrohr als Rute und einem gebogenen Nagel als Haken sehr wohl weiß. Aber es ist ein Hobby, auf das sozialer Druck ausgeübt wurde, auf eine Art, die sowohl seine Ausübung wie auch sein Verständnis verzerrt hat. Ein

Teil dieses Drucks bezog sich, wenig überraschend, auf die Klassenzugehörigkeit.

Seit den frühesten Veröffentlichungen zu diesem Thema wurde eine Unterscheidung getroffen zwischen Fischen als Erholung und als Lebensunterhalt. 1496 erklärte *A Treatyse of Fysshynge wyth an Angle,* dass man besagten kunstvollen Sport nicht aus Geiz betreiben dürfe, um sein Geld zu vermehren oder zu sparen. Stattdessen solle man ihn hauptsächlich zum Trost ausüben, um dem Körper und vor allem der Seele Gesundheit zu bringen.

Man kann unmöglich wissen, in welchem Ausmaß diese Unterscheidung jenen einleuchtete, die zur Zeit der Veröffentlichung des *Treatyse* fischten. Nahezu die einzigen Belege fürs Angeln in dieser Zeit finden sich in schriftlicher Form, und da fast ausschließlich die Reichen lesen konnten, erzählt Schriftliches nicht die ganze Geschichte. Es ist jedoch sicher, dass die Ärmeren ihre Ernährung mit Fisch ergänzten, wann immer sie Zugang zu Wasser hatten. Einige dürften Netze verwendet haben, einige Fallen oder Speere, und einige zweifellos Haken. Im Grunde genommen ist es sogar ziemlich wahrscheinlich, dass bis ins späte Mittelalter das Angeln mit Rute und Leine fast ausschließlich von den niederen Klassen betrieben wurde. Und obwohl der Hunger viele zu dieser Beschäftigung getrieben haben dürfte, heißt das nicht, dass diejenigen, die fischten, es nicht auch genossen. Das taten sie sicher oft.

Aber in Großbritannien und in Europa begann man etwa zu dieser Zeit, diese Technik der Nahrungsbeschaffung in der Literatur zu verfeinern. Wenn es nicht bereits eine beliebte Freizeitbeschäftigung für die Reichen war, wurde es nun mit Sicherheit eine. Die Verfasser von einigen der frühesten Angelbücher beteiligten sich an so etwas wie einer Werbekampagne, sie priesen die edlen Tugenden des Sports und verglichen ihn wohlwollend zum Beispiel mit der Jagd oder der Falknerei. Eins der wichtigsten Ziele dieser Bücher war die Beförderung der Teilhabe der sozialen Elite, so der Umwelthistoriker Richard C. Hoffmann.

Zugleich gibt es aber auch Hinweise auf Bemühungen, die Teilhabe des anderen Endes des ökonomischen Spektrums zu begrenzen, das Wissen um Angelmethoden von der breiten Masse fernzuhalten. Als der *Treatyse of Fysshynge wyth an Angle* zum ersten Mal gedruckt wurde, wurde es beim Binden mit einem bedeutend größeren Werk kombiniert, dem *Boke of St Albans.* In dieser Entscheidung lag eine thematische Logik, da der Gegenstand dieses Buchs – Jagd, Beize und Heraldik – sehr gut zu dem des *Treatyse* passte. Aber der eigentliche Grund war es, so Wynkyn de Worde, der Mann, der das Buch druckte, das ganze Paket teurer zu machen, damit müßige Personen, die beim Sport des Fischens keine Mäßigung zeigen, es nicht völlig zerstören.

Schon damals war also ein Prozess der Hierarchisierung im Gange, eine Unterscheidung zwischen denen, die fischten und ihren Fang essen mussten, und jenen, die fischten und es sich leisten konnten, es nicht zu tun. Die im letzteren Lager machten eine hochkomplexe Sportkultur aus etwas, das für andere eine Überlebenshilfe war. Dadurch flochten sie die sozialen Spaltungen und Vorurteile der Zeit in das Grundgewebe des Angelns. Diese Spaltungen, unter und zwischen den Anglern, sollten sich in den kommenden Jahrhunderten verändern – aber sie würden bleiben.

Am Ende unseres Gartens hier im zentralen Schottland liegt ein Fluss. Nachts im Bett kann ich das chaotische Flüstern des Wassers hören, wie Hunderte Gespräche, die gleichzeitig stattfinden. Auch während ich jetzt am Schreibtisch sitze, mit geschlossenen Fenstern gegen die frühe Morgenkühle, ist das Geräusch vorhanden, und wenn ich einen Augenblick zu tippen aufhöre, steigt es an und füllt den Raum. An fast allen Tagen spazieren meine Partnerin und ich am Ufer entlang, eine halbe Meile stromaufwärts, über eine schmale Brücke, dann die halbe Meile zurück. Wir bleiben stehen, um Vögel zu beobachten, oder halten einfach inne, um den Spaziergang länger zu machen.

Ich weiß nicht, wie das Angeln in diesem Fluss ist, oder ob er eine gesunde Forellenpopulation hat. Obwohl er so nahe ist, habe ich hier noch nie eine Leine ausgeworfen, und es ist gut möglich, dass ich es nie tun werde.

Die Preise fürs Flussangeln in Schottland unterscheiden sich enorm, und soweit ich weiß, ist der Grund für diese Abweichungen das Vorhandensein oder Nichtvorhandensein von Atlantischem Lachs. Ich kann eine volle Saisongenehmigung für einen Fluss ungefähr zehn Meilen entfernt für den Preis eines dicken Hardcovers bekommen. Es ist ein ausgezeichneter Ort, um Bachforellen zu fangen, aber der Bestand an Lachs ist klein, unberechenbar und begrenzt aufs Ende der Saison. Der Fluss am Ende unseres Gartens dagegen gehört zwar nicht zu den vielen legendären Flüssen dieses Landes, hat aber dennoch einen verlässlichen Lachsbestand und kostet achtmal so viel. Forellen werden zwar gefangen, sind aber, soweit ich das beurteilen kann, als Art für die Angler hier nur von zweitrangigem Interesse.

Dabei ist es nicht so, dass der Preis fürs Angeln in diesem Fluss für mich unerreichbar wäre, wie er es an diesen berühmteren Orten wäre. Was mich vielmehr stört ist die enorme Diskrepanz, und die Tatsache, dass sie auf dem sozialen Prestige fußt, das der einen Art gegenüber einer anderen zugeschrieben wird. Dieses Prestige und sein kompliziertes historisches Erbe wird verdeutlicht durch die Tatsache, dass das Recht zum Lachsangeln in ungefähr sechzig Flüssen Schottlands – darunter diesem hier – ausschließlich der Krone zusteht (in anderen Worten, dem jeweils herrschenden Monarchen). Diese Rechte werden an Angelvereinigungen verpachtet, die die Kosten an ihre Mitglieder weitergeben.

Die Ironie dabei ist, dass diese königlichen Flüsse einige der erschwinglichsten Möglichkeiten zum Lachsangeln im Land bieten, da das Crown Estate seine Rechte an örtliche Clubs verpachtet und nicht an den Höchstbietenden. In Flüssen, an denen diese Rechte den Landbesitzern gehören oder an denen sie unabhängig vom Land verkauft werden, sind es oft nur die sehr Reichen, die sich das Angeln leisten können. Und das ist schon lange so. Lachs, dieser rätselhafte Fisch – der im Grunde genommen nur ein großer, ruheloser Cousin der Bachforelle ist – wurde in der Anglerfolklore über alle anderen erhoben. Der König der Fische, wie ihn manche nennen und dadurch diesen merkwürdigen royalen Status noch verstärken. Die Tatsache, dass die Lachsbestände seit mehr als einem halben Jahrhundert schwinden, und dass die Anzahl an Lachsen in manchen Flüssen gefährlich niedrig ist, hat nichts dazu beigetragen, das Verlangen einiger Angler nach Exklusivität zu mindern.

Ein Teil von mir denkt, ich sollte über meinen Schatten springen und mir eine Mitgliedschaft für den Fluss am Ende des Gartens kaufen oder wenigstens ein oder zwei Tagestickets. Es würde mich nicht in den Ruin treiben. Mit meiner Weigerung, es zu tun – aus Prinzip, wie ich mir einrede – erreiche ich absolut nichts. Und um ehrlich zu sein, manchmal ist das, was ich Prinzip nenne, im Grunde genommen einfach nur Verdrossenheit, gepaart mit einem beschränkten Einkommen. Ich rufe mir das in Erinnerung, aber der Widerwille bleibt.

Als der Angelsport ab dem Mittelalter immer beliebter wurde, wurde das Recht, seine Leine in einem speziellen Gewässer auszuwerfen, zu einer Handelsware. Dieses Recht konnte exklusiv besessen werden und konnte benutzt werden, um andere auszuschließen. Im achtzehnten Jahrhundert wurde in Großbritannien diese Ausgrenzung – das Hinausdrängen ärmerer Angler – systematisch. Die diversen Verfahren der Einhegung, durch die Land (und Wasser), das früher uneingezäunt und allgemein genutzt war, reichen, privaten Grundbesitzern übergeben wurde, veränderte das Leben eines bedeutenden Teils der Bevölkerung. Viele Menschen verloren ihr Zuhause, ihren Lebensunterhalt, ihre Nahrungsquellen. Einige wanderten aus, andere zogen in die Städte, wo sie die Arbeiterschaft für die neuen Fabriken der Industriellen Revolution bildeten. Der Verlust des Fischereirechts war zu der Zeit nur einer aus einer ganzen Litanei von Verlusten, aber deswegen nicht weniger folgenreich. Die Verabschiedung des berüchtigten Black Act im Jahr 1723 bedeutete, dass die Strafe für jemanden, der ohne Erlaubnis im Teich oder im Fluss eines anderen fischte, der Tod sein konnte.

Die verschiedenen Bemühungen, die Armen vom Angeln fernzuhalten, waren natürlich nie ganz erfolgreich. Einige fanden Wege, ob illegal oder sonst wie. Aber die riesigen ökonomischen Ungleichheiten, die den Zugang zu Wasser beschränkten, garantierten, dass der Sport dominiert wurde von der Ober- und der Mittelschicht, bis weit ins neunzehnte Jahrhundert hinein. Dann passierte in Großbritannien etwas Merkwürdiges. In dem Sport zeigte sich ein Riss, eine völlig exzentrische Unterscheidung zwischen zwei Arten von Fisch und von Fischtechniken: Grobfische und Edelfische. Das ist eine Unterscheidung, die eigentlich keinen Sinn ergibt, außer wenn man sie durch das Prisma der Klasse betrachtet.

Der Unterschied zwischen Grobfisch und Edelfisch ist vorwiegend eine Frage von Schmackhaftigkeit. Obwohl viele Grobarten, wie Karpfen, Brassen und Hecht, früher verbreitet verzehrt wurden, betrachtete man sie um 1800 herum als weniger geschmackvoll – in anderen Worten *grob* – und schwieriger zuzubereiten als Edelfische: Forelle, Lachs, Saibling und Äsche. Es gibt auch noch andere Unterschiede, aber keiner davon ist besonders wichtig. Anatomisch betrachtet besitzen Edelfische eine zusätzliche Flosse, die Fettflosse, ein kleiner Fortsatz zwischen der Schwanz- und der Rückenflosse, und Grobfische haben eher größere Schuppen. Als Lebensraum ziehen Forellen kaltes, sauerstoffreiches Wasser vor, während Grobfische größtenteils sehr gerne in sonnenwarmen Teichen oder trägen Flüssen und Kanälen leben. Und was die Angeltechniken angeht, wurde die Verwendung von künstlichen Fliegen im neuntzehnten Jahrhundert die Taktik der Wahl für viele, die nach Forellen und Lachsen angelten, während für andere Arten meist Lebendköder verwendet wurden.

Diese Unterscheidungen hatten früher nie viel zu bedeuten, und für den Angler rein gar nichts. Aber ab Mitte des neunzehnten Jahrhunderts wurde der Sport des Süßwasserangelns mit Nachdruck zweigeteilt, und der Katalysator für diesen Bruch war der soziale Wandel. Den Männern der Arbeiterklasse wurde immer mehr Freizeit zugestanden – einen Teil des Wochenendes –, und sie wurden von Gewerkschaften, Mäßigkeitsvereinen und politischen Führern dazu ermutigt, ihre Sonntagnachmittage mit erbaulichen Beschäftigungen zu verbringen: Gartenarbeit, Mannschaftssport, Museumsbesuche, Ausflüge aufs Land. Hinter diesen Aufforderungen stand zweifellos ein Element der sozialen Kontrolle; die Organisationen und Behörden, die diese Aktivitäten forderten, wollten, dass die Arbeiter respektabler und nüchterner wurden und so weniger zum Aufbegehren neigten. Aber welche Absichten auch dahinterstanden, diese vernünftigen Freizeitbeschäftigungen, wie sie auch genannt wurden, wurden mit großer Begeisterung aufgenommen. Und neben Fußball gehörte Angeln zu den beliebtesten Aktivitäten. Indem sie ihre finanziellen Ressourcen durch Mitgliedsbeiträge zu Angelvereinen zusammenlegten, wurde es für ärmere Angler möglich, Fischrechte in Gewässern zu pachten, die von den Industriestädten aus zu Fuß oder mit dem Zug erreichbar waren. Einige dieser Vereine rühmten sich Tausender Mitglieder, manche Zehntausender, die in wöchentlichen Angelwettbewerben gegeneinander antraten, bei denen die Fänge lebend ins Wasser zurückgeworden wurden. Das war die Geburt des zeitgenössischen Grobfischangelns.

Obwohl die soziale Unterscheidung in zwei Formen des Süßwasserangelns nie absolut war – es gab immer einige Mittel- und Oberklasseangler, die weiterhin nach Grobfischen angelten, und in einigen Teilen Großbritanniens waren Gelegenheiten zum Forellenangeln auch ärmeren Leuten zugänglich –, entstand ohne Frage eine Hierarchisierung. Grobfischangeln wurde zum Hobby vorwiegend der Arbeiterklasse, beschränkt auf Seen, Kanäle und Flüsse, die mit öffentlichen Verkehrsmitteln erreicht werden konnten, während das Edelfischangeln vorwiegend in ländlichen Gebieten stattfand, und für die meisten Leute unerschwinglich war. Die soziale Struktur der Gesellschaft manifestierte sich in ihren Gewässern, mit Grobfischen ganz unten, Forellen in der Mitte und Lachsen an der Spitze.

Diese Spaltung ist nie wieder verschwunden. Grobfisch- und Edelfischangeln sind in Großbritannien noch immer größtenteils eigenständige Beschäftigungen. Aber ihre Beziehung zur Klasse wurde ausgehöhlt. Lachs hatte seine Stellung über allen anderen Arten behalten – manifestiert in den Kosten für das Angeln nach ihm –, aber das Grobfischangeln hat jedes Stigma abgeschüttelt, das es früher einmal gehabt haben mochte, und erschwingliches Forellenangeln ist weithin verfügbar.

Tatsächlich hat sich das Angeln in erstaunlichem Maße aus seiner ungleichen Vergangenheit gelöst und ist jetzt gesellschaftlich wirklich breit gefächert. Eine Umfrage unter 2400 britischen Anglern von 2009 zeigte, dass Teilnehmer in den beiden Sparten des Sports aus dem gesamten sozialen Spektrum stammten. Und während die mit den allerhöchsten Einkommen eher Edelfischangler waren und die mit den geringsten eher Grobfischangler, waren ansonsten die Unterschiede minimal. Dagegen gibt es in den USA keine direkt vergleichbare Unterteilung wie zwischen Grobfisch- und Edelfischangeln in Großbritannien (obwohl die Unterscheidung zwischen Fliegen- und Köderfischen nicht unähnlich ist.) Auch dort nehmen Leute aller Einkommensschichten in einem ähnlichen Maß am Angeln teil.

Wenn man die verschiedenen Umfragen unter Anglern auf beiden Seiten des Atlantiks vergleicht, wird eins sofort offensichtlich. Während der Klassenhintergrund heutzutage erstaunlich differenziert erscheint, ist das beim Geschlecht eine ganze andere Sache. Statistiken über die Teilnahme von Frauen in Großbritannien schwanken ein wenig, aber vorwiegend, weil die Zahlen so niedrig sind. Jedoch zeigten die oben erwähnte Umfrage von 2009 und auch der 2012 veröffentlichte National Angling Survey (die mehr als 27000 Befragte hatte), dass weniger als drei Prozent der Angler Frauen waren.

Diese Zahl, so schockierend sie eigentlich sein sollte, wird niemanden, der regelmäßig angelt, wirklich überraschen. Man braucht keine Statistiken, um zu wissen, wie selten weibliche Angler sind. Um diese Seltenheit in einen persönlichen Kontext zu stellen, kann ich sagen, dass ich, meiner Erinnerung nach, in den letzten dreißig Jahren nie eine Frau ohne männlichen Partner habe angeln sehen. Kein einziges Mal. Und ich kann an meinen Fingern abzählen, wie viele Frauen ich überhaupt angeln gesehen habe. Angler können sich an dieses massive Geschlechterungleichgewicht gewöhnen, aber ich denke, es ist wichtig, dass wir uns ins Bewusstsein rufen, wie komisch das ist, wie komisch, dass ein Hobby – aus dem Frauen weder verbannt sind und auch nicht länger systematisch entmutig werden, daran teilzunehmen – so überwältigend von Männern dominiert wird.

Interessanterweise ist diese Ungleichheit in den Vereinigten Staaten viel weniger ausgeprägt. Nach einem auf einer Befragung von dreißigtausend Personen basierendem Regierungsbericht von 2016 sind ein Viertel aller Angler Frauen; eine neuere Umfrage, von der Outdoor Foundation, stellte fest, dass es mehr als ein Drittel waren. Diese enorme Diskrepanz der Teilnahme in den USA und dem Vereinigten Königreich deutet darauf hin, dass die traditionelle Erklärung für den Mangel an weiblichen Anglern – dass Frauen irgendwie eine Abneigung gegen Fisch haben – im besten Fall auf wackeligen Füßen steht. Offensichtlich sind hier andere Faktoren am Werk.

Aber was sind diese Faktoren? Warum sind Frauen eine solche Minderheit unter den Anglern? Wie wurde dieses Ungleichgewicht erzeugt, und wie wird es aufrechterhalten?

Die Antworten sind nicht schwer zu finden.

Auch wenn Frauen beim Angeln lange unterrepräsentiert waren und es noch immer sind, fehlen sie in der Geschichte des Sports nicht völlig. So wurde zum Beispiel bis vor Kurzem *A Treatyse of Fysshynge wyth an Angle* einer Nonne mit dem Namen Dame Juliana Barnes zugeschrieben. Obwohl Wissenschaftler inzwischen diese Zuschreibung als Irrtum betrachten, ist die Priorin noch immer, und wird es wohl immer bleiben, die Person, die am engsten mit diesem Text in Verbindung gebracht wird.

Doch es gibt zwei spezielle Bereiche, in denen Frauen erstaunliche historische Erfolge haben. Der erste dieser beiden ist in Großbritannien das Angeln nach Atlantischem Lachs. Vor hundert Jahren brachen drei Anglerinnen nationale Rekorde, und ihre Leistungen haben auch heute noch Bestand. Im Oktober 1922 fing Georgina Ballantine im Fluss Tay den größten Lachs, der im Vereinigten Königreich je an Land gezogen wurde. Er wog 29 Kilo. Im Jahr darauf fing Doreen Davey Großbritanniens größten Frühlingswanderungs-Lachs im Fluss Wye, Gewicht knapp 27 Kilo. Und im Jahr darauf fing Clementina Morison den größten Lachs, der je mit einer Fliege angelockt worden war, im Deveron im Nordosten Schottlands. Dieser Fisch wog knapp 28 Kilogramm. Diese außergewöhnlichen Fänge, die wahrscheinlich nie übertroffen werden, ließ einige männliche Angler murren, Frauen hätten beim Lachsangeln einen unfairen Vorteil. Pheromone, so behaupteten sie, auf Köder oder Fliege übertragen, könnten hinter diesen Erfolgen stehen. Das ist ein Argument, das ein wenig wie Wissenschaft klingt, aber eigentlich nur herablassend ist.

Der andere Bereich, in dem Frauen sich traditionell hervortaten, ist das Fliegenbinden. Auf beiden Seiten des Atlantiks waren die berühmtesten Fliegenbinder traditionell weiblich. Zu ihnen gehört Mary Orvis Marbury, deren *Favorite Flies and their Histories* zur Standardisierung amerikanischer Fliegenmuster beitrug und eins der wichtigsten, populärsten und am schönsten illustrierten Bücher bleibt, die je zu diesem Thema veröffentlicht wurden. Dann war da noch Elizabeth Greig, die das Magazin *New Yorker* 1942 die schnellste Forellenfliegenbinderin der Nation nannte, und das trotz der Tatsache, dass sie jede Fliege beim Binden zwischen Daumen und Zeigefinger hielt, anstatt einen Bindestock zu benutzen. In Schottland wurde Megan Boyd berühmt, weil sie extravagante Lachsfliegen für Kunden wie Prince Charles band und allgemein als eine der besten Binderinnen der Welt betrachtet wurde. Der Autor und Verleger David Profumo nannte Boyds Fliegen »die Fabergés der Angelwelt«.

Es ist kein Zufall, dass Frauen historisch in diesen beiden Bereichen – Lachsangeln und Fliegenbinden – am herausragendsten waren, denn diese sind die Bereiche, in denen ihnen die Teilnahme am beständigsten erlaubt war oder sogar gefördert wurde. Das Fliegenbinden, ein Handwerk, das Geschick und Feingefühl erforderte, wurde nie als für Frauen ungeeignet empfunden, und Firmen, die Fliegen produzierten, hatten oft ausschließlich weibliches Personal. Viele dieser Binderinnen – und Megan Boyd gehörte dazu – warfen ihre Kreationen nie selber aus.

Lachsfischen war in Großbritannien traditionell einem ganz anderen sozialen Druck unterworfen als andere Arten von Angeln, da seine Teilnehmer größtenteils aus der Aristokratie und der oberen Mittelschicht kamen. Während Frauen aus der Arbeiterklasse oft nicht in der Lage waren, einem Hobby außerhalb des Hauses nachzugehen, da Zeit eine ebenso begrenzte Ressource war wie Geld, hatten Frauen aus wohlhabenden Familien Freizeit im Überfluss. So wie reiche Männer Kinder und andere häusliche Unannehmlichkeiten hinter sich lassen konnten, konnten dies auch einige reiche Frauen, hatten sie doch Kindermädchen, Köchinnen und Dienstmädchen zu ihrer Verfügung.

Aber die verfeinerte Welt des viktorianischen Lachsangelns war in Bezug auf ihre Geschlechternormen und -erwartungen auch ganz anders als zum Beispiel die Arbeiterwelt des Grobfischens in derselben Gegend. Letztere war stark auf den Wettbewerb konzentriert, auf regelmäßige Angelwettbewerbe, man kam in Pubs oder Arbeiterclubs zusammen. Zugänglich war sie nur durch Mitgliedschaft in einem Angelverein, der aus Tradition oder aufgrund der Satzung keine Frauen zuließ. Lachsangeln wurde dagegen als verfeinerter und vornehmer Zeitvertreib betrachtet, zu dem der Zugang nicht durch das Geschlecht, sondern durch das Geld beschränkt wurde. Und auch wenn es immer noch als Sport gesehen wurde, der vorwiegend von Herren betrieben wurde, war die Teilnahme auch Frauen möglich, ohne dass diese als undamenhaft betrachtet wurden.

Das Lachsangeln war also eine Ausnahme. Im Großen und Ganzen angelten Frauen in Großbritannien bis ins späte zwanzigste Jahrhundert nur sehr selten, man riet ihnen aktiv davon ab oder verbot es ihnen sogar, und ihr Fehlen in diesem Sport lieferte die falsche Logik, die benutzt wurde, um ihren fortgesetzten Ausschluss zu rechtfertigen. Frauen fischten nicht, deshalb war Fischen etwas für Männer, deshalb sollten Frauen nicht fischen. Und so weiter und so fort.

Es gibt noch immer viele, die einer aktualisierten Form dieser Logik anhängen, die argumentieren, dass der Mangel an Anglerinnen heute nur der Beweis dafür ist, dass Frauen kein Interesse am Angeln haben, dass sie *so etwas* einfach nicht mögen. Oft wird dieses Argument verpackt in nebulösen genetischen Begriffen, oder man verweist auf einen Jagdinstinkt, ein Aufblitzen unseres prähistorischen Ichs, das nur bei Männern passiert und sie dazu bringt, Tiere zum Vergnügen zu jagen und zu töten. Es wäre ein gigantisches Understatement zu sagen, die Wissenschaft hinter dieser Behauptung sei unscharf, denn es herrscht ein erbitterter Streit unter Biologen, Neurowissenschaftlern und Psychologen über das Ausmaß, in dem Verhaltensmuster und Wesenszüge inhärenten Unterschieden zwischen den Geschlechtern zugeschrieben werden können.

Für mich ist der Gedanke, dass das Geschlechterungleichgewicht beim Angeln biologisch wegerklärt werden kann, alles andere als überzeugend, nicht zuletzt wegen dieser auffälligen Diskrepanz zwischen weiblicher Teilnahme in Großbritannien und den Vereinigten Staaten – einer Diskrepanz, die auch innerhalb Europas besteht. In Frankreich zum Beispiel liegt der Frauenanteil unter den Anglern bei drei Prozent, während er in Schweden, Norwegen und Finnland ungefähr ein Drittel ist. Diese enormen Unterschiede sind ein Beweis dafür, dass kulturelle Faktoren am Werk sind, und dass das praktische Nichtvorhandensein von Frauen in diesem Sport nicht unvermeidlich ist. Ich möchte jedoch meine Skepsis noch weitertreiben und die Charakterisierung des Angelns, dessen Kern das Jagdinstinkt-Argument ist, generell in Frage stellen. Um es ganz einfach zu sagen: Sollte der Drang zum Jagen wirklich zum Wesenskern der Männer gehören, sollten sie dazu getrieben sein, uralte, brutale Triebe auszuleben, erscheint es mir nicht sehr wahrscheinlich, dass das Sitzen am Ufer mit einer zwölf Meter langen Bolognese-rute oder das Auswerfen von winzigen Trockenfliegen nach Bachforellen in einem Fluss dieses Bedürfnis wirklich befriedigt. Das sind stille, langsame Beschäftigungen, die mit dem

Jagen und Schlachten eines Wollmammuts nicht mehr zu tun haben als Töpferei oder zeitgenössischer Tanz. Und auch wenn es den Jagdtrieb ein wenig kitzelt, erzählt das noch nicht einmal die Hälfte der Geschichte. Die Freuden des Angelns sind kompliziert, sie sind facettenreich, und der Versuch, das alles auf einen einzigen, vererbten Impuls zu reduzieren, heißt, fast alles zu ignorieren, was eigentlich abläuft.

In den Vereinigten Staaten bleibt das Fischen, viel stärker als in Großbritannien, Teil einer breiteren und viel fester verwurzelten Jagdkultur (oder zumindest einer Kultur, zu der auch Angeln gehört), einer, die ihre Wurzeln im historischen Selbstbild dieses Landes hat. Ob nun bewusst oder nicht, sind Angler in den Staaten Teil einer Geschichte vom amerikanischen Naturburschen, die tief in die kolonialen Grenzlandlegenden hineinreicht, und sie schreiben diese Geschichte auch fort. Es ist eine Geschichte, die heute nur noch einen Sinn ergibt, weil es dort noch so viel unerschlossenes Land gibt, und so viel Wasser, das öffentlich und zugänglich bleibt. Bei dieser intimen Beziehung zwischen Fischen, Jagen, nationaler Identität und Männlichkeit, mag es merkwürdig erscheinen, dass Frauen im amerikanischen Angeln eine viel wichtigere Rolle gespielt haben als im britischen – und mit Sicherheit lieferte es einen weiteren Beweis gegen das Instinkt-Argument. Aber es gibt gute Gründe für den Unterschied. Historisch war das Fischen in den USA sowohl demokratischer, im Hinblick darauf, wer wo fischen konnte, als auch individualistischer – in anderen Worten, weniger abhängig von einer Vereinsmitgliedschaft. Diese beiden Faktoren zusammengenommen haben den Ausschluss von Frauen weniger durchgängig gemacht als im Vereinigten

Königreich. Wenn eine amerikanische Frau im neunzehnten oder zwanzigsten Jahrhundert wirklich fischen wollte und sich nicht viel darum scherte, was andere darüber dachten, dann konnte sie das sehr oft tun.

In Großbritannien dagegen war das Angeln an sozio-ökonomische Identitäten gefesselt, die geteilt und abgegrenzt werden, und für die große Mehrheit verlangte die Teilhabe eine Mitgliedschaft in Vereinen, deren Regeln die sozialen Vorurteile der Zeit widerspiegelten. Wenn eine britische Frau wirklich angeln wollte, musste sie entweder reich sein oder Männer um Erlaubnis bitten. Mit anderen Worten, die Art des Land- und Wasserbesitzes in Großbritannien und die tief klassenbezogene Geschichte des Sports in diesem Land sind wahrscheinlich verantwortlich für die viel geringere Teilhabe von Frauen am Angeln im Vereinigten Königreich als ich den Vereinigten Staaten.

In allen dreien hier erwähnten Angeltraditionen – die Oberklassen-britische, die Arbeiterklassen-britische und die amerikanische – wurde Angeln als eine Beschäftigung betrachtet, für die Frauen keine natürliche Neigung hätten. Jede dieser Traditionen projizierte ihre eigenen Vorstellungen von Männlichkeit auf den Sport, ihren eigenen Begriff davon, was für eine Art von Mann ein Angler sein sollte. Da war der kultivierte Gentleman, der Lachs angelte, der heftig wetteifernde und gesellige Grobfisch-Angler und der einsame, raue Naturbursche, der die amerikanische Wildnis durchstreifte. Das Komische war, diese gedachten Archetypen waren nicht nur ziemlich verschieden voneinander, sondern widersprachen einander bis zu einem gewissen Grad. Angler waren überzeugt, dass Männlichkeit wichtig war, sie konnten sich nur nicht darauf einigen, wie die aussah.

Die Zeiten haben sich geändert. Natürlich haben sie das. Mit ein paar anachronistischen Ausnahmen auf beiden Seiten des Atlantiks sind Frauen heute nicht länger von Angelvereinen ausgeschlossen, und diejenigen, die angeln wollen, können das, theoretisch, ebenso mühelos tun wie Männer. Und was noch hinzukommt: Sogar unter denen, die glauben, dass Frauen von Natur aus kein Interesse am Angeln haben, wird man kaum noch einen finden, der meint, sie sollten davon abgehalten werden. Tatsächlich haben viele Angelvereine und -organisationen aktiv versucht, Frauen und Mädchen als Mitglieder zu werben. Sie haben Angeln als inklusive Beschäftigung propagiert, ein Hobby, das für jeden geeignet ist, der sich für Wasser interessiert und was es enthält. Und doch hatten, wie Statistiken darlegen, diese Bemühungen – zumindest in Großbritannien und Teilen Europas – einen nur sehr begrenzten Erfolg. Was ist da los?

Ich denke, die Erklärung ist einfach. Sie lautet, dass soziale Ausgrenzungen sich selbst am Leben erhalten, und zwar auch, wenn die striktesten Barrieren gegen die Teilhabe aus dem Weg geräumt sind. Heute gibt es nur wenige Anglerinnen, weil Frauen in der Vergangenheit demotiviert oder abgehalten wurden. Das Verändern von Regeln und die Aufhebung von Verboten allein führt noch nicht zu gleichberechtigtem Zugang. Wenige Frauen angeln, deshalb fangen wenige Frauen an zu angeln.

Es gibt Gründe, warum dieser Prozess der fortbestehenden Ausgrenzung beim Angeln schlimmer ist als bei vielen anderen Aktivitäten. Da ist zum Beispiel die Tatsache, dass Angeln – im Gegensatz etwa zum Wandern oder Schwimmen – am Anfang ein ziemlich kompliziertes Hobby ist. Die Einsteigerkosten sind nicht unbeträchtlich, und sehr oft ist eine gewisse Einführung nötig. Die meisten Angler fangen in der Kindheit an, und sie tun es, indem sie sich Ausrüstung von einem anderen ausleihen, neben ihm sitzen und von ihm lernen. Dieser Jemand ist sehr häufig ein Elternteil. Wenn Väter beschließen, ihre Söhne zum Angeln mitzunehmen, aber nicht ihre Töchter, dann ist es unwahrscheinlich, dass diese Mädchen aus eigenem Antrieb damit anfangen. Ganz ähnlich, wenn Angler sich entscheiden, ihre Partnerinnen oder Freundinnen nicht zum Angeln mitzunehmen, dann bekommen diese Frauen vielleicht nie die Chance, es zu versuchen.

Dann ist da auch noch die Menge an Zeit, die Angeln erfordern kann, gegenüber der ungleichen Verteilung der Haushaltspflichten. Trotz positiver Veränderungen in den letzten Jahrzehnten sind Frauen insgesamt für Haushalt und Kinderbetreuung immer noch mehr verantwortlich als Männer. Wie die Autorin, Verlegerin und Anglerin Kate Fox geschrieben hat: »Statte die Frauen, die sich fürs Fliegenfischen interessieren, mit Hilfe bei Kinderbetreuung und Haushalt aus, und die Zahlen werden in die Höhe gehen.«

Aber der vielleicht einfachste und wichtigste Faktor, der Frauen vom Angeln abhält, ist, dass es, von außen betrachtet, immer noch sehr stark Männersache ist. Wie bei vielen anderen Freizeitaktivitäten im Freien, fühlen Frauen sich beim alleine Angeln vielleicht nicht sicher, und schon gar nicht wohl. Entsprechend finden die Vorteile eine Mitgliedschaft in einer Gemeinschaft von Anglern bei Frauen vielleicht keinen Anklang, wenn diese Gemeinschaft ausschließlich oder fast ausschließlich männlich ist. Die gegenwärtige Demografie des Sports wird so die künftige Demografie gestalten. Erwachsene legen sich dieses oder jenes Hobby zu, weil sie sich selbst als die Art von Person vorstellen können, die diese oder jene Aktivität betreibt. Identität ist immer Teil der Gleichung. Wenn Frauen nie andere Frauen angeln sehen, wenn jedes Buch zum Thema von Männern und über Männer geschrieben wird, wenn Ausrüstungsfirmen ihre Produkte nur mit Männern im Sinn vermarkten, ist es für Frauen äußerst schwer, sich selbst als potenzielle Anglerinnen zu sehen.

Für kleine Kinder hat Identität in diesem Sinn weniger Bedeutung. Meine älteste Nichte wünschte sich zu ihrem sechsten Geburtstag eine Angelrute – eine pinke –, weil sie ihren Dad, meinen Bruder, auf einigen seiner Angelausflüge begleiten wollte. Es freut mich sehr, dass diese Entscheidung für sie so einfach war, so offensichtlich, und dass es ihr bis jetzt noch nicht in den Sinn gekommen ist, dass Jungs und Mädchen vielleicht unterschiedliche Zeitvertreibe haben könnten. Doch auch wenn sie mit dem Angeln weitermacht, wenn sie es genauso genießt wie ihr Vater, bin ich mir leider sicher, dass ihre Altersgenossen sie in ein paar Jahren wissen lassen, was Mädchen tun und lassen sollten. Niemand setzt Geschlechternormen beharrlicher und brutaler durch als Heranwachsende.

Viele der Abschreckungsmittel für Frauen und Mädchen, die ansonsten vielleicht mit dem Angeln anfangen würden, funktionieren auf ähnliche Weise, um Personen aus anderen unterrepräsentierten Gruppen, vor allem Personen aus ethnischen Minderheiten, auszuschließen.* In Großbritannien und den Vereinigten Staaten sind die Angler, statistisch gesehen, viel weißer als die Gesellschaft als Ganzes. Weniger als ein Prozent der Befragten beim National Angling Survey identifizierte sich zum Beispiel als zu einer ethnischen Minderheit gehörig, verglichen mit ungefähr dreizehn Prozent der Gesamtbevölkerung.

Dieses Ungleichgewicht hat seine Wurzeln in Immigrationsmustern und dem Rassismus, dem in der Geschichte viele Immigranten ausgesetzt waren. Im Vereinigten Königreich und in Europa haben sich schwarze und asiatische Populationen vor allem in urbanen Zentren angesiedelt. Arbeitsmöglichkeiten waren der eine Grund dafür, »Sicherheit und Gemeinschaft in der großen Zahl«, wie die Psychotherapeutin Beth Collier es nannte, waren ein ebenso bedeutsamer Faktor. Obwohl viele Immigranten aus ländlichen Gegenden der Welt kamen – und obwohl viele davon früher mit Sicherheit gefischt haben dürften –, waren es die großen Städte, die eine gewisse Zuflucht boten vor der Feindseligkeit, die sie bei ihrer Ankunft erlebten. Mit der Zeit wurden die Kulturen dieser Minderheiten urbanisiert, und viele betrachteten daraufhin das Land als unsicheren Ort, an dem Farbige eher Misshandlungen zu erwarten hatten.

* Diese demografischen Barrieren scheinen sich nicht auf Personen mit Behinderungen auszuwirken. Nach dem National Angling Survey von 2012 haben fast zwanzig Prozent der Angler eine Krankheit oder Behinderung, die ihre körperliche Aktivität einschränkt. Viele kommerziell betriebene Angelanlagen, die für Personen mit eingeschränkter Mobilität ansonsten vielleicht nicht erreichbar wären, bieten einen Zugang zum Wasser mit dem Rollstuhl.

Die Altlasten all dessen sind klar. Heute ist es eher unwahrscheinlich, dass junge Leute aus ethnischen Minderheiten zum Fischen mitgenommen werden, weil ihre Eltern wahrscheinlich nicht fischen. Und diejenigen, die sich für den Sport oder andere ländliche Aktivitäten interessieren, kann ein unangenehmes Gefühl der »Hypersichtbarkeit« erwarten: das Gefühl, herauszustechen, anders auszusehen als die um einen herum, und wegen dieses Unterschieds aufzufallen. Man muss wohl nicht extra erwähnen, dass dieses Gefühl nicht nur eine Frage der Auffälligkeit ist; Farbige werden manchmal immer noch behandelt, als würden sie nicht aufs Land gehören, oder als wären sie eine Bedrohung. Und viele ziehen es vor, dieses Unbehagen, diese Angst völlig zu vermeiden.

Es gibt jedoch einen Ort, an dem die Welt des Angelns die Gesellschaft präziser repräsentiert, sowohl was die Geschlechtszugehörigkeit wie den ethnischen Hintergrund angeht, und das ist online. Auch wenn es genügend Websites und Foren gibt, in denen die schlimmsten Elemente des Sports – Sexismus, manchmal Rassismus – noch immer zu sehen sind, gibt es auch viele andere, die einladend und vielfältig sind oder die sich speziell an Minderheitenangler richten.

Die sozialen Medien liefern eine Plattform, auf der einige der Ungleichgewichte der Angelkultur bis zu einem gewissen Grad überwunden werden können. Zum Beispiel sind Frauen verantwortlich für einige der beliebtesten Angel-Accounts auf Instagram, sowohl in Amerika wie in Großbritannien. In einigen Fällen mag die Neuheit einen Teil des Reizes ausmachen, doch viele dieser Accounts werden betrieben von Frauen, die sich auch offline einen Namen gemacht haben, als Moderatorinnen, Schriftstellerinnen, Anführerinnen oder Lehrerinnen. Zusätzlich gibt es eine Vielzahl von Accounts, die Online-Gemeinschaften für angelnde Frauen bieten, und andere, die für Angler aus ethnischen Minderheiten dasselbe tun.

All diese Online-Portale verändern das Bild des Angelns schneller, als das offline je möglich gewesen wäre. Sie verändern das öffentliche Bild des Durchschnittsanglers und werfen einen Teil des ungewollten kulturellen und sozialen Ballasts ab, den der Sport noch immer mit sich herumschleppt. Sie machen das auch ziemlich gut, und ich vermute, dass die Auswirkungen in den kommenden Jahren immer sichtbarer werden dürften. Frauen, die Angeln wollen – vor allem junge Frauen und Mädchen – werden Rollenmodelle und weibliche Vorbilder haben, an denen sie sich orientieren können. Ähnlich wird es für Angler aus ethnischen Minderheiten sein. Sie werden darin bestätigt werden, dass dies ein Hobby ist, das für Leute wie sie angemessen ist. Sie werden sich weniger fehl am Platze und vom Wasser willkommen fühlen.

Ich hoffe sehr, dass meine Nichte – die jetzt eifrig mit ihrem Vater auswirft –, wenn sie dann eines Tages womöglich den sozialen Druck spürt, das Angeln aufzugeben und etwas Mädchenhafteres zu machen, sich nicht nur in der Lage sieht, dem zu widerstehen, sondern sogar dazu ermutigt.

Der River Devon

CLACKMANNANSHIRE, 2020

So etwas wie den vollkommenen Angler gibt es nicht, und meistens bin ich sehr froh darüber. Angeln besteht aus einer Reihe von Fertigkeiten, die man im Lauf der Jahre verbessern kann. Kompetenz kann sich zu Expertise entwickeln, aus Beobachtung kristallisiert sich Wissen. Aber dieses Wissen und diese Expertise sind immer begrenzt. Die Erfahrung eines Anglers wird beschränkt sein auf bestimmte Fischarten, bestimmte Techniken, bestimmte Arten von Gewässern. Was bedeutet, dass es, auch nach vielen Jahrzehnten des Fischens, immer noch Gelegenheiten gibt, ins kalte Wasser zu springen und wieder zum Anfänger zu werden.

In Shetland aufzuwachsen, war ein riesiger Luxus, was das Fischen angeht. Zugang zu Forellengewässern in einer solchen Qualität und einer solchen Menge zu haben, ist eine Seltenheit, und auch in meiner Jugend hielt ich das nicht für selbstverständlich. Dennoch ist das Fischen in Shetland in mancher Hinsicht beschränkt. Zum einen ist die einzige Art, die für Fliegenfischer von Interesse ist, die Bachforelle (einschließlich einer Population Meerforellen, die heutzutage ziemlich unzuverlässig ist). Zum anderen haben die Inseln keine Flüsse. Keinen einzigen. Sie haben nicht einmal irgendwelche Bäche, die groß genug sind, dass man sie, bei großzügigster Betrachtung, für einen Fluss halten könnte. Was wir hier haben, sind Lochs. Viele, viele Lochs.

Als ich in meinen Dreißigern aus Shetland wegzog, war ich deshalb ein wenig im Nachteil. Wo ich jetzt lebe, in Zentralschottland, passiert fast das ganze Forellenangeln in Fließgewässern. Mich nur an das zu halten, was ich kannte, hätte bedeutet, etwas zu verpassen, und einige Jahre tat ich das auch. Ich probierte einen oder zwei Speicherseen, ein oder zwei künstlich angelegte und kommerziell betriebene Angelgewässer, und von keinem hielt ich besonders viel. Ich fischte viel weniger als zuvor, und ich fragte mich, ob meine Begeisterung mich endgültig verlassen hatte. Hin und wieder besuchte ich einen Fluss – normalerweise auf eine Einladung hin – und gab mir Mühe, meine Fähigkeiten auf dieses unvertraute Gewässer zu übertragen. Aber ich hatte immer das Gefühl, ein totaler Amateur zu sein, das Gefühl, dass dreißig Jahre Angelerfahrung mir rein gar nichts brachten. Und meine Fänge bei diesen Gelegenheiten waren ein Spiegel meiner Hilflosigkeit. Ein- oder zweimal hatte ich unerwartetes Glück. Aber meistens spritzte ich nur herum und kam mir auf dem Heimweg vor wie ein Trottel.

Es ist nicht so, als würde ich die Grundbegriffe des Flussangelns nicht kennen. Im Lauf der Jahre habe ich Bruchstücke des Wissens zum Thema gesammelt – vorwiegend aus Büchern. Es war nur so, dass ich, wenn ich tatsächlich einen Fluss vor mir hatte, ein echtes, lebendiges Gewässer, das vor mir vorbeifloss, mein Selbstvertrauen nicht fand. Ich befischte den Fluss so, als wäre er ein Loch, und das funktioniert einfach nicht.

Schließlich hatte ich die Nase voll. Von meinem Zuhause

aus sind einige hervorragende Forellengewässer leicht zu erreichen, und das wollte ich auch nutzen. Ich hielt mir selbst eine Standpauke. Du bist nicht unfähig, sagte ich (nur mäßig überzeugt). Du kannst lernen.

Was ich vor allem lernen wollte, waren die Methoden, die ich am wenigsten kannte: die verschiedenen Tiefwassertechniken, die zusammengefasst manchmal als Euro-Nymphing bezeichnet werden. Zu diesem Zeitpunkt war ich noch nicht sonderlich interessiert an den unterschiedlichen Spielarten. Ich hatte kein dringendes Bedürfnis, das französische vom spanischen und das polnische vom tschechischen Nymphenangeln zu unterscheiden. Für den Augenblick wollte ich einfach nur anfangen, ein Gefühl dafür bekommen, wie diese Taktik funktioniert. Also las ich ein paar Artikel, band ein paar Fliegen und kaufte mir eine Vereinsmitgliedschaft für den River Devon.

Erster Besuch

Auf einer Karte ist der Devon ein komisch aussehender Fluss. Von seiner Quelle in den Ochil Hills, nicht weit von Gleneagles, fließt er ostwärts, durch zwei, dann drei Reservoirs, bevor er, in Bezug auf die Fließrichtung, scheinbar seine Meinung ändert. Am Crook of Devon macht er abrupt kehrt und fließt nach Westen, auf die andere Seite genau der Hügel, aus denen er entspringt. Obwohl der Fluss dreiunddreißig Meilen lang ist, liegt sein Endpunkt, wo er, knapp westlich von Alloa, in den Fluss Forth mündet, nur sechs Meilen von seiner Quelle entfernt.

Die untere Hälfte des Devons, vom Castlehill Reservoir aus, hat eine gesunde Population von Bachforellen, früher ergänzt durch Besatz, jetzt aber selbsterhaltend. Sie ist außerdem unglaublich vielfältig, von rauschenden Wasserfällen und winzigen, schattigen Bassins bis hin zu breiten, trägen Strecken durch die Flutebene östlich von Stirling. Ein Teil des Flusses ist leicht zugänglich und beliebt bei Wanderern wie auch Anglern. Andere Stellen sind überwuchert und so gut wie nicht zu erreichen. Trotz seiner Nähe zu Städten und Dörfern entlang seines Verlaufs beheimatet der Devon eine Fülle von Wildtieren, darunter auch Biber, die inzwischen seit Jahren die Flüsse Zentralschottlands neu besiedeln.

Meinen ersten Versuch, am Devon zu angeln, legte ich auf einen schlechten Zeitpunkt. Ein Gewitter und schwere Regenfälle hatten den Fluss anschwellen lassen. Ich behielt den Wasserstand online im Auge, sah ihn schnell steigen und kurz darauf wieder sinken. Ich wartete vierundzwanzig Stunden und dachte mir dann, das müsste reichen. Ich war ungeduldig. Ich war bereit, ein Risiko einzugehen.

Ich fuhr nach Osten, ins Dorf Dollar, und dann noch ein Stückchen weiter. Eine schmale, gewundene Straße entlang, dann stellte ich das Auto neben einer Brücke ab. Der Fluss war laut, als ich die Rute zusammenbaute, die Fliegen anknüpfte und in meine Wathose stieg. Überall hingen Bäume über, ein dichtes Blätterdach aus spätsommerlichem Grün, das einen Großteil des Morgenlichts abhielt. Ich nahm einen Pfad, der flussaufwärts führte, und wusste sofort, dass ich zu optimistisch gewesen war. Das Wasser stand noch immer sehr hoch und war zu einem schlammigen, trüben Braun aufgewühlt, der Farbe von Tee mit nur einem Spritzer Milch.

Es war nicht einladend und sah nicht aus, als wäre darin leicht zu angeln. Ich versuchte, mich ein Stückchen weiter flussaufwärts zu bewegen, aber ich wurde blockiert von dichter Vegetation an Land und der heftigen Strömung des Wassers. Ich warf ein paarmal eher lustlos aus und dachte mir dann, dass es flussabwärts vielleicht vielversprechender sein könnte, also kletterte ich wieder hoch und lief über die Straße. Ich fand eine Stelle unter der Brücke und stieg ins Wasser.

Es gibt ein bestimmtes Gefühl, das man bekommt, wenn man durch fließendes Wasser watet. Der Druck ist am Anfang gegen einen. Da ist das Gefühl, nicht willkommen zu sein, aus dem Weg geschoben zu werden. Der Fluss muss irgendwo hin, und er wird einen mitnehmen, wenn er kann. Aber wenn man stehenbleibt, sich einen festen Stand sucht, wird alles anders. Anstatt gegen einen zu drücken, absorbiert die Strömung den eigenen Umriss. Sie fließt um einen herum. In diesem Augenblick spürt man eine Entspannung, ein Akzeptiertwerden, als hätte der Fluss einem erlaubt zu bleiben.

Ich ließ meine Füße zwischen den unsichtbaren Steinen Halt suchen, hakte dann die Fliege von der Rute und warf zum ersten Mal richtig aus, einfach nur stromaufwärts. Ich zielte auf eine Seite der Mittelströmung, eine Stelle, an der es an einem anderen Tag träges Wasser gegeben hätte, die jetzt aber nur minimal weniger reißend war als der Rest. Die Fliegen plumpsten in das wirbelnde Becken und trieben binnen Sekunden zu mir zurück. Ich warf ein zweites Mal aus.

Die grundlegende Logik hinter dem Tiefwasser-Nymphenangeln ist die, dass Forellen ihre Nahrung fast immer am Grund aufnehmen, und deshalb ist der Grund die Stelle, wo unsere Haken sein sollten. Schwere Muster mit Blei- oder Wolframgewichten sind dazu nötig. Diese sinken schnell und maximieren die Zeit, die die Fliegen vor dem Fisch verbringen, und erhöhen dadurch die Chancen, ihn zu fangen.

Doch mit dieser Logik gibt es ein paar Probleme. Dazu gehört, dass eine traditionelle Fliegenschnur von der Oberflächenströmung herumgezerrt wird, wodurch diese Fliegen sich unnatürlich und wenig einladend bewegen. Um dies zu vermeiden, müssen die Angler diese dicke Fliegenschnur so gut es geht von der Oberfläche fernhalten, indem sie ein langes Vorfach – das feine Zwischenglied zwischen Fliegenschnur und Vorfachspitze – benutzen, das die Strömung durchschneidet.

Das nächste Problem ist zu wissen, wann ein Fisch anbeißt. Da man nicht aktiv einholt, wie im Nassfliegenangeln, und den Haken nicht sehen kann, wie im Trockenfliegenangeln, stehen die üblichen Indikatoren nicht zur Verfügung. Zu einigen Nymphtechniken gehört, dass man nur über sehr kurze Entfernungen auswirft und die Leine so straff hält, dass man jeden Biss sofort spürt, während die Fliege über das Flussbett hüpft. Andere verlangen leuchtend bunte Vorfächer, sodass man jede Zuckung und jeden Stillstand in der Bewegung sehen kann. Eine weitere Technik – die schlichteste und am wenigsten raffinierte – verlangt einen Anzeiger, etwas mit starkem Auftrieb, das an der Schnur befestigt ist. Wenn er auf der Oberfläche schwimmt, hängt unten kein Fisch. Wenn er verschwindet … na ja, da könnte einer sein.

Ich wählte den einfachen Weg. Schließlich lernte ich ja noch. Ich klemmte einen kleinen Klumpen fluoreszierendes

Styropor an mein Vorfach und versuchte, die Stimmen in meinem Kopf zu besänftigen. *Das ist doch kein Fliegenfischen,* sagten sie mir. *Das ist Betrug.* Ich konnte den Stimmen nicht wirklich widersprechen. Das war nicht das Fliegenfischen, das ich bisher gekannt hatte. Aber ein Anzeiger war eine sichere und einfache Art anzufangen. Es war eine Lernhilfe, wie die aufblasbaren Flügel eines Kinds, wenn es zu schwimmen lernt, und auch so ziemlich von derselben Farbe.

Dies Technik verlangte auch häufiges Auswerfen. Oder genauer, Schnipsen oder Schnellen, da man nicht wirklich Platz zum Auswerfen hatte, und da Leinenschleifen über große Entfernungen nicht wirklich vermieden werden kann. Ungefähr sechs Meter Reichweite brauchte ich, und dann kam der kleine orangene Anzeiger zu mir zurückgaloppiert, wie ein beflissener Welpe. Schnipsen, galoppieren, anheben, wiederholen, das war der Ablauf. Einmal verschwand das Styropor, und ich hob die Rutenspitze, aber da war nichts. Als es zum zweiten Mal passierte, hing ich an etwas Festem, einem Stein oder Holzkloben. Das war ein häufiges Problem, wie ich noch erkennen sollte. Die Schnur riss, und ich knüpfte eine neue Fliege an.

Ich bewegte mich weiter flussabwärts, folgte dem Zaun einer Schafweide und duckte mich unter überhängende Äste. Überall lagen Ablagerungen von der Flut, Vegetationsknäuel, abgebrochene Äste, Plastik. Ich musste mich unter Bäumen klein machen, Gestrüpp beiseiteschieben, um mir nicht die Wathose zu durchlöchern, und mir dann einen Weg durch Büschel stinkenden Japanischen Springkrauts bahnen. Ich fand eine neue Stelle, schlitterte unelegant vom Ufer in tieferes Wasser, als ich erwartet hatte, und watete ein paar Schritte auf die Flussmitte zu. Eine Wasseramsel saß am gegenüberliegenden Ufer und sang mir etwas vor. Die Melodie bestand aus metallischem Quietschen, zusammengestellt zu einem Lied, mit einem verdrossenen, raumgreifenden Ton. Der Vogel flatterte stromaufwärts und kam dann wenige Minuten später in die andere Richtung fliegend wieder an mir vorbei. Er ließ mich mit dem Klang des Flusses allein.

Ich fing wieder an: schnipsen, galoppieren, anheben, schnipsen, galoppieren, anheben. Die ständige Wiederholung war hypnotisch. Ebenso der Anzeiger, ein winziges Ding im Universum, auf das meine ganze Aufmerksamkeit gerichtet war. Ich kannte das noch aus meinen frühesten Jahren beim Angeln, als ich zum Fischen sehr häufig Schwimmer benutzte. Man beobachtet sie mit einer Aufmerksamkeit, die anders ist als fast alle anderen. Man schaut und schaut und schaut, in gespannter Erwartung, dass man ihn nicht mehr sieht.

Jedes Mal, wenn das kleine Stück Schaumstoff unterging, hob ich erwartungsvoll die Rute. Bei achtzehn Mal von zwanzig war nichts dran. Beim neunzehnten verfing ich mich im Flussbett und verlor noch eine Fliege. Beim zwanzigsten: eine zuckende, kleine Forelle, gerade mal dreizehn Zentimeter lang, die sprang und zappelte und dann verschwunden war. Fünf Minuten später fing ich noch eine, von identischer Größe.

Ich warf die Fliegen ein Stückchen weiter aus, ließ sie unter den Bäumen auf der anderen Seite vorbeiziehen. Es sah aus wie eine perfekte Stelle, wo sich etwas Größeres verstecken könnte. Aber nichts passierte. Ich warf noch einmal aus, und die Endfliege verfing sich in einem Ast. Ich zog hart daran, und die Leine riss. Ich knüpfte eine neue an und machte weiter, bis ich mich wieder in einem Ast verhakte. Diesmal verlor ich beide Fliegen. Ich knüpfte eine neue Vorfachspitze an, zog die Knoten straff, und die Schnur riss. Ich machte es noch einmal, und das ganze Ding rutschte mir aus der Hand und rollte sich auf eine Art auf, die ich nicht nachvollziehen konnte, und verknäulte sich so sehr, dass ich nach mehreren Minuten des vergeblichen Entwirrens das Ganze einfach abschnitt und von vorne begann.

Ich erinnere mich auch an dieses Gefühl von vor dreißig Jahren: das Gefühl, dass so viel schiefgehen kann, dass so viele Dinge zwischen einem und dem Fisch liegen. Fehler, Unfälle, zerrissene Leinen, schlechte Knoten, undichte Schwimmer, Fliegen, die sich auflösen, Fliegen, die sich in Bäumen oder auf Felsen oder in den Klamotten verfangen. Ich erinnere mich an Monate des Selbstunterrichts im Fliegenfischen, in denen ich es nicht schaffte, richtig auszuwerfen oder irgendetwas zu fangen, an das immer wieder aufkeimende Gefühl, dass ich es besser ganz sein lassen sollte, dass ich besser gehe und mich an den Straßenrand setze und warte, bis meine Mutter mich abholt. Nur dass ich eben nie aufgab. Damals nicht.

Ich knüpfte die Vorfachspitze noch einmal an, diesmal stabil. Ich drehte mich um und warf aus, auf das gegenüberliegende Ufer zu, zielte zu weit und verhakte mich an einem Springkrautstängel. Ich watete hinüber, um die Fliegen zu bergen, biss sie von der Schnur ab und packte sie weg. Ich hatte genug. Ich wollte nach Hause.

Zweiter Besuch

Ein Stückchen weiter flussabwärts, bei Tillicoultry, an einem Tag, der wild zwischen Sonnenschein und Regen hin- und herpendelte. Eine Woche war vergangen, und das Wasser war zwar noch nicht ganz klar, aber deutlich weniger aufgewühlt als zuvor. Die Probleme bestanden jedoch weiter. Die endlosen Knäuel; die aufgerollte, gerissene und ersetzte Leine; Fliegen, verloren in Büschen und Bäumen und an Hindernissen unter Wasser, meine im Schlamm versunkenen Füße, die mich auf die Uferböschung warfen.

Dann, in einem tiefen, trägen Bassin, völlig im Baumschatten, verschwand plötzlich der Anzeiger. Ich riss an der Rute und spürte den scharfen Widerstand eines Fisches. Er riss mir eine Länge Schnur aus den Fingern, blieb stur am Boden und schüttelte den Kopf in der Strömung. Ich versuchte, ihn in meine Richtung zu lenken, behutsam, weil ich befürchtete, dass die Leine reißt, und spürte jede unsichtbare Bewegung seines Körpers. Als er schließlich ins Netz kam, war es eine Bachforelle von einem knappen Kilo – doch sie hatte sich viel schwerer angefühlt. Es war einer der perfektesten Fische, die ich je gesehen habe, mit breitem Rücken und starker Sprenkelung, jeder große, schwarze Punkt weiß umrandet.

Als ich die Forelle in den Fluss zurückgleiten ließ und zusah, wie sie zuckend und Deckung suchend davonsauste, lachte ich vor schierem Erstaunen laut auf. Keine meiner eigenen Fähigkeiten hatte diesen Fisch zu mir geführt. Es war das reine Anfängerglück.

Dritter Besuch

In meinen frühen Jahren in der Highschool verbrachte ich einige Mittagspausen in der Bibliothek und blätterte in Ausgaben des *Trout & Salmon* Magazins. Es war nicht gerade die beliebteste Veröffentlichung, die sie im Bestand hatten, deshalb bekam ich, wenn eine neue Ausgabe hereinkam, die auch meistens in die Finger. Ich las zuerst die Artikel und schaute mir dann die Bilder an. Aber ich brachte auch viel Zeit mit Blättern in der hinteren Hälfte zu, schaute mir die Anzeigen für Ruten, Rollen und Schnüre an. Ich hatte so gut wie keine Ahnung, wie dieses Zeug sein würde, denn ich konnte mir nur die billigste, hässlichste Ausrüstung leisten, aber es machte mir Spaß, die Firmennamen zu lernen, mir die Preise anzusehen und mir vorstellen, dass ich mir eines Tages alles an Ausrüstung würde leisten können, was ich mir vorstellte.

Wie sich zeigte, kam dieser Tag nie so recht. Ich habe jetzt ein bisschen mehr verfügbares Einkommen als mit dreizehn, und ich blättere immer noch gern in den Anzeigen und schaue mir an, was ich, in einer anderen Welt, besitzen könnte. Aber das meiste davon fühlt sich völlig unerreichbar an, eher ein Traum als eine reale Möglichkeit.

Da ich jedoch beschlossen hatte, mein Selbststudium mit schweren Nymphen fortzusetzen, brauchte ich eine andere Rute. Die Rute, die ich bis jetzt benutzt hatte, war zu kurz und zu unhandlich für das, was ich tun musste. Damit konnte ich weder die Schnur effektiv von der Oberfläche fernhalten, noch hatte ich damit die Sensibilität, um ein behutsames, unsichtbares Zuschnappen zu spüren. Wenn ich mich über meine Styropor-Anzeiger-Methode – mein kleines, orangenes Armband – hinausentwickeln wollte, brauchte ich etwas anderes.

Ich folgte meinem gewohnten Verfahren beim Kauf von Angelausrüstung: Ich recherchierte ausführlich zu dem Thema, schaute mir jede mögliche Variante an und kaufte dann die billigste passende Rute, die ich finden konnte. Gebraucht.

Der ganze Aufbau kam mir jetzt noch fremder vor. Ich ersetzte meinen Anzeiger durch ein französisches Vorfach, lang und sich verjüngend, mit einer siebzig Zentimeter langen, farbigen Schnur direkt über der Vorfachspitze. Beim Auswerfen war das ein Albtraum. Die peitschendünne, über drei Meter lange Rute unterminierte in Kombination mit dem ultralangen Vorfach mein bisheriges Gefühl für Aerodynamik völlig. Während beim üblichen Fliegenfischen das größere Gewicht der dicken Fliegenschnur benutzt wird, um die Auswerfweite zu vergrößern, gibt es bei dieser Technik so gut wie keine Fliegenschnur, nur dünnes, leichtes Nylon. Das einzige verfügbare Gewicht bringen die Fliegen selbst, ganz unten am Ende von allem. Das Muskelgedächtnis, das normalerweise meinen Arm durch den Wurf führt, war völlig nutzlos. Was ich zu können glaubte, konnte ich nicht. Es war desorientierend, so als würde man versuchen, auf Stelzen Fahrrad zu fahren. Anfangs machte es mir richtig Mühe, auch nur den einfachsten Vorgang durchzuführen, nämlich die Fliegen ins Wasser zu befördern.

Der Wetterbericht hatte bewölkt gesagt, aber als ich jetzt in den Fluss stieg, stach mir die Sonne in den Nacken. Ein

Sonnenbrand drohte. Doch der Herbst stand vor der Tür, und die Blätter verloren ihre sommerliche Weichheit und wurden zu etwas Spröderem, Zerbrechlicherem. Dohlen und Krähen plapperten in den Bäumen und Wiesen hinter den Ufern, und Güllegestank hing schwer in der Luft.

In den ersten eineinhalb Stunden Angeln sah ich rein gar nichts, was weder überraschend noch besonders enttäuschend war. In diesem Zustand fühlte sich jeder Wurf, der an der richtigen Stelle landete, an wie ein Erfolg, und ich sah die farbige Schnur stromabwärts treiben mit dem Gefühl, dass meine Arbeit bereits getan war und dass keine weiteren Handlungen nötig waren. Ich zog die Fliegen durch ein paar Abschnitte, von denen ich dachte, dass da vielleicht Fische sein könnten, aber ich fing nichts. Doch dann, in einem Strudel, in dem die Schnur sich um sich selber drehte, hob ich die Rutenspitze und fand eine kleine Forelle am Haken. Bald darauf kamen noch zwei weitere. Ein Zeichen für einen ungeschickten Angler ist es, dass Fische ihn immer überraschen, dass er nie so recht weiß, wann er sie erwarten kann, oder dass er sie zur falschen Zeit erwartet. An diesem Punkt war ich jetzt: Ich warf die Fliegen beinahe willkürlich aus, und wenn ich dann eine Ahnung bekam, was ich tun sollte, machte ich es völlig falsch.

Der Regen kam fast ohne Vorwarnung, deshalb packte ich zusammen und ging zum Auto. Kurz davor blieb ich stehen. Auf einem Ast über dem Fluss saß ein Eisvogel, das Federkleid gegen den Regen aufgeplustert. Normalerweise tauchen diese Vögel nur als Farbblitz auf, als Meteor aus irisierendem Blau. So erscheinen sie kaum als Ganzes, nur flüchtig erhascht, beinahe eingebildet. Dieser hier war jedoch so gut wie bewegungslos, er drehte nur den Kopf, in die eine und die andere Richtung, wartete auf eine Pause im Regen. Tropfnass sah ich ihm zu, bis er das Warten aufgab und schwirrend die kleinen Flügel zu brillantem Flug ausbreitete.

Vierter Besuch

Zwei Tage später und ein paar Meilen weiter westlich. Der Fluss war hier langsamer, und in den seichteren Bassins wehten Fahnen aus Tang träge in der Strömung. Ich ging weiter, suchte nach den tieferen, schnelleren Abschnitten, den schattigen Plätzen, den Stellen, wo Nahrung, Deckung und Sauerstoff im Überfluss vorhanden sein sollten.

Ich fischte stromaufwärts, bis ich den Rand von etwas erreichte, das aussah wie der Parkplatz eines Einkaufszentrums, wo ich mich umdrehte und wieder nach unten auswarf. Ich gab mir größte Mühe, sorgfältig und aufmerksam zu sein, mir gut zu überlegen, wo ich auswarf, und mit Konzentration zu fischen. Ich versuchte, die Zeichen zu lesen, die diese fluoreszierende Schnur aussendete, den Morsecode der Fliege auf dem Flussbett, ihr Pochen, das auf meine Finger übertragen wurde.

Es war alles in allem eine Erfahrung, die ganz anders war als meine gewohnte Art des Fischens. Als würde ich ein Lied in einer Sprache hören, die ich nicht ganz verstand, fühlte ich mich, als würde ich mich überanstrengen, nach etwas greifen, das außerhalb meiner Reichweite war. Ich konnte mich nicht entspannen, denn würde ich es tun, würde alles falsch laufen. Und auch wenn der Fluss jetzt vertrauter war als bei meinem ersten Besuch, konnte einen diese wachsende Vertrautheit leicht in die Irre führen. Sehr oft glaubte ich etwas zu wissen, was ich aber eigentlich nicht wusste.

Ich watete durch ein Bassin, das am gegenüberliegenden Ufer ziemlich tief war, und erwartete, dass jeden Augenblick etwas anbiss. Als das nicht passierte, versuchte ich es noch einmal, und diesmal fiel eine winzige Forelle zappelnd in den Kescher, nur zehn Zentimeter von der Schnauze bis zum Schwanz. Ich war mir sicher, dass da auch noch größere Fische waren, aber ich konnte sie nicht finden.

Am unteren Ende eines anderen Bassins, wo der Fluss sich zu einem schnell fließenden Flaschenhals verengte, fing ich einen Fisch, dann noch einen und noch einen, alle zwischen zehn und fünfzehn Zentimeter lang. Ich ging einen Schritt flussaufwärts, ließ die Fliegen wiederholt an derselben Stelle eintauchen, dicht bei mir, dann in der Flussmitte, dann am anderen Ufer, nur drei oder vier Meter entfernt. Noch ein Fisch tauchte auf, dann noch einer, jeder so klein wie der nächste. Da musste ein ganzer Schwarm drin gewesen sein, dicht beieinander, wie die Mehlschwalben, die sich an diesem Abend über mir am Himmel versammelten, um dann zu ihrem Zug in den Süden aufzubrechen.

Fünfter Besuch

Ich ging vom Auto aus flussabwärts zu einer Stelle, wo sich eine Herde aus dreißig jungen Kühen an beiden Ufern entspannte. Die Tiere schauten mir beim Näherkommen zu, blieben dann wie synchronisiert stehen und warteten, was ich tun würde. Ich wurde langsamer, ging aber weiter. Normalerweise habe ich keine Angst vor Kühen, aber etwas im Verhalten dieser Tiere ließ mich zögern. Sie sahen gelangweilt und gut genährt aus und schauten mich an, als würde ich ihnen gleich ein wenig Unterhaltung bieten. Sie wirkten ruhelos, wie eine Horde Teenager, die nur auf einen Vorwand wartet, um irgendeinen Unfug anzustellen.

Als ich stehenblieb, kamen die Kühe auf mich zu – langsam und nicht mit offensichtlicher Aggression. Aber sie hatten genug Zielgerichtetheit und Tempo in ihren Schritten, dass ich so meine Zweifel bekam. Sie kamen immer näher, und die am anderen Ufer stiegen ins Wasser, um den Fluss zu überqueren. Ich wurde verunsichert. Ich hatte keine Lust, diesen Tieren entgegenzutreten, und ich war mir alles andere als sicher, dass sie von mir ablassen würden. Also suchte ich nach einem Ausweg.

Der offensichtlichste war der seitlich zu einem Zaun, über den ich springen konnte, um ihnen aus dem Weg zu gehen. Aber um das zu tun, würde ich in den Fluss steigen müssen, und in der Strömung zwischen mir und diesem Zaun trieb ein Schwanenpärchen mit drei Küken. Im Gegensatz zu den Kühen, die nur eine *potenzielle* Gefahr darstellten, waren die Schwäne eine sichere. Ich schaute sie an, und sie schauten mich an. Ich konnte es in ihren Augen sehen. Sie waren nur zu bereit, mir den Arm zu brechen.

Ich musste schnell eine Entscheidung treffen, also drehte ich mich um und kehrte auf dem Weg zurück, den ich gekommen war. Eigentlich hätte ich zum Auto gehen und nach Hause fahren sollen. Ich hätte das alles als Zeichen nehmen sollen. Doch stattdessen sah ich neben der Straße einen Fußweg, und ich folgte ihm nach Westen, bis ich weit außer Reichweite der Kühe war. Dann durchquerte ich eine andere Wiese, bis ich am Wasser war.

Ich fischte in dem Bassin, in dem ich vor einigen Wochen meine einzige große Forelle gefangen hatte, doch diesmal sah ich rein gar nichts. Ich fischte im nächsten Bassin und sah auch dort nichts. Ich verlor vier Fliegen, und dann noch einmal zwei. Ich brachte kostbare Zeit damit zu, meine Leine zu entwirren, zu schneiden und neu zu knüpfen.

Ist es möglich, fragte ich mich, dass ich bei dieser Art des Angelns immer schlechter werde?

Zum ersten Mal überlegte ich mir ernsthaft, ob diese Technik einfach nichts für mich sei. Zu der Zeit klang das einleuchtend. Ein solcher Frust beim Angeln wird oft gelindert von den Fischen, die dann kommen – den Fischen, die überzeugt werden von dem, was man richtig macht, nicht denjenigen, die gefangen werden, obwohl man alles falsch macht. Der Unterschied ist ein sehr feiner, aber Angler wissen, wo die Grenze zwischen beiden ist. Tief drinnen wissen sie es immer.

Letztendlich fing ich zwei winzige Forellen, als ich schon beinahe aufgegeben hätte, und ich gestattete mir eine gewisse Selbstberuhigung. Vielleicht ist dieser Fluss überfischt, dachte ich mir, oder vielleicht werden zu wenige Forellen lebend zurückgeworfen. Es war bemerkenswert, dass bis auf einen alle Fische, die ich bisher gefangen hatte, weniger als fünfzehn Zentimeter lang waren. Und wenn die meisten größeren Fische einen auf den Kopf bekommen, vermutete ich, könnte das mein Versagen erklären.

Oder vielleicht suchte ich nur nach Ausreden.

Sechster Besuch

Diesmal fing ich an der Stelle an, wo ich beim allerersten Mal geparkt hatte, ein Stückchen östlich von Dollar. Während ich meine Wathose anzog und Schnur durch die Rutenringe fädelte, schrien sich im Geäst über mir zwei Eichelhäher an, ihre Meinungsverschiedenheit war unüberhörbar. Ich überließ sie sich selbst und stieg in den Fluss. Dieses Mal war das Wasser flacher, langsamer, klarer – so, dass es nach diesem ersten Besuch fast nicht mehr wiederzuerkennen war.

Es würde, wie ich vermutete, mein letzter Besuch am Devon in diesem Jahr werden. Obwohl noch zwei Wochen Forellensaison übrig waren, fühlte ich mich ernüchtert. Ich komme mit diesem Fluss einfach nicht zurecht, dachte ich, oder mit den Techniken, die ich zu lernen versuchte. Diese Form des Angelns schien so viel schwieriger als das, woran ich gewöhnt war, und Frustration und Verlust – von Fliegen, Schnur und Zeit – offensichtlich unvermeidlich.

Noch einen Versuch, dachte ich mir, und dann für den Winter einpacken.

Auf diesem Abschnitt, von der Brücke flussaufwärts, gab es keinen Fußweg am Ufer, dem man folgen könnte. Die Ufer waren steil und auf beiden Seiten stark bewaldet, was den Zugang schwierig machte. Voran kam man nur, wenn man ins Wasser stieg und watete. Von oben fielen Blätter, ein leichter Regen aus Rot und Braun und Gold, sie glitten ins Wasser und trieben davon, umgedreht wie eine hohle Hand trugen sie die Jahreszeit mit sich. Immer wieder fand ich festen Stand zwischen den Steinen und Kieseln, arbeitete mich so in die Gegenrichtung vor und warf aus, wo ich es gut konnte.

In einem breiten, gekräuselten Bassin stoppte die Leine plötzlich, und ein Fisch von einem halben Pfund sprang zweimal und war dann in meiner Hand. Bei meinen sechs Besuchen war das der zweitgrößte Fisch, den ich gefangen hatte. Erleichterung durchströmte mich, als ich den Haken aus seinem Maul zog, das Verkrampfen seines Körpers in meiner Hand spürte, und dann zusah, wie er in dem beschatteten Wasser wieder verschwand. In einem größeren, tieferen Bassin ein Stückchen weiter oben schnippte ich die Fliegen dicht an einen umgestürzten Baum, wo sie fast augenblicklich stoppten. Ich hob die Rute und nahm an, dass ich mich an einem unter Wasser liegenden Ast verfangen hatte, aber wieder hatte ich einen Fisch dran, einen noch größeren. Er blitzte satt auf, hielt sich gut in der Strömung und kam dann ohne weitere Umstände ins Netz – ein goldenes, prächtiges Ding.

Von hier aus schienen die Ufer des Flusses näher zusammenzurücken, sie bildeten eine schmale Klamm, die dicht mit Bäumen bewachsen war. Der Himmel über mir war blau, aber das Licht wurde abgehalten vom Gitterwerk der Äste. Ich kam mir eingeschlossen vor, fühlte mich fast klaustrophobisch, und an manchen Stellen stiegen Steinklippen steil aus dem Wasser, die es unmöglich machten, an trockenes Land zu kommen. In diesen Augenblicken war ich im Fluss gefangen.

Ich erreichte eine Reihe von breiten, aber flachen Wasserfällen, die sich wie eine gigantische Treppe um eine Kurve bogen. Hinter dem ersten dieser Fälle war ein tiefes Bassin, und ich war mir sicher, dass es Fische enthielt. Ich warf aus und warf aus, aber nichts biss an. Hier wäre eine größere, auffälligere Fliege vielleicht von Vorteil gewesen. Aber so etwas hatte ich nicht.

Ich watete zu einer Stelle der Felsflanke, wo es möglich schien, auf die nächste Ebene zu klettern. Ich hatte die Rute in der einen Hand, trat auf einen Vorsprung und griff mit der anderen Hand nach einem Ast, um mich zu sichern, während ich das Gewicht verlagerte. Der Ast kam sofort auf mich zu, denn er hing an keinem Baum. Ich spürte, wie ich kippte, trat einen Schritt zurück, um das Gleichgewicht wiederzufinden, aber der Fuß trat ins Leere und kippte weiter nach hinten, nach unten, ins Wasser. Ich hatte keine Zeit, um nachzudenken oder meinen Sturz zu kontrollieren, es war deshalb fast ein Wunder, dass ich auf den Füßen landete, das Wasser knapp unterhalb des Wathosenrands, mit der Rute noch in der rechten Hand und meinem kleinen Rucksack auf dem Rücken. Ein Stein drückte fest in mein linkes Bein – ein künftiger blauer Fleck, der sich in den nächsten Tagen ausbreiten sollte –, und auf dieser Seite spürte ich einen scharfen Schmerz aufsteigen. Ich stolperte hinaus, so schnell ich konnte, erschüttert von meinem Sturz und meiner absoluten Unfähigkeit, ihn zu verhindern.

Ich fühlte mich erneut verletzlich, und ich bewegte mich vorsichtiger, als ich aus dem Wasser kletterte und dann höher stieg, wo der Fels sich wieder abflachte und der Fluss sich durch Risse und Schluchten schlängelte, bevor er in die Tiefe stürzte. Das Bassin auf dieser zweiten Ebene war viel schmaler als das darunter, aber die Fische waren da. Sie stiegen beinahe verzweifelt zu den Fliegen hoch, schnappten nach ihnen, ohne zuzubeißen. Ich sah das Blitzen ihrer Leiber, die sich in der Strömung wanden, und irgendwann biss einer so fest zu, dass ich ihn am Haken hatte. Mit seinen fünfundzwanzig Zentimetern schien er für den geringen Platz ein erstaunlicher Fisch zu sein, und ich fragte mich, wie lange er sich in diesem Bassin würde halten können, bevor er ins tiefere gespült würde.

Ich versuchte, einen Weg auf die nächste Ebene zu finden, ließ es aber schnell wieder sein. Ich machte einen Schritt und rutschte aus, in Wasser, das zu schnell war, um sich darin wohlzufühlen. Triefendes Moos bot auch keinen Halt, als ich versuchte, mein Gleichgewicht zu halten, und ein Weitergehen war zu riskant. Stattdessen drehte ich mich um und stieg hinunter zum tieferen Teil des Flusses. Immer schneller ging ich flussabwärts, ließ die Strömung meine Schritte verlängern.

Ich kam an Stellen vorbei, wo ich kurz zuvor Fische gefangen hatte, ging aber weiter, bis ich schon fast wieder an der Brücke war. Nun blieb ich stehen, neben einer Rinne mit tiefem Wasser, die mir zuvor gar nicht aufgefallen war. Der Fluss selbst war hier breit, aber nahe am Ufer wurde das Wasser zwischen zwei Felsbrocken hindurchgezwängt, wodurch die Nahrung kanalisiert wurde. Ich warf zu dieser Stelle zwischen den Felsen, ließ die Fliege ein wenig treiben, und ein kleiner Fisch war dran. Ich hob ihn schnell aus dem Wasser und warf instinktiv noch einmal zur selben Stelle aus. Diesmal war der Widerstand kräftiger, und die Forelle drängte flussabwärts, nutzte die Strömung gegen mich. Ich drehte mich und spürte einen Schauer der Erregung, als die Rute sich zum Wasser bog. Ich straffte die Leine mit der

Spule und führte den Fisch sanft in den wartenden Kescher. Und wieder einmal lachte ich.

Sich zu gestatten, wieder zum Anfänger zu werden, hat einen Nachteil: das demütigende Gefühl, dass etwas, das einfach sein sollte, es nicht war, dass ich eine Fähigkeit, die ich über Jahre hinweg gelernt hatte, völlig verlernt hatte. Der Vorteil war jedoch das Wiederaufkeimen des Kicks, von dem meine frühen Jahre des Angelns durchdrungen waren, das Gefühl, dass ein Fisch an der Leine, im Kescher, in der Hand eine Art Wunder war. Meine Fähigkeit zum Staunen war erneuert.

Ich hielt den Fisch mit dem Kopf voran in die Strömung, ließ das Wasser durch seine Kiemen rauschen und öffnete dann die Finger. Mit einem Zucken seines ganzen Körpers erwachte er wieder zum Leben und tauchte zurück in die Tiefe, in der ich ihn gefunden hatte. Wieder unsichtbar.

Sich der Wildheit aussetzen

*I*ch stehe auf einem kleinen hölzernen Steg und werfe Fliegen in einen übergroßen Teich, ein Loch im Boden, randvoll mit Forellen. Es ist eine Angelanlage in der Nähe meines Zuhauses, aber sie könnte überall sein. Im Vereinigten Königreich gibt es Hunderte dieser Anlagen, und Tausende jenseits der Grenzen. In den Jahren meines Angelns habe ich ungefähr ein halbes Dutzend davon besucht, und keine davon sticht wirklich heraus. Auch wo man versucht hat, die Umgebung natürlicher zu gestalten, mit Bäumen und Sträuchern, die in Abständen am Ufer wachsen, und Wald, der die Außenwelt abblockt, gibt es kein Entrinnen vor der Künstlichkeit solcher Orte. Das Gras ist ordentlich gemäht; die festgelegten Angelstellen sind markiert und nummeriert; die Forellen werden in regelmäßigen Abständen von einer Fischzucht geliefert.

Den ersten dieser Fische sehe ich gleich bei meiner Ankunft: eine Regenbogenforelle, die im Flachwasser unter dem Steg schwänzelt. Sie hat ganz offensichtlich Probleme, ein breiter, weißer Streifen Pilzwachstum zieht sich über Flanke und Schwanz. Vielleicht wurde er auf dem Weg von der Fischzucht verletzt oder von einem unfähigen Angler. Es gibt hier strikte Regeln zum sicheren und schnellen Zurücksetzen der Fische – wenn man sie denn zurücksetzen will –, aber nicht jeder macht das gut. Ein Mann ein Stückchen weiter oben am Ufer lässt eine Forelle mehrere Minuten im Kescher zappeln, bevor er sie zurückwirft. Diese Art des unsachgemäßen Umgangs kann Schleim vom Körper eines Fisches schaben und ihn so anfällig für Infektionen machen.

Für viele Fliegenfischer ist ein Ort wie dieser so gut wie das einzige Revier, in dem sie angeln, und der Reiz eines solchen Ortes scheint mir offensichtlich. Die regelmäßige Bestückung bedeutet, dass ein Fang zwar nicht garantiert, aber doch sehr wahrscheinlich ist, und die Fische sind im Durchschnitt viel größer, als sie woanders wären. Wenn man den Fisch mitnehmen will, um ihn zu essen, ist das der perfekte Ort dafür. Es kann auch ein geselliger Ort sein, wenn man das so will, und mindestens die Hälfte der Besucher an diesem Tag sind zu zweit oder zu dritt hier. Sie keschern sich gegenseitig den Fang, sie schießen Fotos, sie beglückwünschen sich gegenseitig – und sich selber.

Die erste Forelle, die ich fing, stammte aus einer Angelanlage, irgendwo im Süden Englands. Sie war viel kleiner als diese hier – ein alter Mühlteich, wenn ich mich recht erinnere –, und der Fischbestand war noch viel dichter, denn die Zahlen wurden hochgehalten, um die Geduld von Kindern nicht zu sehr auf die Probe zu stellen. Damals war es ein Vergnügen, diese Wesen fangen zu dürfen und sie auch zu essen. Doch inzwischen bin ich mir nicht mehr so sicher. Ich besuche eine solche Anlage höchstens ein paar Mal im Jahr, und fast immer, wenn die Bachforellensaison vorüber ist, was bedeutet, dass die Möglichkeiten begrenzt sind. Ich gehe dorthin, wenn die Verzweiflung zuschlägt, wenn der Drang auszuwerfen alle nagenden Vorbehalte überwiegt.

So hartnäckig diese Vorbehalte sind, ist es doch kniffelig, sie näher zu bestimmen. Wer sich über diese Art von Angeln mit seiner synthetischen Umgebung und den schwabbeligen Regenbogenforellen mokiert, riskiert, elitär zu klingen, wie ein Snob in Tweedhose. Was merkwürdig ist, wenn man genauer drüber nachdenkt. Schließlich ist es kaum eine günstige Art, Fische zu fangen. Für den Preis von sechs Stunden an diesem See bekomme ich an einem nahen Fluss eine Angelgenehmigung für ein ganzes Jahr. Sie haben richtig gelesen, ein Jahr. Auch wenn ich sensibel auf Vorwürfe des Elitären reagiere, sehe ich sie hier nicht so recht ein.

Es gibt viele Unterschiede zwischen den Fischen in diesem Teich und den Fischen in jenem nahen Fluss. Der Fluss enthält wilde einheimische Bachforellen, während erstere vorwiegend Regenbogenforellen sind, die in den westlichen Vereinigten Staaten heimisch sind. Diese Fische sind außerdem Mutanten – Triploide, wie man sie nennt – mit drei Chromosomensätzen anstelle von zwei. Diese Mutation wird erreicht, indem man die Eier in der Brutstätte Hitze oder Druck aussetzt, und das Ziel ist es, die resultierenden Fische unfruchtbar zu machen. In Großbritannien müssen alle eingesetzten Fische – und vor allem nichtheimische wie diese – nach dem Gesetz unfähig zur Fortpflanzung sein. Dies verhindert, dass sie sich mit wilden Fischen kreuzen oder sich, im Fall einer Flucht, verbreiten.

Der größte Unterschied zwischen den Forellen, die vor mir schwimmen, und jenen, die ich woanders zu fangen versuche, ist jedoch, dass diese Fische, trotz ihrer oberflächlichen Ähnlichkeit mit Wildtieren, im Hinblick auf ihre Lebenserfahrung eher Produkte sind. Sie sind belebtes Fleisch, dessen einziger Daseinszweck es ist, gekauft und verkauft zu werden. Die meisten werden nicht mehr als wenige Tage oder auch nur Stunden in diesem Teich leben, nachdem sie ihr Leben davor in einer Fischzucht oder dergleichen verbracht haben. In einer weiteren Angelanlage, nicht weit von dieser entfernt, habe ich einen Angler gesehen, der genau zu der Stelle auswarf, wo die Forellen vom Anhänger eines Traktors hineingeschüttet wurden. Er fing sofort eine – die Fische kamen hungrig an – und sah mächtig selbstzufrieden aus, als er ihr auf den Kopf schlug. Diese Forelle hatte in ihrem ganzen Leben nur eine einzige Minute Freiheit.

Es ist schon ein komisches Unterfangen, als würde man Kühe auf einer Weide jagen (oder, seien wir ehrlich, Fasane schießen). Ich rede mir ein, dass ich, indem ich diese Fische lebendig ins Wasser zurückgebe, wie ich es normalerweise tue, auf drollige Art meinen Widerspruch einlege. Aber falls ich das tue, ist das kein sehr guter. Die Besitzer verdienen Geld, während ich mein eigenes vergeude.

Man muss allerdings sagen, es gibt gute Gründe, kleine Angelanlagen wie diese zu verteidigen. Zum einen bieten sie das ganze Jahr über leicht zugängliche Angelmöglichkeiten und eine Beinahe-Garantie von Forellen, die oft groß genug sind, um eine ganze Familie zu ernähren. Zum anderen nehmen sie den Druck von wilden Fischbeständen und von Orten, die diesen Grad von Angelverkehr nicht aushalten würden. Aber ich werde das Gefühl nicht los, dass diesen Anlagen etwas Hässliches, Schäbiges anhaftet, etwas, das sich an allem reibt, was ich am Fischen am meisten liebe.

Als ich noch jung war, fühlte sich jeder Fisch, den ich fing, an wie eine Erweiterung der Welt, wie ein Geheimnis, das ich alleine aufgedeckt hatte. Meistens fühlt es sich immer noch so an. Eine Forelle, ins Leben gezaubert am Ende meiner Leine, ist das Erstaunlichste, Begeisterndste, was ich kenne. Aber dieser Zaubertrick entzückt mich hier nicht. Nicht mehr. Das sind Fische, die keine Geheimnisse haben, Fische, deren Leben von Menschen geplant, begrenzt und bepreist werden, deren DNA umgebaut wurde zum Nutzen der Angler. Sie zu fangen, scheint mir keine Erweiterung oder Erkenntnis zu bieten. An einigen Tagen – und der hier ist so einer – fühlt es sich an wie das Gegenteil: Ein Trick, dem aller Zauber genommen wurde.

Das Angeln ist eine Art der Erforschung. Es bietet Zugang zu Orten und Lebewesen, die dem menschlichen Blick normalerweise verborgen sind. Jeder Wurf ist wie eine ausgetreckte Hand, eine Erweiterung seiner selbst, in eine Unterwasserwelt, von der wir fast unser ganzes Leben lang getrennt sind. Dieses Ausstrecken der Hand ist sowohl ein physischer wie auch, nicht weniger wichtig, ein kognitiver Akt. Es geht um Aufmerksamkeit, um die Art, wie unsere Gedanken und Fragen aufs Wasser gerichtet sind, auf dieses spezielle Wasser, in dem man angelt.

Es ist möglich, ein ganzes Leben lang am selben Fluss, am selben See, am selben Teich zu fischen, und immer etwas zu lernen, sich immer bewusst zu sein, dass es Dinge gibt, die erst noch enthüllt werden müssen. Mit jedem Besuch, jedem Wurf wird das Wasser größer und klarer, vergrößert von einem endlos sich auffrischenden Gefühl der Neugier und der Fürsorge. (Das ist keine schlechte Definition der Liebe, wenn ich jetzt darüber nachdenke.) Aber bei den meisten Anglern schweifen die Gedanken, und die Freude, die sie beim Fischen empfinden, kommt daher, dass sich ihre Gedanken auf neue Orte richten, die sie auf eine konkretere Art erforschen.

Sich aufzumachen zu neuen Wassern, zum allerersten Mal in Flüssen, Seen und Meeren zu fischen, kann unglaublich aufregend sein, auch wenn das Wasser gleich in der Nachbarschaft ist – ein versteckter Bach, von dem man bis jetzt nicht gewusst hat, dass es ihn gibt. Was das Fischen betrifft, wird die Entdecker- und Abenteuerlust befeuert durch Ungezwungenheit, und ich glaube, auch erhöht durch den Drang, sich mit etwas zu verbinden, das nichtmenschlich oder wild ist. Für Harry Middleton – einer der poetischsten aller Angelschriftsteller – war dieser Drang zentral für seine Besessenheit, in abgelegenen Bergflüssen zu fischen. Er war getrieben, schrieb er, »von der tiefen Sehnsucht, wiedervereint zu sein mit der natürlichen Welt, wenn auch nur für einen flüchtigen Augenblick, mit dieser Vergangenheit des Lebens, in der alles ganz und vereint ist, Berge und Flüsse, Forellen und menschliche Wesen«.

Für viele, die fischen, wird der Reiz der Erforschung noch verstärkt durch Entfernung und Neuheit. Es hat sich eine ganze Reiseindustrie entwickelt, die sich nur um die Bedürfnisse ruheloser Angler kümmert. Diejenigen, die genug Geld herumliegen haben, können sich in ein Flugzeug setzen, um Doktorfische auf den Bahamas zu fischen oder Königslachse in Alaska oder Golden Mahseer in den Bergen Nepals. Die Verlockung solcher Reisen ist zum Teil natürlich der Fisch, die Gelegenheit, etwas zu fangen, was man zu Hause nicht fangen kann. Nicht weniger ist es aber auch der Ort selbst.

Es ist kaum überraschend, dass ein Großteil der Angelliteratur – zumindest der Teil, der kein reines Lehrmaterial ist – nicht völlig zu trennen ist von Reiseliteratur. Es gibt Autoren, deren tiefe Vertrautheit mit heimischen Gewässern ihr

Hauptthema ist, und die fähigsten unter ihnen schaffen es, ihre Orte auf eine Art zu erleuchten, wie es nur beste Literatur tun kann. Für andere ist jedoch die Abwechslung der Schlüssel.

Als ich elf oder zwölf war, fand ich in der Leihbibliothek in Lerwick ein Exemplar von Negley Farsons *Auf Fischerpfaden durch die Welt*. 1942 veröffentlicht, also fünfzig Jahre, bevor ich es zur Hand nahm, ist es einer der Klassiker dieses Genres – eine echte Angelabenteuergeschichte. Ich nehme an, die Bibliothek hatte ein Exemplar, weil es auch ein Kapitel über Fischen in Shetland enthielt, und es war auch das Kapitel, das ich zuerst aufschlug. »Was die reine Erhabenheit angeht, bezweifle ich, dass es irgendwo einen prachtvolleren Ort gibt, als man ihn auf den Shetlands finden kann [sic]«, schrieb Farson, in charakteristischem, übersprudelndem Stil. »Meerforellen, gefangen in den Salzmündungen oder in diesen torfigen Bächen, oder Bachforellen, erbeutet zwischen den Felswänden der windumtosten Lochs, statten einen mit Erinnerungen aus, die einen für den Rest des Lebens erfrischen können.«

Es war eine anregende Lektüre, und als ich mit diesem Kapitel fertig war, kehrte ich zurück und fing ganz am Anfang des Buchs an. Die Vereinigten Staaten, British Columbia, Südamerika, Russland, Norwegen und was damals Jugoslawien war; Farson reiste kreuz und quer um den Globus. Er schrieb über einen Bach in England, wo man den ganzen Tag mit einer Schnur fischt, die so dünn ist, dass sie aussieht wie ein einzelnes Haar einer Brünetten, und über einen Fluss in Chile, wo Forellen unter fünf Pfund zurückgeworfen wurden, weil sie zu klein waren. Ich blätterte die Seiten wie unter Zwang um.

Negley Farsons Ruhelosigkeit hat ihre Wurzeln in einer unruhigen und unberechenbaren Kindheit. Von Anfang an war Angeln eine Möglichkeit zur Flucht: Umso weiter es von zu Hause entfernt war, schrieb er einmal, umso besser würde es sein. Später fand diese Ruhelosigkeit das perfekte Ventil in seiner Arbeit als Auslandskorrespondent für die *Chicago Daily News*, eine Rolle, in der er Herausragendes leistete. Farson hatte ein spezielles Talent dafür, zur richtigen Zeit am richtigen Ort zu sein. Er war in St. Petersburg (oder Petrograd, wie es zu der Zeit hieß), als die Russische Revolution ausbrach. Er interviewte Gandhi und wurde Zeuge seiner Verhaftung in Poona. Er war im irischen Parlament an dem Abend, als der Treueschwur an King George V. aufgekündigt wurde. Er sah sowohl Lenin wie Stalin Reden halten. Er traf Hitler, Franklin D. Roosevelt und Ramsay MacDonald. Er trank mit F. Scott Fitzgerald und trank Ernest Hemingway unter den Tisch. Er wurde Zeuge von einigen der dramatischsten Ereignisse des frühen zwanzigsten Jahrhunderts. Und er fand Trost und Abenteuer im Angeln.**

** Im Sommer 1997 saß ich zusammen mit einem Freund im Zug von London zum Glastonbury Festival. Wir beide setzten uns an einen Tisch, und zu uns gesellte sich ein gut gekleideter und sprachgewandter älterer Herr, der offensichtlich Gesellschaft suchte. Ich erinnere mich an jemanden, der noch nicht betrunken war, aber daran arbeitete. Eine Flasche Champagner stand zwischen uns auf dem Tisch, die stetig geleert wurde, während der Zug sich nach Westen bewegte. Zwischen Paddington und Castle Cary unterhielt uns der Mann mit Geschichten über Personen und Orte, über die wir nichts oder kaum etwas wussten: über den Künstler Francis Bacon, mit dem er befreundet gewesen war, und über Soho in den Fünfzigern. Wir hörten nur zu, zu unwissend, um viel zu sagen oder zu fragen. Aber der Mann schien froh, ein Publikum zu haben, und für die Dauer dieser Reise waren wir froh, das zu sein.
Erst fünf Monate später, als ich sein Foto neben einem Nachruf in der Zeitung sah, erfuhr ich, wer dieser Mann gewesen war. Daniel Farson, ein erfolgreicher Autor und Fernsehmoderator. Und erst, als ich mehrere Jahre später Negleys Memoiren *The Way of a Transgressor* las, stellte ich die Verbindung zwischen Vater und Sohn her.
Wie sich zeigte, tranken sich beide Männer zu Tode.

Negley Farson gehörte zur ersten Generation, die mit zügiger Geschwindigkeit um die Welt reisen konnte, und *Auf Fischerpfaden durch die Welt* lieferte ein Modell für viele der Angelschriftsteller, die nach ihm kamen. Aber schon lange bevor Farson sich auf den Weg machte, suchten Reisende nach Fisch. Tatsächlich ist die Figur des freien und ungebundenen Fischers zum Teil eine koloniale, verwurzelt in der europäischen Geschichte des internationalen Plünderns. Wohin die Briten und andere imperiale Mächte in der Welt auch gingen, waren immer einige mit Angelruten dabei. Sie erforschten das Wasser, so wie sie das Land erforschten und terrorisierten.

Was jedoch merkwürdig ist – und typisch für das ganze imperiale Projekt –, ist die Tatsache, dass diese frühen Expeditionsangler nie wirklich zufrieden waren mit dem, was sie fanden. Zumindest nicht für lange. Ich schätze, es sollte nicht überraschen, dass Kolonisten mit ihrer tiefsitzenden Überzeugtheit von der Überlegenheit ihrer eigenen Kultur diese Überzeugtheit auch auf die Wasserwelt ausdehnten. Denn genau das taten sie. Die Fische der Welt waren nicht gut genug für die Angler in den entfernten Ecken der Imperien, und deshalb brachten sie, sobald die Technik es erlaubte, ihre eigenen mit.

Karpfen waren die ersten Arten, die transportiert wurden, und sie werden jetzt in einigen Teilen der Welt als invasive Schädlinge betrachtet. Aber die Fische, die am häufigsten von Europa in die Kolonien verschifft wurden, waren Forellen. Jede Region, in der sie nicht bereits lebten, wurde als Gelegenheit betrachtet, ein Leerraum, der nur darauf wartete, gefüllt zu werden. Wenn sie gezüchtet und im Bestand gehalten wurden, lieferten sie sowohl Sport wie Nahrung.

Der erste erfolgreiche Transport von Bachforelleneiern fand 1864 von England nach Australien statt. Von den 2700 zwischen Schichten von Moos und Eis auf dem Clipper *Norfolk* eingelagerten befruchteten Eiern waren nur 300 noch lebendig, als sie drei Monate später Melbourne erreichten. Von dort wurden die Fische in Flüsse und Seen in Südaustralien und Tasmanien gebracht, und 1867 schließlich nach Neuseeland. Die Globalisierung von *Salmo trutta* hatte begonnen. (Im Gegensatz dazu erwies sich der große Cousin der Forelle, der Atlantische Lachs, als völlig ungeeignet für den Lebendtransport. Über 100 000 Lachseier wurden auf derselben Reise wie diese ersten, für unsere Antipoden bestimmten Forellen mitgeführt. Doch als man sie aussetzte, schwammen sie hinaus in den Ozean und wurden nie wieder gesehen.)

Bachforellen gedeihen in kaltem Wasser, was ihrem Erfolg gewisse geografische Grenzen setzt. Doch als das neunzehnte Jahrhundert ins zwanzigste überging, wurden in vielen Ländern auf der ganzen Welt geeignete Lebensräume für sie entdeckt. 1883 wurden sie nach Kanada gebracht, 1890 nach Südafrika, 1900 nach Kaschmir und 1905 nach Kenia, nach Argentinien 1909. Überall, wo sie überleben konnten, gab man ihnen die Chance, es zu versuchen. Heute leben sie auf jedem Kontinent dieser Erde, bis auf die Antarktis. Ihre Anwesenheit hat in Ökosystemen auf der ganze Welt Chaos verursacht – indem sie viele einheimische Fischarten bedrohten –, und doch wird größtenteils über diese Schäden hinweggesehen, weil sie bei Anglern so beliebt sind und weil sie Besucher und Geld bringen.

Die ersten Bachforellen, die in die Vereinigten Staaten kamen, wurden 1883 aus Deutschland nach New York gebracht, und, in einer weiteren Schiffsladung zwei Jahre später, aus dem Loch Leven in Schottland. Sie wurden eingesetzt und verbreiteten sich schnell, sodass jetzt in fast allen Bundesstaaten selbsterhaltende Populationen zu finden sind. Was die Angler anging, war das ein großer Erfolg. Aber im Gegensatz zu den meisten Ländern, in die diese Fische gebracht wurden, hatten die Vereinigten Staaten bereits zahlreiche eigene Forellenarten. Nach gegenwärtigem taxonomischem Wissen gibt es in der Gattung *Oncorhynchus*, die in den Vereinigten Staaten heimisch sind: Regenbogen- und Cutthroat-Forelle, die beide viele Unterarten haben, und die Gila-Forelle (von der eine Unterart, die Apache-Forelle, von einigen als eigene Art beschrieben wird). Zusätzlich gibt es fünf Arten in der Gattung *Salvelinus*, die Saiblingsfamilie: Bachsaibling, Seesaibling, Stierforelle und Dolly-Varden-Forelle. Eine mögliche fünfte Art aus der Gattung der Saiblinge, *Salvelinus* agassizi, ist inzwischen ausgestorben. Die Amerikaner hätten eigentlich keine weitere Forelle gebraucht, aber eine bekommen haben sie trotzdem. Die Altweltnostalgie sorgte dafür.

Etwa zur selben Zeit, als Bachforelleneier in Kisten mit Moos gepresst und rund um den Globus verschifft wurden, begann eine der in Nordamerika heimischen Arten ihre eigene Reise. Regenbogenforellen, die ursprünglich nur im entfernten Westen des Landes gefunden wurden, wurden unter Anglern zu einem beliebten Fisch. Sie waren aggressiver als Bachforellen und deshalb etwas einfacher zu fangen. Sie waren wunderschön, wuchsen groß und schnell und schmeckten gut. Sie waren außerdem robust und hielten höhere Wassertemperaturen als andere Arten aus. Alles in allem schien die Regenbogenforelle der perfekte Fisch für Zucht und Besatz zu sein.

Die ersten von ihnen kamen mit dem Zug: 500 Eier, ganz ähnlich verpackt wie ihre europäischen Pendants, rumpelten 1875 von Kalifornien nach New York. Das waren die Pioniere, die Wegbereiter, aber ihre Reise wurde bald von anderen in den Hintergrund gedrängt. Binnen eines Jahrzehnts gab es Regenbogenforellen in fast jedem Staat der Union. Und weiter weg ebenfalls. Diese amerikanischen Emporkömmlinge fanden bald auch ihren Weg nach Europa. Es war eine rasende territoriale Expansion, befeuert von der Begeisterung der Angler für diese Art.

Heutzutage klopfen Angler sich selber gerne wegen ihres Umweltbewusstseins auf die Schulter. Aquatische Ökosysteme bleiben von den meisten Menschen unbemerkt, und die Verantwortung für den Schutz dieser Ökosysteme fällt oft jenen zu, die knietief im Wasser stehen. Angelvereine und Aktivistengruppen wie *Trout Unlimited* in den Staaten und *Salmon and Trout Conservation* in Großbritannien üben Druck auf lokale und nationale Behörden bei Themen wie Umweltverschmutzung, Lebensraumzerstörung und ökologische Schäden als Folge der Lachszucht aus. Sie führen ausgedehnte (und teure) Flussrenaturierungsprojekte durch. Und sie tun viel Gutes.

Aber für Blasiertheit und Selbstbeweihräucherung ist wenig Platz. Schreckliche Dinge sind geschehen zum Nutzen der Angler – von staatlichen Stellen und von den Anglern selbst –, und viel davon ist passiert weil wir so heikel sind und eine Vorliebe für gewisse Arten haben. Als die Regenbogenforelle der Lieblingsfisch für den Besatz wurde, nicht nur in den Vereinigten Staaten, sondern weltweit, war das schlecht für andere Arten. Einige wurden einfach verdrängt, gefressen oder vertrieben von diesen großen, silbrigen Rabauken. Andere wurden viel unverblümter entfernt. Es ist unglaublich, aber wahr, dass in den Staaten ganze Flusssysteme mit Absicht vergiftet und damit aller Fische beraubt wurden, um Platz zu schaffen für Regenbogenforellen. In den 1950ern und 1960ern, der Hochphase dieses Wahnsinns, goss der US Fish and Wildlife Service Zehntausende Gallonen Rotenon, eine Chemikalie, die alle Fische und viele Wasserinsekten tötet, in Flüsse überall im Land. Damals dachte kaum jemand daran, das in Frage zu stellen.

In etwas mehr als einem Jahrhundert – zwischen 1898 und 2006 – starben in Nordamerika neunundreißig Fischarten aus, und bis zum Jahr 2050 werden voraussichtlich weitere dreiundfünfzig bis sechsundachtzig Arten verschwunden sein. Es gibt nicht immer einen einzigen, identifizierbaren Grund für ein derartiges Verschwinden (obwohl menschliche Eingriffe einen großen Anteil daran haben), aber die Überflutung von Gewässern mit großen und aggressiven fremden Arten ist zweifellos einer der Schlüsselfaktoren bei diesem Verlust.

Und auch nicht nur die Arten, die Angler nicht mögen, haben in diesem Kreuzzug für Zuchtfische gelitten. Anfang der 1970er machten Biologen in Montana die kontraintuitive Entdeckung, dass die Einsetzung von Regenbogenforellen den Gesamtbestand an Forellen in einem Fluss nicht erhöhte. Tatsächlich passierte das genaue Gegenteil. Die Zahlen sanken. Es scheint schwer zu glauben: Wirft man Tausende von zusätzlichen Fischen ins Wasser, endet man mit weniger, als vorher da waren. Aber es stimmte, und die Gründe sind kein Geheimnis. Fische aus einer Zucht sind streitlustig und für ein Leben außerhalb eines Tanks schlecht ausgestattet. Nach der Ankunft in einem Fluss greifen sie wilde Fische an, verdrängen sie und schaden dadurch direkt dem natürlichen Bestand. Doch sie selbst scheinen wiederum schnell zu sterben. Sie verschwenden Energie, schaffen es nicht, Nahrung effektiv zu fangen, und lassen sich von Räubern töten, sowohl menschliche wie nichtmenschliche. Diejenigen, die überleben und es schaffen, sich mit anderen Forellen zu paaren, zeugen eine Generation von Fischen, die genetisch nicht an ihre Umgebung angepasst ist und deshalb auch eher zum frühen Tod neigt. In anderen Worten, zwei plus zwei macht oft eins, wie Anders Halverson dieses Phänomen beschrieben hat.

Montana folgte der Wissenschaft. Die Fischereiaufsichten setzten keine Fische mehr in Flüsse ein, und binnen weniger Jahre schnellten die Fangraten in die Höhe. Heute ist der Staat weltweit eines der beliebtesten Urlaubsziele zum Forellenangeln, und in der Zwischenzeit haben viele andere Gegenden es ihm gleichgetan, mit ähnlichen Ergebnissen. Aber die Logik dieser Entscheidung wird von vielen Anglern und ihren Vertretern in Clubs und Fischereivereinen noch immer in Frage gestellt. Als Gleichung hat *Mehr einsetzen = Mehr fangen* den Vorteil, sehr einfach zu sein, auch wenn sie – lang- oder auch nur mittelfristig betrachtet – nicht wirklich stimmt.

Vor noch nicht so langer Zeit gab es in jedem Wassereinzugsgebiet Fische, die sich so entwickelt hatten, dass sie in den speziellen Bedingungen dieser einen Region gediehen.

Damals gab es eine erstaunliche Vielfalt unter Forellen, die man in einem Fluss oder See fand, und Forellen in einem anderen: eine Vielfalt des Aussehens, des Verhaltens und der Genetik. Das war ein Reichtum, den wir Menschen nicht sonderlich genießen können, und er fesselte diese Tiere – auf enge und unlösbare Weise – an die Regionen, in denen sie lebten. Fische, die in ihrer Umgebung einzigartig waren, waren Teil von dem, was diese Umgebung einzigartig machte. Und auch wenn diese Vielfalt an gewissen Orten und bis zu einem gewissen Grad noch immer existiert, ist doch sehr viel davon verloren.

Regenbogenforellen waren früher beschränkt auf Gewässer im fernen Westen Amerikas und im fernen Osten Russlands. Innerhalb dieser einen Art gab es eine Unmenge von Unterarten, die nur in bestimmten Regionen heimisch waren, in einigen Fällen auch nur in bestimmten Seen und Bächen. Heute gibt es Regenbogenforellen weltweit in mindestens achtzig Ländern, und zusammen mit anderen eingesetzten Fischen haben sie die Gewässer, in denen sie jetzt leben, für immer verändert. Gezüchtete Forellen sind ein genetisches Kuddelmuddel, und regelmäßige Kreuzungen mit wilden Fischen bedeuten, dass viele der Unterarten, die früher existierten, es jetzt so gut wie nicht mehr gibt.

Einer der Wege, den Schaden zu reduzieren, den eingesetzte Fische anrichten, war die Entwicklung triploider Forellen, wie etwa die Regenbogenforellen, die in dem Teich vor mir schwimmen. Da sie sich nicht fortpflanzen können, ist ihre Fähigkeit, Ökosystemen zu schaden, auf ihre Lebenszeit beschränkt. Und an Orten wie diesem, wo die Möglichkeiten zur Flucht gegen Null gehen und es keine wilden

Fische gibt, mit denen sie konkurrieren könnten, sind sie, wie ich vermute, die perfekte Wahl. Aber das heißt nicht, dass ich sie mögen muss.

Mit dem Versuch, die geografische Verbreitung jener Arten zu maximieren, die uns am besten gefallen, und weil sie weder erkennen noch zu schätzen wissen, wie sehr Fische und ihre Orte miteinander verbunden sind, haben die Angler Forellen geschaffen, die nirgendwo heimisch sind. Wir haben viele der Gewässer, die wir zu lieben behaupten, geschädigt und sie dabei immer gleichförmiger gemacht. Das Ergebnis unseres Erforschens, unseres Umherstreifens, unserer ökologischen Einmischungen ist, dass sich jetzt ein Ort weniger vom anderen unterscheidet als je zuvor. Die Suche nach diesen Unterschieden, dieser schwindenden Wildheit, die menschliches Handeln so geschädigt hat, ist jetzt für viele Angler einer der Gründe, warum sie gerne fischen.

Von meinem Bruder kam eine Textnachricht, mit einer Karte im Anhang. Es war ein Screenshot, ein Rechteck aus Land und Wasser, ein Ausschnitt aus einer digitalen Topografiekarte. Die Fläche, die sie abdeckte, war nicht groß – höchstens zwei oder drei Quadratmeilen –, und es war kein Ort, den ich kannte. Oder nicht genau. Von dem etwa einem Dutzend Namen auf der Karte kannte ich nur einen mit Gewissheit: einen schmalen atlantischen Meeresarm im Norden der Abbildung, der das Bild einigermaßen genau lokalisierte. Doch auch ohne diesen Hinweis hätte ich gewusst, dass das irgendwo in Shetland war. Einfach nur, wie die Wörter aussahen, das Nebeneinander von nordischen und englischen Namen: Das konnte kaum irgendwo anders sei.

Von einer Seite dieses Bilds ragte eine schmale Straße heraus, ein Pfad, der sich zwischen dem Meer und einer steilen Hügelflanke verlor. Südlich und westlich von dort befanden sich, etwa einhundertfünfzig Meter den Hügel hoch, vier kleine Lochs, die Umrisse unregelmäßig gepunktet. In einem davon steckte eine lila Fahne, ein digitales X zur Markierung einer Stelle.

Seit inzwischen dreißig Jahren fische ich immer mal wieder in Shetland, doch von keinem dieser Lochs hatte ich je etwas gehört. Kein einziges Mal. Die Namen waren mir völlig neu. Bis zu einem gewissen Grad ist das nicht sonderlich bemerkenswert; auf den Inseln gibt es mindestens fünfhundert Lochs, und nur ein paar davon habe ich schon besucht. Aber ich habe viel Zeit mit Kartenlesen verbracht und damit, mir die Geschichten anzuhören, die Angler erzählen, und in all diesen Jahren sind mir diese Lochs weder aufgefallen, noch hatte ich davon gehört.

Was deshalb wirklich überraschend war, war die Nachricht hinter der lila Fahne. Sie sagte mir, dass dieser Loch einen Schatz beherberge. In der Nacht zuvor hatte mein Bruder in der Gegend übernachtet, während eines Wochenendurlaubs mit der Familie. Aus einer Laune heraus hatte er, nachdem die Kinder im Bett waren, seine Fliegenrute genommen, war den Hügel hochgewandert und hatte am ersten Wasser ausgeworfen, das er fand. Nach den aufgeregten Nachrichten zu urteilen, die ich an diesem Abend und am folgenden Morgen erhielt – nachdem er um fünf Uhr aufgestanden war, um ein zweites Mal da hochzugehen –, war das ein Ort, den ich eigentlich kennen müsste. An den Rändern gebe es große Fische, schrieb er, sie tummelten sich in steinigem, flachem Wasser. Er habe sie nicht zum Anbeißen bringen können. Nicht dieses Mal. Aber sie waren da, und deshalb werde er zurückkehren.

Als wir in Shetland aufwuchsen, bedeutete Fischen Freiheit. Es bedeutete, herumzuwandern und zu erforschen und an jedem Loch stehenzubleiben, der einem gefiel, um eine Fliege auszuwerfen. Es bedeutete eine Auswahl an Gewässern, bei der man Jahre, ja Jahrzehnte brauchte, um sie zu erschöpfen. Von diesen fünfhundert Lochs auf den Inseln – die fast alle Forellen beherbergen – sind die allermeisten für Mitglieder des örtlichen Angelvereins frei zugänglich. Genau genommen kenne ich nur drei oder vier, die es nicht sind.

Der größte Teil des Fischens in meinem Leben war von einer Sache bestimmt: dem großen Luxus der spontanen Laune. Ich fahre zu einem Loch, den ich vor fünf Jahren besucht habe, und der mir, aus Gründen, die ich nicht erklären kann, in letzter Zeit immer wieder in den Sinn kommt. Doch als ich um eine Kurve fahre, auf der einspurigen Straße, die mich die letzten Meilen zum Ziel bringt, sehe ich etwas anderes. Ich sehe einen Loch, nicht weit von der Straße entfernt. Es ist ein Loch, an dem ich schon oft vorbeigefahren bin, den ich bis jetzt aber noch nie wirklich bemerkt habe. Und jetzt kann ich nicht anders, als ihn zu bemerken, denn die Oberfläche ist ruhig, und überall steigen Fische. Vielleicht nur kleine Fische, aber das ist schwer zu sagen. Ich bremse, stelle das Auto neben einem Tor ab und steige aus. Ich baue die Rute zusammen und springe dann über den Zaun.

So etwas tun zu können, eine so reiche, ausgedehnte Auswahl an Orten zum Angeln zu haben, ist wirklich etwas sehr

Seltenes. Selten in Schottland, selten im Vereinigten Königreich, wahrscheinlich weltweit selten. Hier, wo ich jetzt lebe, ist es mit Sicherheit nicht so. Hier verlangt fast jedes Gewässer eine andere Gebühr, eine andere Clubmitgliedschaft. Einige sind erschwinglich – und die ziehen mich zwangsweise an. Andere sind es beträchtlich weniger. Dann gibt es die privaten Clubs oder Verbände, über die es meistens keine Informationen online gibt. Eine Mitgliedschaft ist bei vielen nur über eine Einladung möglich. Ich habe eine solche Einladung nie erhalten und werde es wohl auch nie. Ich kenne nicht die richtigen Leute, und ich weiß nicht, wo sie zu finden sind.

Zwangsläufig wurde die Freiheit, die ich früher im Fischen fand, beschnitten, seit ich Shetland verlassen habe, und die Fähigkeit, auf diese Art mit einem Ort in Verbindung zu treten, ist ebenfalls begrenzt. Jetzt ist das verfügbare Maß an Freiheit und wo sie ausgeübt werden kann, abhängig von den Leuten, die ich kenne, und dem Inhalt meiner Brieftasche. (Ich nehme mal an, das ist nicht ungewöhnlich, wenn es um Freiheit geht.)

Die Sache hat jedoch einen ironischen Aspekt, eine Ironie, die die Frustration der Angler nur noch verstärkt. Denn hier in Schottland besitzen wir eine Art der Freiheit, die kostbar ist und dennoch zu oft für selbstverständlich genommen wird. Es gibt das Recht, dieses Land zu durchstreifen, das Recht, verantwortlich sowohl über öffentliches wie privates Land zu gehen und zu wandern. Es ist ein Recht, das auch anderswo in Europa existiert – in den nordischen Ländern zum Beispiel –, aber nicht in England, und mit Sicherheit auch nicht in den Vereinigten Staaten.

Aber dieses Recht des Durchstreifens existiert neben einer Verteilung des Landes, die, offen gesprochen, grotesk ist. Der Historiker Jim Hunter hat behauptet, Schottland besitze die konzentrierteste, ungerechteste, unreformierteste und undemokratischste Form des Landbesitzes in der ganzen entwickelten Welt. Weniger als fünfhundert Personen besitzen die Hälfte des privaten Lands. Riesige Ländereien – viele davon im Besitz von Grundherren, die den größten Teil des Jahres woanders leben – werden betrieben nur zum Wohle der sehr Reichen, die exorbitant hohe Geldbeträge bezahlen, nur im in den Highlands Urlaub zu machen, Hirsche und Moorhühner zu schießen, Lachs zu fangen und Whisky zu schlürfen.

Ich kann über diese Ländereien gehen, wenn ich will. Ich kann auf- und abspringen und mit den Armen wedeln vor den Augen der Lords und Ladys und Schiffsmagnaten und Hightech-Milliardären, für die das Land nur ein Spielplatz ist. Es ist keine große Entschädigung für die Ungerechtigkeiten des Systems, aber dennoch ist es wichtig.

Das Problem hier ist im Wesentlichen das genaue Gegenteil von jenem, dem sich amerikanische Angler gegenübersehen. Hier kann ich am Ufer von so ziemlich jedem Gewässer im Land entlanggehen. Ich kann in seine Tiefen spähen und meine Zehen eintauchen. Wenn ich will, kann ich schwimmen. Aber in den allermeisten Fällen kann ich keine Fliege auswerfen, ohne jemanden für die Genehmigung zu bezahlen.

In den Vereinigten Staaten ist viel mehr Wasser in öffentlichem Besitz, und jeder Staat bietet dafür Angellizenzen an. Des Weiteren wird in vielen Staaten das gesamte Wasser als öffentliches Eigentum betrachtet. Man geht davon aus, dass Angler hier das Fischrecht haben, sobald sie Zugang zu diesem Gewässer bekommen. Und hier liegt das Problem. Landbesitzer am Wasser können Leute davon abhalten, es zu erreichen, und sie tun es auch. Die Gesetze zum unerlaubten Betreten werden dazu benutzt, Angler fernzuhalten, und um Geld zu verdienen mit etwas, das theoretisch öffentliches Eigentum ist.

In Schottland kann ich das Wasser erreichen, aber ich kann nicht immer fischen; in den Vereinigten Staaten kann man fischen, aber man kann das Wasser nicht immer erreichen.

Für diejenigen, die Freiheit und Flucht suchen, gibt es noch andere Möglichkeiten. Man kann für sein Hobby Geld verschleudern, wenn man es hat. Man kann nach Florida fliegen und Tarpun angeln, oder noch besser, man kann mit dem Boot nach Shetland fahren. Aber es gibt auch andere Alternativen, und einige Angler suchen inzwischen Abenteuer an genau den Orten, wo es am unwahrscheinlichsten erscheint, dass man es findet.

Matthew Miller hat in seinem *Fishing Through the Apocalypse* geschrieben, dass in einer Welt, in der keine unerforschten, unbewohnten Gebiete mehr übrig sind, vielleicht die postindustriellen Wüsten die neue Grenze werden. Die Orte, an die die Ausgestoßenen, die Abtrünnigen und diejenigen mit niederschwelligen utopischen Visionen gehen werden, um der konformistischen Welt zu entkommen.

Für Angler ist diese neue Grenze das Gegenbild der Orte, mit denen unser Sport am häufigsten in Verbindung gebracht wird: das Wilde, das Abgelegene, das Unerforschte.

Wenn man heute nach aufregendem Forellenangeln sucht, kann man es durchaus näher an Zuhause finden, in kleineren und größeren Städten. Die Flüsse, die durch diese urbanen Orte fließen – die wegen dieser Flüsse dort sind, wo sie sind –, waren früher schmutzig. Viele waren biologisch tot. Sie waren mit Beton bedeckt, verbannt in Gullys und Rohre. Sie wurden ignoriert und vergessen. Sie wurden behandelt wie Abwasserkanäle. Aber das ändert sich.

In einem Essay, das seine Suche nach Forellen in den halb versteckten Bächen und Flüssen Londons dokumentiert, beschrieb der Autor und Umweltschützer Charles Rangeley-Wilson – ein literarischer Nachfahre von Negley Farson, falls es je einen gab – seine Suche als »ein Herumstreifen auf der Pirsch nach der Grenze: der Grenze der Zerstörung, der Grenze dessen, was überdauert«. Ich glaube, er meint Folgendes: Fischen war schon immer eine Möglichkeit, die menschliche mit der nichtmenschlichen Welt zu vereinen. Es ist ein Mittel zur Erweiterung, des Hinausgreifens von der einen in die andere. Um die Reichweite zu vergrößern, setzen Angler sich oft der Wildheit aus. Erst dort, an ungezähmten Orten, werden wir uns dieser Grenze am stärksten bewusst, diesem Rand, an dem die eine Welt mit der anderen verschmilzt.

Doch die Grenze, die Rangeley-Wilson sucht, lässt sich nicht finden, indem man nach außen erkundet. Stattdessen heißt sich, sich in Gegenrichtung zu bewegen. Es ist die Wildheit, die uns jetzt entgegentritt. Die Wiederherstellung urbaner Flüsse, die in Großbritannien von Organisationen wie dem *Wild Trout Trust* unterstützt wird, regt Wildtiere, darunter auch Fische, an, in unsere Städte zurückzukehren.

Dieser Prozess des Rückkehrens, des Wiedergewinnens ist ein ungeheuer wichtiger. Es gibt Orte, die von den Menschen vergiftet, geplündert und entstellt wurden, weil uns die Gesundheit unserer Umgebung so gleichgültig war. Zu sehen, dass diese Umgebung jetzt zurückgefordert wird, dass unsere Schäden allmählich beseitigt werden, dass diese Grenze der Zerstörung hartnäckig auf uns zugeschoben wird, ist schon bemerkenswert.

Angler werden von diesen sich erholenden Gewässern angezogen, weil die Rückkehr der Forelle etwas über die Welt zu beweisen scheint. Etwas Gutes. Etwas Erstaunliches. Etwas Hoffungsvolles. Und was könnte befreiender, beglückender sein?

Der River Don

ABERDEENSHIRE, 2015

Schuld an allem war Will. Die Erwartungen so hoch zu schrauben, bedeutete, dass von Anfang an Enttäuschung drohte, als jähe Möglichkeit am Rande unseres Sichtfelds. Während wir zu einem stillen Abschnitt des River Don fuhren, erzählte er mir in allen Details von seinen früheren Besuchen an diesem Gewässer. Nie habe er dort geangelt, ohne eine Forelle von mindestens drei Pfund zu fangen, sagte er. Kein einziges Mal.

Ich glaubte ihm damals, und ich glaube ihm immer noch. Will ist ein guter Freund, der eher nicht zu den Übertreibungen neigt, denen andere Angler so zugetan sind. Aber ehrlich gesagt, nach solchen Geschichten konnten wir fast nur scheitern.

Angeln erfordert ein fein austariertes Gleichgewicht der Erwartungen, der Zuversicht und des Optimismus, gemäßigt von Realismus und dem Akzeptieren, dass nicht immer alles so läuft, wie wir es uns wünschen. Stoische Zuversicht könnte man es nennen. Ein solches Gleichgewicht ermöglicht es, dass das Angeln genussvoll bleibt, ob wir etwas fangen oder nicht. Wir würden nicht angeln, wenn es keine Hoffnung gäbe, etwas zu fangen, aber wir würden auch nicht angeln, wenn nichts fangen sich anfühlen würde wie eine Katastrophe. Vergangene Erfolge können ein solches Gleichgewicht nicht stören. Vor allem, wenn die Erfolge nicht unsere eigenen sind.

Will stellte das Auto im Schatten überhängender Bäume ab, und wir holten unsere Ausrüstung aus dem Kofferraum und gingen dann am Rand eines Felds entlang zum Fluss. Auf halbem Weg durchquerten wir das Feld, achtsam in den Furchen eines Traktors stapfend, um nicht das junge Getreide zu zertrampeln. Während wir dann an einer schmalen Baumreihe auf der anderen Seite des Felds weitergingen, tirilierten über uns Goldammern.

»Das ist eine gute Stelle«, sagte Will, als er in einiger Entfernung zum Ufer stehenblieb. Wir knieten uns hin und schauten zum Fluss.

Es war ein träges Bassin, vielleicht zehn Meter breit, gespeist von schnellerem Wasser flussaufwärts. Die Vegetation war hoch und üppig, aber die Ufer waren steil, sodass wir dasitzen und schauen konnten, ohne die Fische zu stören.

»Okay, bauen wir zusammen und schauen, was passiert.«

Wir standen auf, führten die Schnur durch die Rutenringe und banden die Vorfachspitze an. »Hier braucht man nur einen einzelnen Haken«, sagte Will.

»Das ist die Richtige«, sagte er mir und gab mir eine schmale, gebogene Fliege mit einem Kopf aus flauschigen Entenfedern, die sie im Oberflächenfilm des Wassers halten würden.

»Wirf die nach einem steigenden Fisch aus. Er wird sie schnappen.«

Bis jetzt hatten wir noch keinen steigenden Fisch gesehen, aber Wills Zuversicht blieb ansteckend. Wir beschlossen zu warten und fingen mit dem Lunch an. Ich öffnete eine Dose mit Sandwiches, legte mich zurück und versuchte dabei, die Nesseln und Disteln zu vermeiden, die im Gras lauerten. Der Nachmittag war nicht richtig warm, doch immerhin so, dass wir uns in unseren wasserdichten Sachen wohl fühlten. Wir redeten nicht viel, aßen einfach unsere Brote, dann Kekse, dann Erdnüsse und warteten.

»Noch ein paar Insekten mehr in der Luft, und ich schätze, dann fangen wir an, Fische zu sehen«, sagte Will. »Da drüben am anderen Ufer, wo diese Blasen sind, das ist eine gute Stelle.«

Wir schauten weiter.

Über dem Wasser flatterten Mehlschwalben und Schwalben, schnappten Insekten aus der Luft, segelten zwischen den Ufern hin und her. Dreißig Meter weiter stromaufwärts machte eine Wasseramsel ihr Ding, tauchte von einem Stein mitten im Fluss ins Wasser und kam wieder hoch. Die Wolken rissen auf. Ein frischer Wind kräuselte die Oberfläche.

Es dauerte zehn Minuten, vielleicht ein bisschen länger, bis der Mangel an steigenden Fischen überhaupt erwähnt wurde. Seit wir angekommen waren, hatte nur ein Fisch die Wasseroberfläche durchbrochen, aber das Geräusch dieser Störung machte deutlich, dass sich aufstehen nicht rentierte.

»Ich bin mir ziemlich sicher, wenn wir nur noch ein bisschen länger warten, dann sehen wir mehr Fliegen schlüpfen«, sagte Will. »Dann werden die Fische hochkommen. Nach steigenden zu werfen, ist eindeutig die beste Art.«

Ich wartete noch ein paar Minuten und wies ihn dann nicht sonderlich dezidiert darauf hin, dass es bereits viele

Fliegen gab – dass sie vor uns quasi Schwärme bildeten. Sie waren so gut wie überall.

»Ja«, sagte Will und ließ sich seine Enttäuschung jetzt anmerken. »Ich sehe sie.«

Ich schätze, etwa um diese Zeit fing er an, seine absolute Zuversicht, mit der er mir diese Stelle angepriesen hatte, die Gewissheit, mit der er unseren Besuch belastet hatte, zu bedauern. Da er nun einen völlig leeren Fluss vor sich hatte, verfiel er in eine leise Panik.

Bei mir jedoch gab es keine Panik, nur eine Ungeduld, meine Leine endlich ins Wasser zu bekommen. Ich beschloss, nicht länger zu warten.

»Ich glaube, ich versuche es mit einer Nymphe«, sagte ich und biss die Trockenfliege ab, die bis jetzt wirklich absolut trocken geblieben war. Ich entschied mich für einen kleinen Goldkopf mit einem Körper aus Hasenfell, etwas Kleines, Schlichtes und Unauffälliges. Die Entscheidung war willkürlich, rein instinktiv. Ich hatte ihn in der Box gesehen, und er fühlte sich richtig an. Ich band ihn an die Leine.

Am oberen Ende des Beckens fing ich an auszuwerfen, ließ die Leine flussaufwärts schnellen und korrigierte die Spannung, während sie auf mich zutrieb. Die Strömung war stark, der Goldkopf bewegte sich deshalb schnell und verfing sich in keinem Hindernis. Das ist doch recht gutes Angeln, dachte ich und spürte, wie sich in mir wieder ein Funken Zuversicht regte. Früher oder später würde schon eine Forelle in meine Richtung kommen.

Will hatte unterdessen das Warten ebenfalls aufgegeben und war in das Becken gewatet, um seine Fliege am gegenüberliegenden Ufer auszuwerfen. Schon bald hörte ich ein Spritzen, und als ich mich umdrehte, sah ich, dass er einen Fisch von etwa zehn Zentimetern aus dem Wasser und in seine Hand hob. Das war nicht viel, aber ein gutes Zeichen war es mit Sicherheit. Vielleicht. Wir machten weiter.

Nach einer guten halben Stunde ohne weiteren Erfolg beschlossen wir, das Becken zu verlassen. Ganz offensichtlich funktionierte es hier nicht – zumindest noch nicht –, wir würden es deshalb dabei belassen und es später noch einmal probieren. Wir gingen flussaufwärts, um eine Flussbiegung herum zu einer Stelle, wo das Wasser schneller und seichter war. Wir fingen noch einmal an.

Mit demselben Ergebnis. Wir gingen weiter.

Als wir schließlich zu unserem Ausgangspunkt zurückkehrten, waren einige Stunden vergangen, und zusammen hatten wir zwei oder drei Forellen gefangen, die nicht größer waren als Sardinen. Auch noch der letzte Rest der anfänglichen Zuversicht war verschwunden. Wir hatten nichts gesehen, das auf größere Fische bei der Futtersuche oder überhaupt auf deren Vorhandensein im Fluss hinwies. Kein einziges kräftiges Steigen hatten wir beobachten können, keinen einzigen bedeutenden Biss gespürt.

»Und?« fragte ich. »Was machen wir jetzt?«

Will schaute aufs Wasser, als suchte er dort nach einer Antwort. »Weiter flussabwärts gibt es tiefere Becken«, sagte er. »Lass es uns dort versuchen. Vielleicht haben wir mehr Glück.«

»Vielleicht«, entgegnete ich, obwohl ich mich inzwischen mit der Tatsache tröstete, dass Will, nicht ich, für diesen Angeltag bezahlt hatte.

Zusammen gingen wir zum unteren Rand des ersten Beckens und dann weiter über das zweite hinaus. Am unteren Ende eines dritten Beckens blieb ich stehen, neben einem Baum am Wasserrand. Ich war dort ziemlich eingeengt, konnte mich nicht weit bewegen, weder aufwärts noch abwärts, aber unter den Umständen schien das keine üble Stelle zu sein.

Will ging weiter und war bald nicht mehr zu sehen.

Wenn die Hoffnung schwindet, angelt man nicht gut. Man wirft nicht sorgfältig aus und denkt nicht klar darüber nach, was man eigentlich tut. Man angelt mechanisch, nicht fantasievoll. Ein Mangel an Hoffnung beim Angeln kann sich sehr schnell als gut begründet erweisen.

Aber nicht immer.

Nach etwa einem Dutzend Würfen quer über den Teich blieb die Fliege beim letzten am Ende ihrer Drift plötzlich abrupt stehen. Das passiert meistens, wenn ein Stein oder irgendein anderes Unterwasserhindernis die Ursache ist, doch einen Augenblick lang fühlte ich fast so etwas wie Dankbarkeit für den Ruck der Erregung, den dieser Stein mir geliefert hatte. Aber die Fliege blieb nicht lange stehen. Stattdessen bewegte sie sich in die Gegenrichtung. Anfangs nur langsam, widerwillig, bis sie den Widerstand der Rute spürte; dann bewegte sie sich schneller.

Ich brauchte länger als sonst, bis ich mir sicher war, dass ich tatsächlich einen Fisch am Haken hatte, und dass es offensichtlich ein großer war. Doch als mir die schlaffe Leine durch die Hand glitt, kam diese Sicherheit mit fast so etwas wie Panik.

Solche Augenblicke verlangen nach Zeugen, und ich rief

nach Will. Einmal, zweimal, doch ohne Reaktion. Ich zog mein Handy aus der Tasche, versuchte, mit einer Hand seine Nummer zu wählen, während ich mich mit der anderen bemühte, die Kontrolle über die Forelle zu behalten. »Äh, könntest du bitte zurückkommen«, sagte ich, als er antwortete. »Ich habe einen großen Fisch am Haken, und ich glaube, ich könnte Hilfe gebrauchen.« Ich legte auf, bevor er etwas erwidern konnte, und steckte das Handy wieder in die Jeans.

Der Fisch hatte inzwischen sehr viel Leine von der Rolle gezogen und lauerte irgendwo auf der anderen Seite des Flusses. Er hielt den Kopf nach unten und bewegte sich von mir weg, zuerst zum einen Ende des Beckens, dann zum anderen. Zum Glück für mich schien er nicht bereit, weiter zu schwimmen.

Will kam schwer atmend an, weil er von seiner Stelle flussabwärts hatte rennen müssen. In der Hand hatte er – ich sah es mit großer Erleichterung – einen Kescher. Ich hoffte, dass wir ihn brauchen würden, aber die Feinheit meiner Schnur war inzwischen ein echtes Problem.

»Wenn das eine Forelle ist, dann ist es die größte Forelle, die ich je gesehen habe!« rief Will, als er die Krümmung der Rute sah, sah, wie problemlos der Fisch sich Leine von mir holte, und durch seine polarisierte Sonnenbrille auch den Fisch selbst sah, tief unten knapp über dem Flussgrund.

Dann sprang er, und wir verstanden.

Der River Don ist berühmt für sein Forellenangeln, aber auch bekannt für seinen Lachs. Viele dieser Lachse kommen irgendwann später im Jahr vom Meer herein – doch wir hatten erst Mitte Mai – aber einige treffen schon im Frühling ein. Es bestand kein Zweifel. Das hier war keine Forelle.

Einen Lachs zu fangen, schien mir schon immer etwas ganz anderes zu sein, als eine Forelle zu fangen. Während es beim Forellenangeln darum geht, den Fisch zu überzeugen, dass die Fliege Nahrung gleichkommt, ist das Lachangeln etwas viel Komplizierteres und Unsichereres. Schließlich fressen Lachse nicht mehr, nachdem sie aus dem Meer in Süßwasser zurückgekehrt sind. Vom Augenblick ihrer Ankunft im Fluss verdauen sie absolut keine Nahrung mehr.

Sie zu fangen, hatte immer etwas Geheimnisvolles. Welchen Instinkt muss man in dem Fisch ansprechen, wenn nicht den Hunger? Die meisten Angler gehen von der Annahme aus, dass Verärgerung zumindest ein Teil davon ist. Schwenke eine große, leuchtend bunte Fliege an seiner Schnauze vorbei, und mit der Frustration, die man bei einem Tier erwarten sollte, das seit Tagen nichts gefressen hat, holt er aus, und zwar mit der einzigen Waffe, die ihm zur Verfügung steht: seinem Maul. Traditionelle Lachsfliegen sind groß und deutlich sichtbar. Sie sind eher provokativ als fantasievoll.

Das alles machte es noch überraschender, dass ein Lachs nach meiner Fliege geschnappt hatte, da sie weder groß noch farbenfroh ist. Vielleicht reichte schon das Aufblitzen des Goldkügelchens, um den Reflex zum Zuschnappen auszulösen. Oder vielleicht trieb die Fliege dem Lachs ins Gesicht, und die leichte Berührung seiner Haut brachte ihn zum Zuschlagen, ohne sich den Auslöser seiner Verärgerung genau anzuschauen.

Lachse sind rätselhafte, unberechenbare Fische. Außerdem sind sie außergewöhnlich stark.

Es dauerte fast fünfzehn Minuten bis zum ersten Anzeichen, dass der Fisch ermüdete. Er ließ sich bis dicht an die

Stelle ziehen, wo Will stand, bis zu den Oberschenkeln im Wasser, den kleinen Kescher vor sich ausgestreckt.

»Versuch, ihn an meiner rechten Schulter vorbeizuziehen, auf den Kescher zu«, schrie er, und seine Aufgeregtheit war jetzt ebenso offensichtlich wie meine eigene.

Als der Fisch im Näherkommen Wills Schatten aufs Wasser fallen sah, machte er kehrt und stürmte wieder davon, zuerst auf die Riffeln am Grund des Beckens zu, und dann hoch und quer durchs Wasser, aufs andere Ufer zu. Er zerrte Leine von der Spule und zerrte an meinen Nerven, bis sie sich anfühlten, als wären sie zum Zerreißen gespannt. Ich spürte, wie er mitten im Fluss stehenblieb und den Kopf schüttelte, um das für ihn so lästige Ding loszuwerden. Sooft ich spürte, wie diese harten Vibrationen die Leine hochgaloppierten, erwartete ich, dass er Erfolg hatte, sich befreite und mich einfach stehenließ, so verzweifelt wie vor zwanzig Minuten.

Schließlich, nach mehreren weiteren Läufen und einem Sprung, bei dem mir fast das Herz stehengeblieben wäre, löste der Lachs sich vom Fluss und unterwarf sich der merkwürdigen Macht, die ihn zum Ufer zerrte. Der Kopf kam hoch, dann der lange silberne Körper, der über die Wasseroberfläche auf den Kescher zuglitt. Dieser Kescher, gedacht für Forellen mit wenigen Pfund, war kein sicherer Bestimmungsort für den Fisch, und als er, mit dem Kopf voran, hineinglitt, gab es einen angespannten Augenblick, bis Will ihn mit der freien Hand am Schwanzansatz packte, der zusammen mit dem halben Körper aus dem Kescher herausragte. Er wuchtete ihn hoch zu uns ans Ufer. Und da lag er nun, der Lachs.

Frisch aus dem Meer eingetroffene Lachse werden oft als Silberbarren beschrieben. Aber diese Beschreibung drückt nicht auch nur annähernd aus, wie diese Fische aussehen. Silbrig, ja. Aber auch gewitterblau – ein kräftiger Streifen – mit dicken schwarzen Punkten an den Seiten. Eine oder zwei Fischläuse klebten noch an seiner Flanke, ein schlagender Beweis dafür, dass er noch nicht lang im Fluss gewesen war.

Ich hielt ihn für ein Foto in die Höhe – der größte Fisch, den ich je gefangen hatte –, mit einer Hand hinter seinem Kopf und der anderen vor seinem Schwanz. Er war so lang wie mein Arm. Ich stieg ins Wasser und hielt sein Maul in die Strömung. Ich hatte, das muss ich zugeben, ein wenig Schuldgefühle. Dieser Lachs war Meilen den Fluss hochgeschwommen, mit der Absicht, das wichtigste Geschäft seines Lebens durchzuführen. Mehr als fünfzehn Minuten lang hatte ich seine Energie verschwendet, weil das leichte Forellengerät, das ich benutzt hatte, ihn nicht schneller hatte unter Kontrolle bringen können. Der Fisch war erschöpft und brauchte jetzt lange, um sich zu erholen. Ich bewegte ihn sanft hin und her, ließ die Strömung durch seine Kiemen rauschen, sah, wie sie pulsierten und sich aufblähten, bis ein Schlag seines Schwanzes anzeigte, dass er wieder bereit war.

Wir angelten noch einige Stunden, fingen noch etwa ein halbes Dutzend winzige Forellen, sahen aber sonst nichts Bedeutenderes. Als der Nachmittag sich dem Abend zuneigte, setzten wir uns in das hohe Gras und genossen den Sonnenschein, der eben erst durch die Wolken gebrochen war. Das Wasser säuselte hier durch eine leichte Strömung, kräuselte sich wie Zigarettenrauch an breiten Felsbrocken und verweilte dicht an den Ufern. Auch Fliegen schlüpften – Zirruswölkchen aus Insekten schwebten über der Wasseroberfläche –, und alles schien perfekt, um endlich das zu bekommen, wozu wir gekommen waren: um die große Forelle zu fangen, die Will versprochen hatte. Aber das Angeln hat so seine Art, Versprechen zu brechen und stattdessen Überraschungen zu bieten.

Irgendwo in der Nähe trällerte ein Teichrohrsänger, und in den Bäumen am anderen Ufer krächzten Saatkrähen.

An diesem Tag warfen wir nicht noch einmal aus.

Zurücksetzen und Mitnehmen

*I*n meiner Hand halte ich ein schlankes Stück polierten Holzes, fünfundzwanzig Zentimeter lang und sich leicht verjüngend, mit einer schweren Messingspitze an einem Ende und einer kleinen Kappe am anderen. Daran befestigt ist eine Schlaufe, gerade so groß, dass ich meine Hand durchstecken kann. Wenn ich genau hinsehe, kann ich Spuren schlampiger Herstellung erkennen: den vertrockneten, unter dem Metall hervorquellenden Kleber, die nicht ganz symmetrisch aufgesetzte Kappe. Doch trotz dieser kleinen Makel ist es ein wunderschönes Objekt, so angenehm und tröstend in der Hand wie ein von Wellen geglätteter Stein. Wie ein Taschenmesser hat es die Eleganz eines einfachen, perfekt gestalteten Werkzeugs.

Wenn ich es in der Hand halte und den Daumen leicht gegen das Holz drücke, spüre ich seine Ausgewogenheit, wie das Gewicht sich an der Spitze konzentriert, wo sein Verwendungszweck liegt. In diesem Fall ist der Verwendungszweck, einen Fisch zu töten, und dieses Werkzeug ist unter Anglern als »Priest« bekannt, als Fischtöter. Ein oder zwei kräftige Schläge auf den Kopf, und die Forelle wird sich versteifen und zittern, weil die Nerven sich gegen das wehren, was bereits entschieden wurde.

Schlägt man den Priest gegen die Handfläche, spürt man seine Wucht, und einem wird klar, dass seine Funktion eine ernste ist. Das Angeln, sagt einem dieses Werkzeug, ist nicht nur ein Hobby oder ein Sport. Zumindest für den Fisch ist es eine Frage von Leben und Tod.

Heutzutage liegt der Priest meistens in einer Schublade und kommt nur ganz selten mit mir ans Wasser. Ich töte kaum mehr Fische – höchstens einen oder zwei pro Saison –, und wenn ich es tue, benutze ich viel eher einen Stein oder breche ein Genick mit den Fingern, als dass ich diesen Knüppel zur Hand hätte. Doch ich habe ihn gern in meinem Besitz, auch wenn er nur zu Hause liegt. Es scheint mir wichtig, nicht zu vergessen, dass er da ist.

Im Verlauf des letzten halben Jahrhunderts ist Fangen und Freilassen immer beliebter geworden, sowohl in Europa wie in Nordamerika. Die meisten Angelclubs und -behörden setzen enge Grenzen in Bezug auf die Anzahl der Fische, die behalten werden dürfen, und viele verlangen die Verwendung von Haken ohne Widerhaken, um die Verletzungen der Fische zu minimieren, die gefangen und wieder freigelassen werden.

Noch vor nicht allzu langer Zeit wären solche Regulierungen unvorstellbar gewesen. Bei der Lektüre von so gut wie jedem Angelbuch, von Isaak Walton in den 1650ern bis ins frühe zwanzigste Jahrhundert, wird man konfrontiert mit einem Katalog des Abschlachtens, bei dem jeder zeitgenössische Angler zusammenzucken würde. Jeder Fang wurde in den Fischkorb geworfen oder ans Ufer geschleudert, ob er nun gegessen werden sollte oder nicht. Kaum jemand dachte an die Nachhaltigkeit von Fischbeständen oder an die Ethik unbegrenzten Tötens.

Vor allem letzterer Aspekt führte zu einer allmählichen Verhaltensänderung, einer Abwendung von der Gewohnheit, alles mitzunehmen, was gefangen wurde. In den Vereinigten Staaten, wo die populärsten Gewässer eine große Anzahl von Anglern anlocken, ist der untragbare Druck auf die Fischbestände seit langem ein großes Problem. Und fast überall wurde es durch einfaches Wiederauffüllen gelöst. Mehr als hundert Jahre lang haben die staatlichen Fischereibehörden Fische aus Brutbeständen in Flüsse und Seen gekippt, und Angler haben sie wieder herausgezogen. Das schien zumindest das Zahlenproblem zu lösen.

Doch nicht jedem gefällt diese Logik des Einsetzens und Entnehmens, und aus ökologischem Blickwinkel lässt sie viel zu wünschen übrig. Für die Angler, die lieber wilde Fische fangen als gezüchtete, gibt es eigentlich nur zwei Alternativen: sich entweder Gewässer suchen, die nur wenige andere besuchen, oder den Fisch ins Wasser zurücksetzen, damit er weiterleben, sich vermehren und wieder gefangen werden kann.

Das Fangen und Freilassen vermittelt eine ganz spezielle Befriedigung, den Kick nämlich, den man erlebt, wenn der Fisch, den man eben noch in der Hand hatte, unter Wasser mit dem Schwanz schlägt und verschwindet, dorthin, woher er gekommen war. Es ist die Befriedigung des Wissens, dass etwas, das einem Freude bereitet hat, auch weiterhin in der Welt ist, und dass der Ort, woher er kam, nicht seiner Existenz beraubt ist. Aber diese Freude kann zu leicht in Selbstgefälligkeit umschlagen, in einen Stolz, der unverdient ist. Was die Umwelt betrifft, ist das Fangen und Freilassen mit Sicherheit etwas Gutes. Es hilft, Fischbestände zu bewahren und den Zwang zur Wiedereinsetzung zu reduzieren. Moralisch sind die Dinge jedoch nicht so einfach.

Auch wenn mein Priest fast immer zu Hause bleibt und fast alles, was ich fange, lebendig ins Wasser zurückkommt, kann ich der moralischen Bedenklichkeit des Angelns nicht entkommen. So einfach kann ich mich nicht vom Haken lassen. Für viele Kritiker ist das Angeln als Ganzes grundsätzlich und unausweichlich grausam. Und ich denke mir, man sollte diese Kritiker ernst nehmen.

Ein bearbeitetes Foto zeigt ein Haustier mit einem Haken in seiner Lippe. Darunter steht eine Frage: Wenn sie das einem Hund nicht antun wollen, warum tun Sie es dann einem Fisch an? Das Bild stammt von PETA *(People for the Ethical Treatment of Animals* – Menschen für die ethische Behandlung von Tieren), und typisch für diese Organisation ist es zugleich schockierend und primitiv sentimental. Ein niedliches Tier wird durch ein nicht niedliches ersetzt, und als Zugabe gibt es noch einen Spritzer Blut dazu.

Aber die Frage selbst ist berechtigter, als sie zunächst erscheint. Anders gestellt, ist sie einer gründlichen Betrachtung auf jeden Fall wert. Jack Turner ist Bergführer und Zen-Buddhist. Außerdem ist er ein ehemaliger Philosophielehrer und ein ehemaliger Angler. In einem Gespräch mit Ted Kerasote kritisierte Turner das Fangen und Freilassen direkt, mit einem viel angemesseneren und vernünftigeren Vergleich als der von PETA:

> *… stellen Sie sich vor, Sie benutzen Würmer und Fliegen, um Berghüttensänger oder Fichtengimpel zu fangen, oder*

vielleicht sogar Adler und Fischadler, und schleudern sie dann an fünfzehn Metern Leine herum, während sie versuchen zu entkommen. Und wenn Sie sie dann am Boden haben, lassen Sie sie wieder frei. Bei Vögeln würde kein Mensch so etwas tolerieren. Aber bei Fischen tun wir es, weil sie unter Wasser, außer Sicht sind.

Er hat nicht ganz Unrecht. Lange Zeit drückten sich Angler vor einer solchen moralischen Prüfung, weil die Tiere, die sie jagen, von Nichtanglern kaum je lebend gesehen wurden. Fische sind weder besonders niedlich noch besonders sichtbar. Aber die Frage, warum eine solche Behandlung akzeptabel ist, sollte nicht so leichthin abgetan werden.

Wenn sie zu einer Antwort gezwungen werden, greifen viele Angler zu einer Standarderwiderung – Fische fühlen keinen Schmerz –, und bis vor Kurzen gab es kaum einen wissenschaftlichen Beweis für das Gegenteil. Aber inzwischen ist das nicht mehr der Fall. 2003 begannen Biologen am Roslin Institute und der University of Edinburgh unter Führung von Lynne Sneddon, die Ergebnisse ihrer Studien zur Regenbogenforelle zu veröffentlichen, die darauf hindeuteten, dass die gängige Meinung falsch ist. Die Forelle besitzt nicht nur die physiologischen Fähigkeiten, um Schmerz zu empfinden und zu verarbeiten, darunter Schmerzrezeptoren im Gesicht und um die Lippen, sie zeigt außerdem genau das Verhalten, das man von einem Tier, das leidet, erwarten würde.

Nicht alle Wissenschaftler akzeptierten diese Schlussfolgerung, und die Berichte wurden kritisiert von einigen, die den Eindruck hatten, dass die Beweise für bewusst wahrgenommenen Schmerz bei Fischen noch nicht überzeugend seien. Zum einen besitzen Fische keinen Neocortex, den Teil des Gehirns, auf dem das menschliche Bewusstsein fußt. James Rose, ein Zoologe an der University of Wyoming, reagierte besonders scharf auf die Edinburgher Biologen mit dem Einwurf, dass weder ihre Begründung noch ihre stützenden Beweise zwingend, geschweige denn neurologisch plausibel sind.

Zurzeit mag Professor Rose allerdings noch eine wissenschaftliche Minderheit sein, und für Angler, die aufrichtig sind mit sich selbst, sollte das nicht überraschend sein. Jeder, der schon einen Fisch am Haken hatte, weiß, dass ein Fisch nicht gern am Haken hängt. Vom Augenblick der Verbindung an kämpft er um sein Leben. Er schnellt in die eine und in die andere Richtung, er springt in die Luft und schüttelt verzweifelt den Kopf; er zerrt mit aller Kraft, die er aufbieten kann. Ein Fisch am Haken zeigt Verhalten, das vergleichbar ist mit Angst und Panik, und diese Begriffe zu vermeiden, grenzt an Unehrlichkeit. Und die Möglichkeit zu leugnen, dass Schmerz die Ursache dieser Panik ist, ist schwer zu rechtfertigen.

Ist es also wirklich unvernünftig zu behaupten, dass Angeln grundsätzlich sadistisch sein könnte, oder zumindest moralisch unvertretbar? Wie Hahnenkämpfe und Dachshetze ist es eine Aktivität, bei der man Vergnügen aus dem Todeskampf von Tieren zieht, die bis zu einem gewissen Grad empfindungsfähig sind. Heute würden nur noch wenige Menschen, zumindest in Europa und Nordamerika, zögern, diese Blutsportarten als grausam zu bezeichnen, warum dann nicht auch das Angeln?

Eine völlig vernünftige Art, diese Frage zu beantworten, wäre es, darauf hinzuweisen, dass die Fähigkeit eines Fisches zu leiden, soweit wir wissen, wahrscheinlich geringer ist als die eines Hahns, und mit Sicherheit geringer als die eines Dachses. Und die Forscher in Edinburgh stritten das auch nicht ab. Sie vermieden sorgfältig die Behauptung, dass Fische Schmerz auf die gleiche Art spüren, wie wir oder andere Säugetiere es tun, denn ihre Arbeit beweist so etwas nicht. Es ist natürlich nicht möglich, wissenschaftlich zu zeigen, wie ein Tier die Welt erlebt, aber die Tatsache, dass im Durchschnitt Fische im Verhältnis zu ihrer Größe die kleinsten Gehirne aller Wirbeltiere haben, bedeutet, dass jedes bewusste Erlebnis, zu dem sie tatsächlich fähig sind, wahrscheinlich begrenzt ist. Und die Tatsache, dass ein einzelner Fisch gelegentlich mehrmals am Tag gefangen wird, ohne offensichtliche Schäden davonzutragen, legt nahe, dass jedes Leiden wahrscheinlich sehr kurzfristig ist.

Eine zweite Verteidigung ist, dass es in der Mehrheit der Fälle zwei mögliche Ausgänge für einen Fisch gibt, der gefangen und an Land gezogen wurde: Er wird entweder ins Wasser zurückgesetzt, müde zwar, aber im Wesentlichen unverletzt, oder er wird schnell getötet, weil man ihn essen will. Das ist etwas ganz anderes als die Verstümmelungen und der langsame Tod, die Tiere durchleiden, wenn sie gezwungen sind, zur menschlichen Belustigung zu kämpfen.

Zusätzlich bemühen sich viele Angler, das Leid, das sie verursachen, noch weiter zu reduzieren. Sie benutzen Haken ohne Widerhaken, um körperliche Schädigungen des Fisches möglichst zu vermeiden. Außerdem bestehen sie auf kräftigen Schnüren, damit der Kampf kurz gehalten werden kann und der Stress minimiert wird. Das reduziert auch das

Risiko eines Reißens der Schnur, in dessen Folge der Fisch dauerhaft durchbohrt bleiben kann.

Es besteht kein Zweifel, dass es einem Fisch nicht gefällt, an einem Haken zu hängen, aber seine kurzfristigen Aussichten sind moralisch viel weniger problematisch als die eines kämpfenden Hahns, eines gehetzten Dachses oder eines Stiers in der Arena. Ich möchte auch argumentieren, dass sie weniger problematisch sind als die Behandlung von Tieren in der industriellen Landwirtschaft, in der das Leiden manchmal extrem und langwierig ist, und das Schicksal von Fischen, die in kommerziellen Netzen gefangen oder in Tanks und Teichen herangezogen werden.

Um diese Verteidigungslinie zusammenzufassen, könnte man also sagen, dass, im Gegensatz zu den Blutsportarten und einem Großteil unserer Fleischproduktion, das Angeln Tieren mit einer begrenzten Fähigkeit zum Leiden begrenzten Schmerz zufügt. Für viele wird diese Verteidigung ausreichen. Aber nicht für alle. Und wenn ich ehrlich bin, auch nicht für mich.

Eine Diskussion über die Ethik des Angelns ist letztendlich Teil eines viel größeren philosophischen Diskurses, in dessen Zentrum eine Frage steht: Welche moralische Verantwortung haben Menschen Tieren gegenüber? Es ist schwer, sich einer solchen Frage überhaupt zu stellen, und die meisten tun es deshalb nicht. Das ist die Option, die, wie ich vermute, die meisten Leute wählen, zumindest, wenn es um wilde Tiere geht. Über deren Wohlergehen wird nur nachgedacht, wenn es unvermeidlich ist – wenn man ein Wild mit dem Auto angefahren hat zum Beispiel, oder wenn man sich entscheiden muss, welche Mausefalle man aufstellen will.

Ich glaube, eine der größten Stärken des Angelns ist es, dass es einem schwer macht, das Thema moralische Verantwortung zu ignorieren. Angeln bedeutet, sich direkt und beständig mit Fragen des Leids zu befassen, wie unser Verhalten sich auf andere Arten auswirkt und welche Beachtung wir diesem Einwirken schenken sollten. Auch nach vielen Jahren des Angelns haben diese Fragen für mich nichts an Dringlichkeit verloren. Für mich sind sie noch immer wert, gestellt, bedacht und neu gestellt zu werden.

Ich schätze den Zweifel, wenn es um solche Dilemmata geht. Moralische Gewissheit erwächst oft aus einer mangelnden Bereitschaft zum Nachdenken, und eine ethische Position, die nie in Frage gestellt wird, kann sich zu Selbstgefälligkeit oder sogar Selbstgerechtigkeit verhärten. Es ist deshalb kniffelig, meine eigene Verteidigung des Angelns mit Worten zu umreißen, die nicht mit Vorbehalten und Einschränkungen versehen sind. Es ist fast so, als würde man das Thema verfehlen. Und es ist darüber hinaus kniffelig, es auf eine Art zu tun, die nicht so wirkt, als wäre sie von der Praxis des Angelns losgelöst. Ethik sollte meiner Meinung nach in der Lebenserfahrung verwurzelt sein, nicht beschränkt auf die Seiten eines Buchs. Das Angeln hat meine Gedanken zu diesem Thema über viele Jahre hinweg geformt, und das tut es weiter. Diese Gedanken bleiben im Fluss, unfertig, und sie in Worte zu fassen, ist ebenso schwierig wie unbefriedigend.

Doch als Ausgangspunkt für eine allgemeine Regel oder ein zusammenfassendes Prinzip würde ich gern mit Folgendem beginnen:

Wir sollten danach streben, einem Tier nicht mehr Leid zuzufügen, als es vernünftigerweise erwartbar in einem Leben erfahren würde, in das wir nicht eingegriffen haben.

Ich mag die Flexibilität dieser Formulierung. Ich mag den Spielraum, den sie bietet. Sie setzt als gegeben voraus, dass körperliche Schäden – darunter auch das Risiko, von einem Raubtier gefressen zu werden – ein Teil des natürlichen Lebens jedes Tiers sind, und als moralisch neutral zu betrachten sind. Ein menschliches Eingreifen ist deshalb nur problematisch, wenn es Leid zufügt, das jenes übersteigt, das in unserer Abwesenheit erwartet werden kann.

Trotz seiner Flexibilität hätte dieses Prinzip enorme Konsequenzen, wenn es ernst genommen würde. Es würde zum Beispiel das Ende der Intensivtierhaltung und eines Großteils der Tierversuche bedeuten, würde allerdings landwirtschaftliche Kleinbetriebe erlauben, die aufs Tierwohl achten. Angeln wäre nach diesem Prinzip nicht verboten, ebenso wie gewisse Arten der Jagd. Doch hier ist bereits ein Vorbehalt nötig.

Ich bin der Überzeugung, dass Angeln, Jagen und eigentlich jede menschliche Interaktion mit Tieren auf nachhaltige Art vollzogen werden sollte. Sie sollte keinen unnötigen oder langfristigen Schaden an den Ökosystemen anrichten, die diese Tiere bewohnen. Für mich kann eine moralische Verantwortung gegenüber Einzelwesen nicht sinnvoll untersucht werden, ohne eine weiter gefasste ökologische Verantwortung in Betracht zu ziehen. Gegen Ende würde ich ein zweites Prinzip hinzufügen, das allerdings nicht weniger zögerlich formuliert wurde als das erste.

Wir sollten danach streben, die Gesundheit der Ökosysteme und der natürlichen Welt im Allgemeinen zu erhalten oder zu verbessern.

Diese Regel kann besser ausgedrückt werden mit den Worten von Aldo Leopold, dessen Buch *Am Anfang war die Erde* einer der Gründungstexte von Ökologie und Umweltschutz in Amerika ist. In dem Essay, mit dem er seinen Begriff einer »Land-Ethik« einführt, schrieb Leopold: »Etwas ist richtig, wenn es dazu neigt, die Integrität, die Stabilität und die Schönheit der biotischen Gemeinschaft zu erhalten. Es ist falsch, wenn eher das Gegenteil der Fall ist.« Diese These erweitert den moralischen Blick; sie sieht nicht nur die Forelle, sondern auch den Fluss und das Wassereinzugsgebiet.

Diese zwei Prinzipien zusammengenommen fühlen sich für mich hilfreich an. Sie sind vielseitig und in gewisser Weise formbar, doch ihnen in Gänze zu folgen, dürfte nicht einfach sein. Auch wenn beide keine richtige Antwort auf jede moralische Frage liefern können, fühlen sie sich zusammengenommen an wie ein guter Ausgangspunkt. Sie bieten eine ethische Grundlage, ein Stück fruchtbaren Bodens, auf dem man stehen und nachdenken kann.

Doch auch wenn diese Thesen mir vernünftig und sinnvoll erscheinen, bin ich mir doch bewusst, dass andere mir leidenschaftlich widersprechen dürften. Und während ich froh bin, dass diejenigen, die Angeln für moralisch unakzeptabel halten, noch immer stark in der Minderheit sind, wünsche ich mir nicht, dass ihr Widerstand verschwindet. Angeln ist etwas Ernsthaftes und hat es verdient, dass es ernsthaft in Frage gestellt wird. Ich glaube, es ist wichtig, mit den Argumenten dagegen vertraut zu sein.

Heutzutage glauben viele Menschen, dass Jagen, Fischen, Fleischproduktion und Tierversuche moralisch nicht zu rechtfertigen sind. Die philosophischen Wurzeln dieses Glaubens reichen einige Jahrhunderte zurück, aber erst in den 1970ern fassten diese Ideen wirklich Fuß. Und der Plural *Ideen* ist korrekt, denn es gibt zwei ethische Haupttheorien, die zur Unterstützung von Vegetarismus und gegen die Ausbeutung von Tieren angewandt werden. Diese zwei Theorien – Utilitarismus und Tierrechte – haben viel gemeinsam, aber ihre Logik unterscheidet sich in gewissen Aspekten.

Peter Singers Buch *Die Befreiung der Tiere* wurde 1975 veröffentlicht, und es ist immer noch das bekannteste Buch zu diesem Thema. Singer ist Utilitarist. Das heißt, er glaubt, dass die Richtigkeit oder Falschheit einer Handlung bestimmt werden kann durch die Konsequenzen dieser Handlung. Eine richtige Handlung hat einen positiven Ausgang, eine falsche einen negativen. Singers Hauptargument ist, dass die Rechtfertigungen, die früher benutzt wurden, um Tiere aus der moralischen Betrachtung auszuschließen, nicht korrekt sind. Sie fußen auf dem Glauben, dass menschliche Wesen irgendwie außergewöhnlich sind, dass wir uns auf moralisch bedeutsame Art von den Tieren unterscheiden. Tatsachlich aber, betont er, sind wir gar nicht so anders. Viele Tiere sind empfindungsfähig; sie können Schmerz spüren, und sie können leiden. Und wenn ein Tier leiden kann, dann sollten wir dieses Leiden in Betracht ziehen. Entscheidend ist, argumentiert er, dass Menschen ihre Interessen nicht über die eines Tiers stellen sollten. Wir sollten zum Beispiel unseren Wunsch, ein Schwein zu essen, nicht über das Interesse eines Schweins stellen, das am Leben bleiben will.

Tierrechtstheoretiker sehen die Dinge ein bisschen anders. Für sie sind die spezifischen Folgen einer Handlung gar nicht so wichtig. Ihnen geht es vielmehr um die Rechte des Individuums, die nicht beeinträchtigt werden dürfen. Philosophen wie etwa Tom Regan argumentieren, dass Tiere – oder zumindest einige Tiere – diese Rechte besitzen, so wie die Menschen, und wir deshalb verpflichtet sind, sie zu respektieren. Wir dürfen Tiere »nicht nur als Mittel« zu unseren eigenen Zwecken behandeln, wie Regan sagt, sondern als Wesen von angeborenem Wert.

Es gibt bedeutende Unterschiede zwischen den Utilitarismus- und den Tierrechts-Argumenten. Zum einen sind letztere strenger, da zu ihnen kein Abwägen von Folgen gehört. Utilitaristen könnten zum Beispiel gewisse Tierversuche für medizinische Zwecke rechtfertigen, wenn deren Ergebnisse viele Leben retten. Tom Regan würde so etwas nicht gestatten. Rechte sind kein Zahlenspiel. Sie gelten absolut.

Was diese beiden Theorien, neben ihrem Beharren auf einer Veränderung unserer Ernährungsgewohnheiten und unseres Verhaltens, jedoch verbindet, ist die gemeinsame Forderung, dass die menschliche Ethik so erweitert werden soll, dass sie auch Nicht-Menschen abdeckt. Indem sie das tun, beziehen sie sich auf dieselbe grundlegende Logik wie die Frauenemanzipations- und die Bürgerrechtsbewegungen. Nämlich, dass es willkürlich und falsch ist, ethische Unterscheidungen nur aufgrund der Gruppenzugehörigkeit zu treffen. Ethische Unterscheidungen nur aufgrund von Geschlecht oder Rasse sind willkürlich und falsch, deshalb sind ethische Unterscheidungen nur aufgrund der Spezies willkürlich und falsch. Solche Unterscheidungen erhielten die Bezeichnung *speziesistisch.*

Diese These besitzt eine klare und überzeugende Logik, und man kann sich leicht von ihr mitreißen lassen. Als moralische Kategorie erscheinen Empfindungsfähigkeit und die Fähigkeit, Schmerz zu spüren, tatsächlich bedeutsamer als das schlichte Menschsein. Das ist der Grund, warum die Tötung eines Affen anders ist als die Tötung einer Zierpflanze. Das Problem allerdings ist, dass im Gegensatz zu den Beispielen aus Rassismus und Sexismus, die Logik des Anti-Speziesismus nicht absolut ist. Sie trägt nur eine gewisse Strecke. Jenseits eines gewissen Punkts hört sie auf, überzeugend zu sein, und wird stattdessen kritikwürdig. So gibt es zum Beispiel nur sehr wenige Menschen, die argumentieren würden, wenn man gezwungen ist, sich zwischen der Tötung eines Menschen und der Tötung einer Forelle zu entscheiden, sollte man ernsthaft auch letztere Option in Betracht ziehen.

Ein Festhalten am Prinzip des Anti-Speziesismus muss daher relativiert werden. Die Spezies allein dürfte kein bedeutungsvolles Kriterium sein, um anhand dessen moralische Grenzen zu ziehen, aber moralische Grenzen müssen unbedingt gezogen werden. Die vielleicht bedeutendste dieser Grenzen ist die zwischen Tieren, die empfindungsfähig sind, und solchen, die es nicht sind. Tom Regan wandte seine Theorie der Tierrechte anfangs nur auf normale Säugetiere im Alter von einem oder mehr Jahren an und darüber hinaus auf menschliche Babys, einige Vögel und möglicherweise Fische. Peter Singer schrieb, dass seine utilitaristischen Überlegungen sich bis zu einem Punkt irgendwo zwischen Garnele und Auster erstreckten, aber Insekten oder Spinnen nicht miteinschlossen. Joan Dunayer – eine Autorin, die für Tierrechte eintritt – gibt dagegen an, dass alles mit einem Nervensystem zählt. Sogar Stubenfliegen sollten gleiche Rechte haben, sagt sie, da jede einzelne ein Individuum mit einzigartiger Lebenserfahrung ist und nie wieder existieren wird. Sowohl Singer wie Regan haben Wege gefunden, um zu zeigen, dass der Tod eines Menschen, bei ansonsten absoluter Gleichheit, ein bedeutenderes Ereignis ist als der Tod eines Tiers. Joan Dunayer ist anderer Meinung.

Wenn man davon ausgeht, dass die meisten Verfechter zugestehen, dass Unterschiede zwischen den Spezies gemacht werden müssen, sich jedoch widersprechen, was das Was, Wo oder Warum angeht, ist der Anti-Speziesismus ein Prinzip von nur beschränktem Nutzen. Er klingt schlüssig, ist aber eigentlich nur ein Ausgangspunkt für weitere Diskussionen. Und was mir besonders wichtig ist, er ist auch ein Prinzip mit einem in seinem Inneren gefangenen Paradox. Die grundlegenden Argumente sowohl der Utilitaristen wie der Tierrechtsverfechter kann in Folgendem zusammengefasst werden:

Biologisch sind Menschen in moralisch bedeutungsvoller Hinsicht nicht anders als Tiere. Deshalb sollten Menschen sich in bedeutungsvoll moralischer Hinsicht anders verhalten als Tiere.

Anti-Speziesisten beweisen, dass Tiere sind wie wir, um zu demonstrieren, warum wir uns nicht wie Tiere verhalten sollten.

Diese Formulierung mag sarkastisch klingen, aber sie öffnet die Tür zu einem der stärksten Argumente gegen die Forderung, dass man Tieren dieselbe moralische Betrachtung zugestehen sollte wie Menschen. Es lautet, dass menschliche Moralität keine Einbahnstraße ist. Zumindest in der Theorie ist sie gegenseitig. Behandle andere so, wie du von ihnen behandelt werden willst: Das ist die Goldene Regel. Wir können diese Regel nicht auf Tiere ausweiten, sagen wohl einige, weil wir von ihnen keine Gegenseitigkeit erwarten können.

Doch wenn man dieses Argument vorbringt, sieht man sich sofort mit dem Problem der Grenzfälle, wie Philosophen sie nennen, konfrontiert. Das sind, wenn Sie so wollen, die Ausnahmen von der Goldenen Regel. Niemand erwartet moralische Gegenseitigkeit von Babys, oder von Menschen mit kognitiver Beeinträchtigung, und doch dehnen wir im Großen und Ganzen unsere moralische Anteilnahme auf sie aus. Warum dann nicht auch auf Tiere? Was genau ist der Unterschied?

Eine Antwort wäre es, noch ein Stück weiterzugehen und das Prinzip des Anti-Speziesismus rundweg abzulehnen. Nach Spezies zu unterscheiden, ist nicht moralisch unvertretbar, aus diesem Blickwinkel ist es völlig vernünftig. Der Philosoph Roger Scruton formuliert es so: »Es liegt in der Natur menschlicher Wesen, dass sie, unter normalen Bedingungen, Mitglieder einer moralischen Gemeinschaft werden, die von Pflichten geleitet und von Rechten geschützt wird.

Abnormalität in dieser Hinsicht hebt die Mitgliedschaft nicht auf.« Eine solche Behauptung aufzustellen, heißt nicht, Tieren jede moralische Betrachtung zu verweigern, sondern ihnen einfach dieselbe Betrachtung wie Menschen zu verweigern. Hunde und Bären, meint Sutton, sind *nicht etwas,* worauf sich eine solche Betrachtung anwenden lässt.

Ein zweiter Weg, die moralische Unterscheidung zwischen dem »Grenzfall«-Menschen und dem Tier zu rechtfertigen, ist anzuerkennen, dass dies ethisch problematisch ist. Schließlich fußt eine solche Entscheidung nicht auf Logik, sondern auf Gefühl, und die meisten von uns gestatten eine gewisse Parteilichkeit in unserem moralischen Denken. Wir gestatten es, dass jemand den Tod eines Fremden dem eines Freundes oder Familienmitglieds vorzieht; wir gestatten es, dass jemand den Tod eines wilden Tiers dem eines Haustiers vorzieht. Solche Haltungen sind eindeutig diskriminierend und laufen dem Prinzip der Rechtsgleichheit zuwider, aber sie sind nicht unmoralisch. Dass wir uns mehr um Babys sorgen als um Bären, ist vielleicht dieselbe Art der Unterscheidung.

Es ist leicht, sich in derartigen Argumenten zu verheddern, hin- und hergerissen zu sein zwischen jeder Behauptung und jeder Erwiderung. Auf jeder Seite ist überzeugende Logik am Werk, und das Feinjustieren von Argumenten kann zwingend sein. Doch wenn ich einen Schritt zurücktrete, fällt mir auf, dass so gut wie alles in dieser Debatte in einer merkwürdigen Blase stattfindet, aus der jeder lebendige Kontext komplett ausgeschlossen ist. Dieser Kontext ist die Welt, in der wir – und die Tiere – leben.

Die Philosophie der Tierrechte wurde oft kritisiert, weil sie sich nicht mit den größeren Fragen der Umwelt beschäftigt und sogar aktiv gegen gewisse Formen des Umweltschutzes eintritt. Indem man die Empfindungsfähigkeit als einziges Kriterium für die Einbeziehung ins Reich der Moral definiert, schließt man den Großteil lebender Dinge aus diesem Reich aus. Ein Eichhörnchen hat Rechte und einen Wert, aber eine Eiche weder noch. Und ein Wald auch nicht.

Man kann argumentieren, dass der Schutz der Rechte empfindungsfähiger Tiere auch den Schutz des Ökosystems, auf das sie angewiesen sind, bedeutet, aber das ist ein zutiefst unbefriedigendes Argument. Warum sollte der Wert einer Elritze inhärent, der Wert eines Flusses aber nur mittels Zuordnung zu übertragen sein? Und warum sollte ein Ökosystem, das kein empfindungsfähiges Leben hervorbringt – eins, das reich an Pflanzen ist zum Beispiel –, betrachtet werden, als hätte es überhaupt keinen Wert?

Für mich ist das eins der offenkundigsten und folgenreichsten Probleme, das ich mit der Logik der Tierrechte und mit Peter Singers Utilitarismus habe. Wenn die Fähigkeit, Schmerz zu spüren, das Einzige ist, was zählt, dann ist ein Großteil der Welt wertlos. Und auch wenn man anerkennt, dass es auch andere *Arten* von Werten und andere Gründe, keinem Schaden zuzufügen, geben kann, bedeutet das, auf dem Vorrang der Empfindungsfähigkeit zu bestehen, sich die Welt auf eine sehr merkwürdige Art vorzustellen. Ein Meer kommt dann immer erst nach dem Kabeljau.

Der Ursprung dieses Problems ist offensichtlich. Auch wenn sie vielleicht danach streben, die menschliche Ausbeutung unserer Mitgeschöpfe zu beenden, sind diese beiden

Theorien doch zutiefst anthropozentrisch. Ihr Ausgangspunkt ist die Annahme, dass Menschen einen innewohnenden moralischen Wert haben. Von dort arbeiten sie sich nach außen und übertragen einen Teil dieses moralischen Werts, wie Zauberstaub, auf die Tiere, die ähnliche biologische Fähigkeiten haben. Sie sehen Wert in jenen Dingen, die den Menschen am ähnlichsten sind, und sind blind dafür in jenen, die ganz anders sind.

Ich glaube, eine in sich stimmige Sorge für die natürliche Welt sollte mit der Anerkennung beginnen, dass erstens jedes Leben Wert hat, ob es nun ein spezielles Merkmal mit den Menschen gemeinsam hat oder nicht, und dass zweitens Lebensräume und Ökosysteme einen Wert haben, unabhängig von jeglichem Getier – ob empfindungsfähig oder nicht –, das auf dieses System angewiesen ist. Die Frage lautet dann, *welchen* Wert, und wie sollte er respektiert werden?

Das ist keine Untersuchung, die zu einfachen Antworten führen kann, aber auch nur ein grober Versuch, sich damit zu befassen, muss mit dem Eingeständnis beginnen, dass jedes Leben, jede *Art* von Leben, anders ist. Ein Berggorilla ist anders als eine Feldmaus ist anders als ein Hirschkäfer ist anders als eine Föhre ist anders als ein Regenwald am Amazonas. Deshalb sollte die Art, wie wir über diese Dinge denken, die Art, wie wir sie wertschätzen oder unsere moralische Sorge um sie ausdrücken, ebenso anders sein. Wir können mitfühlende Sorge für Tiere haben, die Schmerz und Leiden empfinden können, und rationale Sorge um alle Dinge, auch Ökosysteme. Wir können zusätzlich moralische Sorge um Menschen haben, mit denen wir komplizierte soziale Bindungen und Verantwortlichkeiten haben.

Die Interessen individueller Tiere, möchte ich argumentieren, können die Interessen der biologischen Gemeinschaften, zu denen sie gehören, nicht übertrumpfen. Eine gesunde, funktionierende Umwelt muss als etwas Gutes erkannt werden, an und für sich. Sie muss begriffen werden als mehr als nur die Summe ihrer empfindungsfähigen Wesen. Für mich erscheint dies als selbstverständliche Wahrheit, doch für Tom Regan und andere Tierrechtsaktivisten ist sie das genaue Gegenteil. Für sie müssen immer, notwendigerweise, die Rechte von Individuen im Mittelpunkt stehen. Etwas anderes zu behaupten, sagt Regan, ist ein ernstes moralisches Versagen.

Diese Meinungsverschiedenheit ist lehrreich, denn während die Tierrechtsdenker der 1970er und 80er sich normalerweise in eine Reihe mit der progressiven Politik und den Bürgerrechtsbewegungen der 60er in eine Reihe stellten, kann deren absolute Betonung individueller Interessen ebenso gut als Produkt ihrer eigenen Zeit gesehen werden, einer Zeit der ökonomischen Individualisierung im Vorfeld der britischen und amerikanischen Politik in dieser Ära. Mich überrascht es nicht, dass die Tierrechtsbewegung zu großen Teilen eine konsumorientierte ist, in der die Art von Person, die man ist, dadurch definiert wird, was man kauft. Um ein guter Mensch zu sein, muss man einfach nur aufhören, tierische Produkte zu konsumieren, und vielleicht die Freunde ermutigen, dasselbe zu tun. Der Kapitalismus sorgt dafür, dass eine solche Entscheidung einfach ist; unsere Supermärkte sind gut bestückt für die moralische Bequemlichkeit.

Ich glaube, diese Bequemlichkeit verdeckt die Tatsache, dass die Dinge nie einfach sind, und dass keine Ernährungsweise ohne schädliche Nebenwirkungen ist. Wälder werden gefällt, um Feldfrüchte anzubauen. Diese Feldfrüchte werden mit Chemikalien behandelt – organische wie nicht-organische –, die Insekten, Weichtiere und andere Kleinlebewesen töten. Wenn die Feldfrüchte geerntet werden, werden Vögel und Säugetiere von den Maschinen getötet. Wo immer die Ernte gelagert wird, werden Ratten und Mäuse getötet, um sie zu sichern. Wenn sie transportiert wird, werden Treibhausgase ausgestoßen. Wie sie auch verpackt werden, Müll fällt immer an. Niemand, dessen Ernährungsweise von dieser Realität abhängt, sollte sich gestatten, sich schuldlos zu fühlen. Es gibt viele Arten von Schäden, und die Augen vor einigen davon zu verschließen, ist nicht moralisch selbstgerecht, es ist ganz einfach selbstauferlegte Ignoranz. Die Welt ist nicht einfach.

Ich habe gelernt, einen Fisch auszunehmen, als ich zwölf Jahre alt war. Ich erinnere mich nicht mehr an die Details dieser Lektion, aber ich weiß, dass Verantwortlichkeit der Schlüssel war. Wenn du Fisch nach Hause bringst, schärfte mir meine Mutter beharrlich ein, musst du dich auch um den schmutzigen Teil kümmern. Tatsächlich ist, im Vergleich zu einem Säugetier oder einem Vogel, das Ausnehmen eines Fisches überhaupt kein schmutziger Job. Mehr als zwei Schnitte sind nicht nötig: einen, um den Kopf zu entfernen, dann einen zweiten vom Anus bis zum Hals. Sobald der Körper geöffnet ist, kommt alles in einer schleimigen, schmuddeligen Handvoll heraus.

Manchmal schaue ich mir aus Neugier an, was im Magen noch übrig ist, drücke mit meinen Fingern oder der flachen

Klinge meines Messers, bis der Inhalt herausquillt. Daraus kann ich lernen, was der Fisch selbst gefressen hat. Schnecken, Köcherfliegenlarven, Stichlinge, Mücken. Ein Essensbrei im Essen. Manchmal kommen die Eingeweide pulsierend heraus, mit einer Fracht parasitischer Würmer, die ihren Wirt für kurze Zeit überlebt haben. Der Tod, für den ich verantwortlich bin, ist nur einer in einem Durcheinander des Tötens und Verzehrens.

Wenn ich heutzutage einen Fisch mit nach Hause nehmen will, weide ich ihn normalerweise sofort aus und halte ihn dazu knapp über das Wasser, aus dem er kam. Die Körperteile, die ich nicht brauche, kommen ins Wasser zurück. Etwas da drin wird sie brauchen, nichts wird vergeudet. Was als Akt der Bequemlichkeit, der Reinlichkeit begann, wurde zu einem Akt des Zurückgebens.

In solchen Augenblicken wird mir bewusst, wie weit entfernt jede strenge moralische Theorie von der Wirklichkeit dieses Fisches, dieser Eingeweide, dieses Wassers ist. Wie fragil und unzureichend unsere ethischen Codes erscheinen, wenn man sie an den Orten betrachtet, an denen sie eigentlich gelten sollten. Außerhalb der Seiten eines Buchs hängen sie in der Luft wie perfekte Spinnennetze, zusammengehalten von ihrer eigenen inneren Logik, doch mit dem Boden verhaftet durch nichts Festeres als Glauben. Im Wald oder auf einem Berg, neben einem Fluss oder auf dem Meer werden sie vom Wind angehoben und wehen unsichtbar davon.

Mehr als irgendein spezielles Buch oder eine Theorie, vermute ich, ist es die Entfernung – die materielle wie die ideelle – vom Durcheinander des Lebens und Sterbens, die verantwortlich ist für die Idee, dass Tiere vor Schaden bewahrt werden müssen. Für die meisten ist diese Entfernung eine Frage des Lebensstils, eine Abtrennung von der natürlichen Welt und der Nahrungsmittelproduktion, die inzwischen als normal betrachtet wird. Vor noch nicht allzu langer Zeit hatten die Leute komplexe, nuancierte Einstellungen zu den Tieren, die sie aßen. »Ein Bauer gewinnt sein Schwein lieb und pökelt sein Fleisch sehr gerne ein«, schrieb John Berger. Was wichtig ist und für den Fremden aus der Stadt so schwer zu verstehen, ist die Tatsache, dass die beiden Aussagen in diesem Satz durch ein *Und* nicht durch ein *Aber* verbunden sind. Heute haben nur wenige die Gelegenheit, näher zu erfahren, was genau so mit dieser Konjunktion gemeint ist. Sie verschließen ihre Augen vor der Herkunft ihres Essens oder rümpfen darüber die Nase.

Aber ich glaube, da steckt mehr dahinter, etwas, das sich hinter dem Grausen versteckt, das viele jetzt gegenüber Fleisch haben. Es ist ein moralisches Zurückweichen mit tiefen familiären Wurzeln. Hinter dem Tierrechtsgedanken steht die Idee, dass die Evolution uns eine kaputte Welt, eine beschädigte Welt, eine moralisch anstößige Welt hinterlassen hat, in der Wesen töten, um zu leben, und es ertragen, zu leiden. Nach dieser Ansicht sind Menschen einzigartig unter den Tieren, sie können sich über ihre Niedertracht erheben und mithelfen, das Leiden des Planeten zu minimieren.

Man muss kein Theologe sein, um die Ähnlichkeit dieser Denkweise mit dem Christentum zu bemerken oder zu sehen, wie der Begriff der Tierrechte verbunden ist mit den Vorstellungen von Seele und Unantastbarkeit. Das ganze Konzept des innewohnenden Rechts findet seine Resonanz direkt in der Religion. Hinter beiden steht natürlich die uralte Angst vor dem Tod, die letztendliche Motivationskraft. Und diese Angst – vor unserem eigenen Teil in diesem endlosen Energie-Recyceln, von dem alles Leben abhängt – kann sich sehr leicht in Biophobie verwandeln, einen Hass aufs Leben, wie es tatsächlich ist.

In einem viel diskutierten Artikel in der *New York Times* aus dem Jahr 2010 schrieb der Philosoph Jeff McMahan, er neige dazu, sich der häretischen Schlussfolgerung anzuschließen, dass wir Grund haben, die Ausrottung aller fleischfressenden Arten zu ersehnen. Und er meinte das ernst. Auch wenn die Auswirkungen dieser Sichtweise im Wesentlichen theoretisch sind, argumentierte McMahan explizit, dass es ethisch sein könne, gefährdete Raubtierspezies wie den Sibirischen Tiger aussterben zu lassen.

Ich nehme an, dass die meisten gemäßigten Vertreter der Tierrechte sich gegen diesen Gedanken auflehnen würden. Sie würden argumentieren, dass ihre Werturteile nur auf menschliche Handlungen zutreffen (wieder dieses merkwürdige Paradoxon des Anti-Speziesismus.) Aber McMahans Ansichten können nicht so einfach abgetan werden. Denn wenn die Rechte eines Tiers ihm wirklich innewohnend sind, wenn der Schaden, den es erleidet, so beachtenswert ist wie der eines Menschen, dann ist der Wunsch nach der Ausrottung aller Fleischfresser absolut keine häretische Schlussfolgerung. Sie ist reine, perfekte Logik.

Sie ist aber auch grotesk.

Der Schaden, den Tiere im Verlauf ihres Lebens erleiden – darunter auch das Risiko, von anderen Tieren getötet und gefressen zu werden – ist kein moralisches Problem. Es ist das Leben selbst. »Es gibt keinen Tod, der nicht eines anderen Nahrung ist«, schrieb der Dichter Gary Snyder, »und kein Leben, das nicht eines anderen Tod ist.« Die Vorstellung, dass Menschen sich, wie die Angel, über all das erheben können, ist reine Fantasie. Es ist moralischer Hochmut, der absolut losgelöst ist von diesen Leben, um die ihre Vertreter sich zu sorgen behaupten.

Viele indigene Kulturen sind viel erfahrener im Umgang mit den Tatsachen des Lebens als wir im Westen heute. Sie verstehen, dass der Tod ein unlösbares Problem ist. Die Interessen aller lebendigen Dinge können nicht miteinander vereinbar sein, weil das Leben das Gegenteil verlangt. Lebende Dinge sind nicht zuletzt Nahrung für lebende Dinge. Dies gilt für empfindungsfähige Wesen ebenso wie für Pflanzen. Jeder Tod ist schlecht und gut, jeder einzelne ein Ende und ein Anfang. Einige Kulturen bewältigen dieses Paradox durch Besänftigung, indem sie der Pflanze oder dem Tier danken, das gegessen wird, oder auch dem Ort, woher sie oder es stammt. Nach Robin Wall Kimmerer, einer amerikanischen Biologin und Angehörigen der Citizen Potawatomi Nation, sind diese »Zeremonien in der Lage, die Aufmerksamkeit dafür zu wecken, wie man lebendig durchs Leben geht.«

Den Wert nur in der Lebensspanne jedes Lebewesens zu sehen, die eingefasst ist von Geburt und Tod, heißt, sehr viel zu verpassen. Es heißt, die außerordentliche Magie der gesamten Lebensprozesse zu verpassen, der Geburt und des Todes und der Wiedergeburt, die um uns herum und in uns ablaufen, über die wir keine Macht haben und denen wir nicht entkommen können. Ich glaube, jede Beschäftigung mit diesen Prozessen macht uns offen für Demut und Dankbarkeit. Demut und Dankbarkeit empfinde ich am häufigsten beim Angeln.

Meiner Ansicht nach versagen die Philosophien der Tierrechte und der Tierbefreiung in ihren Bemühungen, das menschliche Verhalten gegenüber anderen Lebewesen zu kodifizieren. Sie versagen vorwiegend deshalb, weil keine der beiden Theorien versucht, sich auf die Welt einzulassen, wie sie wirklich ist. Beide sind zutiefst anthropozentrisch, und beide neigen dazu, die Komplexitäten der Biologie beiseitezuschieben, strenge Grenzen zu ziehen, wo keine gezogen werden können. Keine der beiden Theorien formuliert irgendeine Art von Liebe oder Vertrautheit mit der natürlichen Welt. Stattdessen scheinen sie motiviert von einem tiefen Abscheu gegenüber dieser Welt, und ihre Handlungsanweisung – dass wir uns noch weiter aus der Natur zurückziehen sollten – betont nur diese Biophobie. Ich finde diese Handlungsanweisung weder überzeugend noch erstrebenswert.

Das soll natürlich nicht heißen, dass das Bemühen, den Schaden zu reduzieren, den wir als Individuen anrichten, eine schlechte moralische Entscheidung ist. Es soll auch nicht heißen, dass die Urteile von Tierrechtsdenkern immer falsch sind. Angewidert zu sein von industrieller Landwirtschaft zum Beispiel, ist verständlich, weil industrielle Landwirtschaft widerlich ist. Es gibt gute ökologische Gründe, sie zu verurteilen, und es gibt gute ethische Gründe, sie zu verurteilen. Aber ich glaube nicht, dass es gute ethische Gründe gibt, warum wir nie Fleisch essen sollten. Und ich glaube nicht, dass es gute ethische Gründe gibt, warum wir keine Fische mit einer Rute und einer Leine fangen sollten.

Die Verurteilung des Angelns und des Fleischessens im Allgemeinen ist etwas anderes als die Verurteilung industrieller Landwirtschaft. Empörung über Letztere kann nicht ausgedehnt werden auf Erstere. Ablehnung des Angelns entsteht aus einer zunehmenden Entfremdung von der Natur, einer Entfremdung, die verständlicherweise zu einer Art Abscheu vor den grundlegenden Tatsachen des menschlichen und tierischen Lebens geführt hat. Sie entsteht aus der Angst vor dem Tod und unserem Wunsch, von den Mahnungen an unsere Sterblichkeit befreit zu sein. Und sie entsteht aus einer Ökonomie, die es uns gestattet zu essen, was immer wir wollen, während wir gleichzeitig die Augen davor verschließen, wie dieses Essen produziert wird.

Viele Angler (wie viele Jäger, habe ich mir sagen lassen) spüren einen Stich der Reue, wenn sie einen Fisch töten – auch wenn Reue nicht ganz das richtige Wort ist. Einige beschreiben es als Schuldgefühl oder Bedauern, aber auch diese Begriffe sind nicht so richtig passend. Dieses Gefühl, wie immer man es nennt, ist eine emotionale Verbindung zur natürlichen Welt, und ein Eingeständnis der unlösbaren Spannungen, die in dieser Welt existieren, aus der wir Menschen nicht fliehen können, so sehr wir es auch versuchen.

Zu oft treibt uns die Angst vor Zweifeln dazu, die widersprüchlichen Instinkte in uns selbst zu ignorieren und uns einen bequemen Umhang aus falschen Überzeugungen zu bauen. Das Töten ist eine bedeutsame und komplizierte Tat, und die Gefühle, die bei dieser Tat entstehen, sind, glaube ich, wichtig. Sie sind ein Teil von dem, was uns menschlich macht, und ein Teil von dem, was uns zum Tier macht. »Ich habe sehr viel übers Fleischessen nachgedacht«, schrieb die amerikanische Autorin Annie Dillard. »Ich esse Fleisch. Diese Dinge sind keine Probleme, sie sind Geheimnisse.«

Sich verführen zu lassen vom Versprechen moralischer Gewissheit, heißt, sich nicht voll und ganz auf die Welt einzulassen, in der wir leben. Die Welt ist unordentlich, und wer sich etwas anderes vorstellt, der sieht oder denkt nicht klar. Eine ethische Person ist keine, die glaubt, alle Antworten zu haben, sondern eine, die nicht aufhört, Fragen zu stellen. Angeln ist für mich ein Teil dieses Fragens, ob ich nun einen Fisch töte oder nicht. Es ist eine aktive Beschäftigung mit moralischer Ambiguität, eher ein *Neigen zu* als ein *Zurückschrecken vor.* Es ist immer eine Mahnung, dass meine Anwesenheit sich auf andere auswirkt, dass ich beteiligt bin am Leben und Sterben in der Welt, und dass ich diese Beteiligung nicht aufgeben kann, auch wenn ich es wollte.

Der River Clyde

SOUTH LANCASHIRE, 2020

Es war Anfang November, ich stand bis zu den Knien im Clyde und warf im Schatten einer Betonbrücke aus. Oder ich wäre im Schatten gewesen, wenn es genug Licht gegeben hätte, um einen zu erzeugen. Aber an diesem Vormittag war Licht ein knappes Gut. Die eisige Klarheit, auf die ich gehofft hatte, als ich das Haus verließ, hatte sich nicht eingestellt. Stattdessen war die Welt gedämpft und verhangen, als hätte jemand einen Rupfensack über die Sonne geworfen.

Ich ließ die beiden schweren Nymphen flussaufwärts schnellen, in Richtung der flinken Mittelströmung. Ich hielt die Rutenspitze hoch, suchte nach Spuren von Leben, und holte sie dann, mit einer einzigen Bewegung meines Handgelenks, wieder ein: ein stetiges Heben, das in einem seitlichen Schlenker endete. Die Fliegen fielen mit einem *Plopp* ins Wasser zurück.

Der Clyde ist kein Name, der Gedanken an aquatische Reichtümer heraufbeschwört. Wie andere Wasserstraßen, die durch Industriestädte fließen, hat dieser Fluss den Ruf, sehr schmutzig zu sein. Und auch wenn dieser Ruf früher einmal wohlverdient war, erzählt er jetzt nicht mehr die ganze Geschichte. Sogar in Glasgow, wo der Fluss sich dem Meer nähert und ein bräunliches, suppiges Aussehen annimmt, ist das Wasser sauberer, als es für sehr lange Zeit gewesen war. Hunderte von Millionen Pfund sind ausgegeben worden, um die Verschmutzung zu reduzieren und den Fluss für Fische und anderes Leben einladender zu machen. Lachse sind zurückgekehrt, sowohl in den Clyde wie in seine Nebenflüsse, und der Fluss ist jetzt Heimat vieler großer Forellen.

Der Clyde ist außerdem schön, vor allem im Oberlauf. Wenn Sie je mit dem Zug von London nach Glasgow gefahren sind, haben Sie es wahrscheinlich gesehen. Die West Coast Main Line führt dicht an der Quelle vorbei und folgt ihm einige Meilen stromabwärts. Viele, die auf diesen glitzernden Silbersplitter hinausschauen, würden nie vermuten, dass sich derselbe Fluss später dunkel durch die Stadt wälzt. An diesem Oberlauf war ich an diesem Morgen, mit Blick auf die Eisenbahntrasse und in Hörweite der Autobahn M74. Um mich herum waren Wiesen mit Schafen und Kühen, doch das leuchtende Herbstgrün ihrer Weidegründe verblasste zu den tristen Nuancen des Winters.

Der Grund, warum ich an diesem Tag hier war, ausgerechnet im November, war weder Forelle noch Lachs (deren Saison war zu der Zeit schon vorbei), sondern Äsche: eine weitere Spezies, für die der Fluss Heimat ist. Ich habe eine Zuneigung für Äschen, die, das muss ich zugeben, mehr auf Ästhetik beruht denn auf Vertrautheit. Ich finde sie ausgesprochen hübsch, silber-grau schimmernd wie gebürsteter Stahl. Obwohl sie sichtlich Salmoniden sind – entfernte Verwandte von Forelle, Saibling und Lachs – haben sie dennoch einige Unterscheidungsmerkmale. Zum einen sind ihre Schuppen eher größer als die ihrer Verwandten, und ihre

Mäuler sind zum anderen eher schmaler, mit einer deutlicher vorspringenden Nase vornedran. Das Charakteristische jedoch, das Merkmal, für das sie berühmt sind, ist ihre Rückenflosse, ein breiter Wedel von einem Ding, ein Segel für die Hochsee. Aufgestellt wirkt die Flosse unproportional zum Fisch, wie ein Mann mit Händen wie Fußabstreifer. Für mich waren sie immer sehr spezielle Fische, auf zarte Weise schön und doch mit einer deutlichen Verwegenheit.

Doch trotz dieser Zuneigung habe ich noch nicht viele von ihnen gesehen. Im direkten Gegenüber meine ich. Mein erster Fang war in Alaska, an einem Ort, der passenderweise *Grayling Lake,* Äschensee, heißt. Diese Äschen waren von einer anderen Art als diejenigen, die in Großbritannien leben – *Thymallus arcticus* anstatt *Thymallus thymallus* – aber optisch waren sie sich sehr ähnlich. An diesem Tag fing ich zwei davon, obwohl ich eine solche Angst vor Bären hatte, dass ich das Angeln gar nicht genießen konnte. Ich tötete den größeren der beiden Fische und aß ihn an diesem Abend in Butter gebraten. Wenn das Fleisch tatsächlich den Geschmack oder Geruch von Thymian an sich hatte, wie der lateinische Name es besagt, dann war er zu subtil, als dass mein Gaumen ihn hätte registrieren können. Stattdessen hatte es den süßen, befriedigenden Geschmack der Gefahr.

Seitdem waren meine Begegnungen mit Äschen eher selten (und zum Glück weniger angstüberfrachtet als die erste). Jede, die ich fange, fühlt sich neu an und bringt die Erregung des Unvertrauten.

Ich habe zwei Entschuldigungen für die Seltenheit dieser Fänge. Zum einen gedeihen Äschen nur in einer Handvoll schottischer Flüsse, und nur in einen davon habe ich schon eine Angel ausgeworfen. Zum anderen werden sie meist nur im Winter befischt, nach dem Ende der Forellen-Saison. Sie schwärmen eher in den kältesten Monaten, sodass die Fänge am besten sind, wenn das Wetter am schlimmsten ist. Doch an den kältesten Tagen bringe ich die nötige Begeisterung nicht auf, um mich bis zum Zwickel in eiskaltes Wasser zu stellen. Eigentlich sollte ich das Gegenteil behaupten, ich weiß. Ich sollte mit meiner Bereitschaft prahlen, für diese Kunst zu leiden. Aber das wäre eine Lüge. Wenn die Temperatur unter eine gewisse Marke fällt, sinkt auch meine Lust. Ich schaue zum Fenster hinaus, dann schaue ich zum Sofa, zum Heizkörper, zum Wasserkessel. Meistens gewinnt dann der heimische Komfort. Aber nicht jedes Mal. Nicht an diesem Tag.

Äschen sind in diesem Fluss nicht heimisch – und tatsächlich auch in keinem der schottischen Flüsse, in denen sie jetzt leben. Sie wurden 1855 von Mitgliedern des örtlichen Angelclubs eingesetzt, nachdem sie mit dem Dampfzug an einem inzwischen stillgelegten Bahnhof nicht weit von meinem Standpunkt angekommen waren. Ich stelle mir sie gerne in diesem Zug vor, wie er in den Norden dampfte, über die Grenze, um sie in ihre neue Heimat zu bringen. Drei Dutzend waren in dieser ersten Lieferung, und zwei Jahre später kamen noch viele mehr dazu. Diese Einsetzung erwies sich als großer Erfolg, und ihren folgten noch weitere Einsetzungen, sowohl offizielle wie inoffizielle, an anderen Orten im Land.

Wahrscheinlich, weil sie nicht aus weiter Entfernung kamen – nur ein paar hundert Meilen, aus Derbyshire – passte sich das Ökosystem sehr schnell an seine neuen Bewohner an. Anfangs gab es einiges Murren, weil nach der Ankunft der Äsche sich angeblich die Durchschnittsgröße der Forellen verringerte, aber es gibt keinen Beweis, dass dem tatsächlich so war. In der Regel hat eine derartige Umsetzung von Arten oft unbeabsichtigte negative Folgen und bringt das Ökosystem aus dem Gleichgewicht; aber im Fall der Äsche war es fast so, als wäre sie schon immer hier gewesen.

Dasselbe kann man allerdings nicht für den Signalkrebs sagen, eine amerikanische Art, von der der Clyde an manchen Stellen regelrecht verseucht zu sein scheint. Unter der Brücke, an der ich stand, waren Dutzende von diesen Tieren versammelt, wie eine Zusammenkunft kleiner gekochter Hummer zu meinen Füßen. Sie hatten etwas Beängstigendes, beinahe Widerliches an sich, und dieses Gefühl wurde noch verstärkt durch das Wissen um den Schaden, den sie anrichten. 1970 nach Großbritannien eingeführt, um als Nahrung gezüchtet zu werden, entwichen diese furchtlosen Krustentiere sehr schnell und breiteten sich aus, wodurch sie ein ökologisches Chaos anrichteten. Jedes Individuum dieser Spezies ist Träger einer Pilzkrankheit, die tödlich ist für den einheimischen Dohlenkrebs, der, wie vorauszusehen war, inzwischen gefährdet ist. Darüber hinaus frisst der Signalkrebs – der größer und aggressiver ist als heimische Arten – Fischeier, Amphibien und Insekten in riesiger Menge, und tatsächlich haben wir bedeutende schädliche Auswirkungen auf das Wirbellosen-Leben von Flüssen. Sind sie erst einmal eingeführt, wird man sie nicht mehr los. Auch wenn sie nicht willkommen sind, verziehen sie sich nicht.

Vorsichtig zwischen die Horde hochgereckter Scheren tretend, holte ich meine Leine ein und ging dann flussabwärts davon, wobei ich unterwegs nur ein- oder zweimal stehen blieb. Etwa eine Dreiviertelmeile folgte ich dem Mäandern des Flusses, vorbei an trägen Becken und flachen Rinnen, dann kehrte ich um und angelte weiter oben weiter. Ohne Hast und konzentriert warf ich aus.

In diesem Abschnitt des Flusses gibt es viel gutes Wasser. Damit meine ich die Art von Wasser, die Optimismus verströmt; die Art von Wasser, die aussieht wie die Art von Wasser, in der ich, wäre ich ein Fisch, gern leben würde. Was nicht heißen soll, dass mein eigener Geschmack und der der Fische immer gleichgerichtet sind. Sind sie nicht. Aber das ist auch nicht sehr wichtig. Solange das Wasser gut aussieht, kommt der Optimismus leicht. Wenn ich eine Äsche finde, dachte ich mir, dann finde ich wahrscheinlich auch andere. Ich musste es nur einmal richtig machen.

Ich schaffte es bis zur Mittagszeit, ohne es einmal richtig zu machen, ohne auch nur ein Anzeichen zu sehen, dass es an dieser Stelle Fische gab. Und zu dieser Zeit hatte ich bereits eine weite Strecke abgedeckt. Ich war schon fast wieder auf halbem Weg zur Brücke, an einem tiefen Becken mit gerade abfallenden Ufern, träge am unteren Ende, stürmisch am oberen. Das Becken sah vielversprechend aus, als wäre es die richtige Stelle, und ich machte eine Essenspause, bevor ich den nächsten Versuch startete. Ich setzte mich hoch oben aufs Ufer und stellte meine Schultertasche neben mich. Sie war durchnässt – ich war mehrmals zu tief ins Wasser gegangen –, aber weil mein Essen in Plastik verpackt war, war es noch trocken. Ich holte eine Packung Hafercracker heraus und mehrere große Stücke Cheddar. Ich lehnte mich zurück und aß vergnügt.

So versessen ich fast immer bin, weiterzufischen, merke ich doch oft, dass Lunch ein Höhepunkt des Tages sein kann. Etwas an der Gefühlslage, die sich beim Angeln einstellt, sorgt dafür, dass es ein ganz anderes Erlebnis sein kann als ein gewöhnliches Picknick. Die Sinne sind geschärft. Augen und Ohren sind weit offen. Sogar die Geschmacksknospen sind für Höchstleistungen gerüstet, sodass billiger Käse zu reinem Luxus wird.

Wenn ich so dasitze und esse, und es so still ist, wie meine Kiefer es erlauben, stelle ich mir oft das Wasser transparent vor. Wirklich transparent. Ich stelle mir vor, ich kann durch es hindurchsehen, als wäre es eine Schüssel, und jeder Fisch, wo auch immer er sich aufhält, ist sichtbar. Ich würde den Kopf hin- und herbewegen und mir abwechselnd jede Forelle, jede Äsche ansehen, würde sehen, wie sie steht und wie sie sich in der Strömung hält, bis etwas – das Krächzen eines vorüberfliegenden Raben, das Bellen eines Hundes oder in diesem Fall das Rattern eins nordwärts fahrenden Zugs – mich ins nicht Vorgestellte zurückholt. Wieder verdeckt das trübe, sich auf der Wasseroberfläche spiegelnde Licht alles, was darin ist.

Ich nahm die Rute zur Hand, stieg wieder ins Wasser und fischte mich langsam aufwärts, zum oberen Ende hin, wo die Strömung hereingaloppiert. Dort war es tief, und die Fließgeschwindigkeit so hoch, dass sie das Angeln heikel machte, denn sie zerrte meine Fliegen davon, bevor sie den Grund erreichten. Ich wechselte zu den schwersten Nymphen, die ich hatte, und versuchte es noch einmal. Einmal, zweimal. Die Leine stockte merkwürdig, und als ich die Rutenspitze hob, spürte ich eine Lebendigkeit, die gegen mich arbeitete, eine

Entschiedenheit ohne echte Kraft. Ich holte die Leine ein und fand, wonach ich gesucht hatte, oder beinahe: eine zwanzig Zentimeter lange Äsche, die sich schnell meiner Hand näherte, zuckend, als sie die Oberfläche erreichte, wie ein Licht, das im Nebel blinkt. Ich kniete mich hin, um den Haken zu lösen, und sie nutzte die Gelegenheit, um zu fliehen, schüttelte den Haken aus dem Maul, als sich meine Finger um sie schlossen. Ich starrte die Leerstelle an, wo sie eben noch gewesen war, als würde sie irgendwie wieder auftauchen und mir einen genaueren Blick erlauben. Aber der Fisch war verschwunden und hinterließ nur Erleichterung und den Wunsch, noch einen zu fangen.

Als ich dann wieder stand, drehte ich mich nach rechts und sah erschrocken nur wenige Meter entfernt einen älteren Mann, der ebenfalls angelte, ganz oben an der Spitze des Beckens. Er war der erste Mensch, den ich seit meiner Ankunft sah, und die Geräusche des Flusses hatten sein Kommen übertönt. In dem Augenblick, als ich den Kopf hob, krümmte sich die Rute des Mannes, und er zog nun selber eine Äsche aus dem Wasser, beträchtlich größer als die, die ich eben gefangen hatte. Er hob sie ans Ufer und ließ sie wieder frei, bevor er ein paar Schritte auf mich zu machte.

Eine der Grundregeln der Angeletikette besagt, dass man sich von anderen Anglern fernhält, dass man ihnen Raum lässt und nicht in das Wasser steigt, in dem sie angeln wollen. Genau das hatte der Mann neben mir getan. Aber das Problem mit Benimmregeln ist, dass man, wenn jemand sie ignoriert, nicht viel tun kann, außer man wird selbst übergriffig. Es war klar, dass es in diesem Becken Fische gab, und wenn ich bleiben würde, würde ich wahrscheinlich noch welche fangen. Aber der Mann hatte nicht die Absicht, mir Platz zu machen, bleiben konnte deshalb eine Konfrontation bedeuten. Und da ich nichts weniger mag als Konfrontationen, schüttelte ich den Kopf und gab nach. Ich wickelte meine Leine auf, so laut es ging – was nicht sehr laut ist – und ging dann zu ihm, um mit ihm zu sprechen, als wäre alles in Ordnung.

»Schon Glück gehabt?« fragte ich, ohne ihn wissen zu lassen, dass ich ihn beim Herausholen gesehen hatte.

»Nur einen«, sagte er.

»Was Größeres?«

Er zuckte die Achseln. »Nur eine Äsche.«

Ich hätte ihn wohl darauf hinweisen können, dass er, wenn er versuchte, im November in diesem Fluss etwas anderes zu fangen als Äschen, mehr als nur eine Benimmregel gebrochen hätte. Aber wenn das seine Absicht gewesen wäre, hätte er es wohl nicht brauchen können, dass ich ihm das sage, und wahrscheinlich wäre es nicht gut ausgegangen, wenn ich es versucht hätte. Stattdessen nickte ich einfach und wandte mich ab, ging dann flussaufwärts, bis ich außer Sicht war, und grummelte dabei leise vor mich hin.

Wenn ich ehrlich bin, ging es bei der Verärgerung, die ich spürte, nicht nur um das Benehmen des Mannes. Es ging auch um den Mann selbst. Auch wenn es eine Handvoll Leute gibt, die ich beim Angeln gerne um mich habe, und ich einige der glücklichsten Zeiten am Wasser in Gesellschaft ebendieser Leute erlebt habe, bin ich doch heutzutage meistens ein einsamer Angler. Vielleicht sind es die vielen Jahre, die ich in Shetland verbracht habe, wo es so gut wie nie nötig ist, ein Loch mit jemandem zu teilen, aber an einigen Tagen – und dieser war mit Sicherheit so einer – nehme ich die Anwesenheit von jemand anderem als persönliche Beleidigung. Es ist ein egoistisches, irrationales und unerschütterliches Gefühl. Ich gehe nicht unbedingt zum Angeln, weil ich »Ruhe und Frieden«, suche, davon habe ich zu Hause genug. Aber wenn ich angle, will ich mir meine Gesellschaft aussuchen, oder aber aussuchen, dass ich überhaupt keine will. Manchmal fühlen sich andere Menschen – Angler, Schwimmer, Jetski-Fahrer – wie ein Bruch der Privatsphäre an, die, an einem solchen öffentlichen Ort, sowieso immer nur eine Wunschvorstellung ist.

Auf dem Rückweg zum Auto gab es noch ein paar weitere Becken, und hier und dort hielt ich auch an, um auszuwerfen, aber mit wenig echter Begeisterung. Als ich die Stelle aufgegeben hatte, an der ich den Fisch gefunden hatte, war meine Zuversicht nicht mitgekommen. Ich hatte sie unter den Stiefeln des Mannes gelassen, zusammen mit der guten Laune, die mich durch den Tag begleitet hatte. Aber ich machte weiter, warf aus und marschierte, warf aus und marschierte, bis ich zurück an meinem Ausgangspunkt war, knapp unterhalb der Brücke, an der ich begonnen hatte. Abgelenkt versuchte ich, das Beste aus dieser letzten Chance zu machen, deckte alles Wasser in meiner Reichweite ab, ging nach jedem Wurf ein oder zwei Schritte, während meine Augen und Gedanken wanderten und mein Ärger weiter in mir schwelte.

Als ich unter den Schatten der Brücke zurückkam, registrierte ich links von mir einen sich schnell bewegenden Umriss, ein Trudeln am Rande meines Blickfelds, und dann ein Spritzen, als der Umriss ins Wasser fiel. Es schien einen kurzen Tumult zu geben, als würde, was da heruntergestürzt war, in der Strömung um sich schlagen. Plötzlich hörte es auf.

Von meinem Standpunkt aus konnte ich nicht sagen, was genau ich gesehen hatte oder worauf ich starrte, aber ich schaute weiter und wartete, dass es auf mich zu getragen wurde. Ich sah es flussabwärts treiben, sah, wie es zu einem zerzausten Büschel aus Weiß und Schwarz wurde, und schließlich zu einem Vogel. Zu einem Gänsesägermännchen. Absolut tot.

In solchen Augenblicken sucht der Verstand nach einer Erklärung, für einen Grund, warum passiert ist, was eben passiert ist. Er versucht, das Unbekannte aus dem Bekannten hervorzuzaubern. Aber ich konnte keinen Grund finden – keinen, der mich überzeugen würde. Hat jemand ein totes Gänsesägermännchen aus einem vorbeifahrenden Auto geworfen? Das würde alles erklären, was ich gesehen hatte, aber es erschien mir kaum plausibel.

Vielleicht hatte der Vogel sich stattdessen in seinem letzten sterbenden Augenblick auf der Brücke ausgeruht, bis er hinunterkippte und seine letzten Flügelschläge tat. Das war mit Sicherheit wahrscheinlicher, aber ich war noch immer nicht ganz überzeugt.

Ich holte meine Leine zum letzten Mal ein, biss die Fliegen ab und hängte sie auf das Trockenkissen hinten auf meinem Rucksack. Vielleicht, dachte ich, hatte der Vogel einfach genug gehabt, hatte das Leben aufgegeben, seine Litanei kleinlicher Frustrationen, und hatte sich in tödlicher Verzweiflung aus dem Himmel gestürzt.

Unaufgeklärt sah ich zu, wie der tote Gänsesäger flussabwärts trieb, mühelos unterwegs zu den hellen Lichtern und dem Gewimmel Glasgows.

Die Möglichkeit von Monstern

Die enorme Varianz, die zwischen und innerhalb der Fischarten besteht, ist die biologische Eigenart, auf der der gesamte Angelsport beruht. Und die wichtigste Variable ist die Größe. Ein Blauer Marlin ist größer als ein Flusswels, der größer ist als ein Schwarzbarsch, der größer ist als ein Hasel. Von Fingerlänge bis zum vielfachen Gewicht eines Menschen gibt es Fische in allen Größen. Aber es ist der Variantenreichtum innerhalb der Arten, der das Angeln so interessant macht. Wenn es den nicht gäbe, wäre alles nur ein Zahlenspiel.

Eine erwachsene Bachforelle in einem überfüllten oder nährstoffarmen Gewässer mag fünfzehn Zentimeter lang sein. Aber in idealen Bedingungen könnte dieser Fisch sehr viel größer werden. In einem See oder einem Fluss mit einer gesunden Brutpopulation sollte es Exemplare in einer enormen Bandbreite von Größen geben, sodass man nicht wissen kann, wie groß der nächste Fisch ist, den man fängt. Darin liegt ein Großteil des Vergnügens und der Spannung des Angelns: in der Ungewissheit, der Möglichkeit, des Staunens.

Die meisten Angler fangen klein an. Wenn man jung ist, ist jeder Fisch aufregend, und diejenigen, die am sichtbarsten, am einfachsten zu fangen sind, sind die aufregendsten.

Die jungen Fischlein, die sich im Flachwasser tummeln, bezaubern Kinder. Sie sind der Beweis, dass unter der Oberfläche magische Dinge leben. Ich habe als Knirps unendlich viel Zeit damit verbracht, kleine Rotaugen, Baby-Kohlfische und winzige Forellen zu fangen. Mehr brauchte ich nicht, um einen Tag am Wasser interessant zu finden. Eins dieser kleinen Lebewesen in meine Hand zu holen, war der größte Kick, den ich mir vorstellen konnte.

Aber es dauert normalerweise nicht lange, bis größere Fische ins Blickfeld rücken. Ein kolossales Spritzen zwischen den Seerosen, ein armlanger Schatten, kurz gesehen und dann wieder verschwunden: Die Hinweise auf mächtigere Dinge werden von jedem gesehen, der dem Wasser Aufmerksamkeit schenkt.

Die größten Fische, die ich je gesehen habe, waren Karpfen in milchig-braunen Seen in Sussex. Ich war damals elf oder zwölf und angelte in den Sommerferien während eines Besuchs bei meinem Vater. Ich spießte Maden oder Zuckermais auf einen Haken, setzte mich auf einen Klappstuhl und wartete, bis mein Schwimmer abtauchte und verschwand. Die Fische, die ich fing, waren meistens Rotaugen, Rotfedern und Barsche, und sie waren nur selten größer als meine Hand. Aber in einigen dieser Seen gab es auch Fluss- und Spiegelkarpfen, die langsam und träge an der Oberfläche herumlümmelten. Sie schienen immer ein bisschen außerhalb meiner Wurfweite zu sein und weit jenseits meiner Fähigkeiten, sie zu fangen. Aber hin und wieder bekam jemand anders am See einen an den Haken, und ich legte dann meine Rute weg und lief hin, um ihn mir anzusehen. Sie waren nicht riesig für ihre Art, diese Fische – zehn Pfund, fünfzehn Pfund, manchmal zwanzig –, aber für mich waren sie so groß wie meine ehrgeizigsten Ziele.

Letztendlich lernte ich, sie zu fangen, nach mehreren Jahren des Probierens. Nicht die Allergrößten, die mir immer entkamen, aber ihre jüngeren, wagemutigeren Cousins – Fische, die die Barsche und Rotfedern aussehen ließen wie Elritzen. Geschätzte sechs Pfund wog mein bester, gefangen mit einem schwimmenden Hundekuchen, als ich vierzehn Jahre alt war. Eigentlich war es ein kleiner Karpfen, aber für mich war es ein großer.

In dieser Zeit gab es auch andere Fische, und an verschiedenen Orten. Es gab Pazifische Lachse – Rot- und Buckel-, die ich in einem Urlaub auf Vancouver Island fing. Sie hatten es abgesehen auf grelle Gummi-Tintenfische, die tief unten hinter einem Motorboot auf dem Meer hergezogen wurden, was eine ganz andere Art von Angeln war, als ich sie gewohnt war. Als ich dann sechzehn war, gab es eine Schleie mit fast zehn Pfund, weichbäuchig und schleimig, gefangen an einem brütend heißen Tag, mit niemand bei mir, um es zu bezeugen.

Größtenteils waren zu der Zeit große Fische außerhalb meiner Reichweite. In Shetland, wo ich lebte und ein Großteil meines Angelns stattfand, waren meine Fänge meistens eher unterdurchschnittlich. Eine Forelle mit einem halben Pfund war ein guter. Das Doppelte war eine Seltenheit. Doch jedes Mal, wenn ich ins Vereinsheim der Shetland Anglers Association ging – was von meinen frühesten Teenagerjahren an fast jede Woche war, sehr zur Belustigung und vielleicht Verärgerung der älteren Mitglieder, die kamen, um in Ruhe und Frieden zu plaudern, zu trinken und Darts zu werfen –, hatte ich die Verkörperungen dessen vor Augen, was ich nicht fing. An der Wand hingen die präparierten Körper von zwei Bachforellen: ein dunkler, rot-gepunkteter Fisch, der über sechs Pfund gewogen hatte, und ein anderer viel blasserer, der über neun gewogen hatte.

Ich schaute mir diese beiden Forellen mit Ehrfurcht an und konnte kaum glauben, dass sie einst geschwommen waren. Und in Gewässern ganz in der Nähe. Zu der Zeit war ich fasziniert, wie fast alle jungen Angler es sind, von der Möglichkeit von Monstern, von den Fischen, die so weit jenseits der Norm lagen, dass sie die Vorstellungskraft fast sprengten und die Grenzen dessen erweiterten, was man ersehnen kann.

Irgendwann in meiner Jugend gab mir ein Bekannter meiner Mutter einen Stapel alter Ausgaben der *Angling Times und Angler's Mail,* und ich las diese vielen Seiten fast manisch. Ich schnitt Fotos von schwabbeligen Karpfen aus und grinsenden Männern, die sie hielten. Ich hängte die Fotos an meine Wand, so wie andere Jungs, die ich kannte, Fotos von Fußballern aufhängten. Ich hatte kein Interesse, einen Ball herumzukicken oder anderen beim Kicken zuzusehen. Damals nicht und auch heute nicht. Ich wollte einfach nur große Fische fangen.

Doch trotz dieses intensiven Wunsches erkannte ich auch damals schon, dass die Größe beim Angeln was Komisches ist. Ein sechspfündiger Karpfen ist nichts, womit man angeben könnte, aber eine sechspfündige wilde Bachforelle könnte man präparieren und ausstellen. Ich wusste auch, dass eine große Forelle in Shetland kleiner ist als eine große Forelle in Neuseeland, und dass jedes Gewässer, das ich je besuchte, seine eigenen Maßstäbe hat, was klein und groß ist. Das alles war relativ, das war mir klar, und jeder Traum von einem großen Fisch musste flexibel sein.

Doch nicht jeder ist zufrieden mit Relativität. Für einige ist nur das Absolute erstrebenswert.

Verbesserungen der Belastbarkeit der Angelausrüstung haben die Liste dessen, was und wo gefangen werden kann, enorm erweitert. In früheren Jahrhunderten bestanden die Schnüre aus Seide oder Rosshaar, und die natürliche Brüchigkeit dieser Materialien bedeutete, dass ein Großteil des Unterwasserlebens unerreichbar blieb. Wenn man zu viel Druck auf die Schnur ausübte, brach sie. Dasselbe traf auch auf die Ruten zu. Die Grenzen dessen, was die Leute tun konnten, war schnell überschritten.

Anfang des zwanzigsten Jahrhunderts begannen die Angler jedoch, sich zu überlegen, wie sie einige der größten Fische im Meer fangen konnten. Marline, Speerfische, Thunfische, Haie: Eine Fülle von großen Spezies waren noch in den Weltmeeren zu finden, und theoretisch konnten sie auch von Freizeitanglern ins Visier genommen werden. Um sie jedoch erfolgreich an den Haken zu bekommen und einzuholen, sahen sich die Angler drei großen Herausforderungen gegenüber: technologischen, physiologischen und fischspezifischen.

Die technologischen Herausforderungen waren offensichtlich: Um Fische zu fangen, die Hunderte, manchmal sogar Tausende Pfund an Gewicht erreichten, musste die Ausrüstung dem standhalten können. Die Rute durfte unter Druck nicht brechen. Die Leine musste immens stark sein.

Die Rollen mussten eine große Menge Leine fassen und in der Lage sein, sie schnell abzulassen, ohne zu überhitzen oder auseinanderzubrechen.

Die physiologischen Herausforderungen waren ähnlich klar. Wie holt ein Mensch einen Fisch ein, der um ein Vielfaches größer ist als er selbst? Wie könnte irgendjemand einen solchen Fisch kontrollieren? Extreme Kraft war gefordert, und Durchhaltevermögen. Ein Angler konnte Stunden mit einem Fisch am Haken verbringen, bis dieser erschöpft genug war, um sich ans Boot ziehen zu lassen. Dafür war es grundlegend, den Angler hydriert zu halten und zu verhindern, dass er über Bord gezogen wird.

Die fischspezifischen Herausforderungen waren weniger vorhersehbar, erwiesen sich aber letztendlich als die am schwierigsten zu überwindenden. Jeder Fisch wird, egal wie groß er ist, zur Beute für Wasserräuber, sobald er am Haken ist. Wenn er um sich schlägt und nicht mehr so schwimmen kann, wie er will, zieht er schnell die Aufmerksamkeit auf sich. Und da genau an den Orten, wo große Fische leben, Haie oft zahlreich sind, kann diese Aufmerksamkeit zu einem echten Problem werden. So kam es, dass Marlin und Thunfisch, während sie zum Boot gezogen wurden, unweigerlich angegriffen und bei lebendigem Leib gefressen wurden, sodass, wenn sie an Bord geholt wurden, kaum mehr als ein Kopf und manchmal ein Schwanz und eine Wirbelsäule übrig waren. Diese grotesken, verstümmelten Trophäen wurden dann an Land gebracht und neben dem Angler für ein Foto aufgehängt. Solche Bilder sollten die Ungeheuerlichkeit des Fangs vermitteln, die schiere Großartigkeit dieser Fische. Aber sie vermittelten auch andere Dinge.

Der erste Mensch, von dem man weiß, dass er einen großen Atlantischen Blauflossen-Thunfisch an Land brachte, war Ernest Hemingway. Er fing ihn im Mai 1935, vor den Bahamas, und danach noch viele andere. Hemingway war ein passionierter Großfischangler und verbrachte einen Großteil seiner Zeit mit Angeln, meistens um Kuba herum, wo er zwanzig Jahre lang immer wieder lebte. Er war fasziniert von den Fischen, auf die er es abgesehen hatte, und erforschte ihre Gewohnheiten, ihre Verteilung und ihre Unterscheidungsmerkmale. Er arbeitete schwer daran, die Herausforderungen, die der Fang dieser Spezies mit sich brachte, zu überwinden, und in hohem Maße war er auch erfolgreich.

Hemingways ursprüngliche Methode zur Abwehr von Haiangriffen war es, mit einer Thompson-Maschinenpistole auf sie zu schießen. Er stellte jedoch schnell fest, dass diese brutale Technik alles nur noch schlimmer machte, da sie die Menge an Blut im Wasser erhöhte und so noch mehr Haie anlockte. Seine nächste Idee war vernünftiger, aber ähnlich vielsagend.

Weil Haie nur angreifen, wenn ein Fisch am Haken erschöpft war, war es Hemingways Lösung, sie nicht völlig ermüden zu lassen. Einfach abzuwarten, bis ein Fisch erschöpft ist, zu dieser Überzeugung gelangte er, die Ausrüstung die ganze Arbeit machen zu lassen, war unsportlich. Stattdessen hatte man zu kämpfen. Man musste mit all der Kraft ziehen, die der eigene Körper aufbringen konnte, ziehen und immer weiter ziehen. »Für eine halbe Stunde, eine Stunde oder fünf Stunden«, schrieb er, bevor er vor Aufregung jede Zeichensetzung vergaß, »ist man mit dem Fisch verbunden so wie er mit einem verbunden ist und man zähmt ihn und bricht ihn wie man ein wildes Pferd bricht und schließlich führt man ihn zum Boot.« Es ging allerdings nicht darum, den Fisch an Bord zu holen, »der Kampf mit ihm ist das Vergnügen«.

Für Hemingway war die körperliche Herausforderung die Hauptattraktion, die Quelle der Freude bei dieser Beschäftigung. Und ich vermute, diese Haltung wird von vielen Großfischanglern geteilt. Schließlich erfordert diese Art des Angelns kein großes Geschick. Man schleift einfach seine Köder oder Lockmittel herum und wartet, bis etwas anbeißt. Alles in allem ist das eine ziemlich primitive Geschichte, und einen Fisch an den Haken zu bekommen, ist meistens eine Frage des Glücks. Was zählt, ist nicht das Anhaken oder Einholen oder die Umgebung oder das Meditative der Beschäftigung, oder irgendetwas anderes, das Angler häufig als Grund für ihr merkwürdiges Verhalten nennen. Es ist der lange, mühevolle Kampf zwischen Macho-Mann und Fisch.

Macho-Mann oder -Frau.

In einem Essay über das Fangen eines Marlins mit dem Titel *The Young Woman and the Sea* behauptet Ernest Hemingways Enkelin Lorian, dass »Papa« die ganze Zeit recht gehabt hätte. »Es gibt keine andere Kraft, die so heilig und so ungezügelt ist wie die Kraft dieses einen wunderschön verrückten Fisches«, schrieb sie. »Zuvor hatte ich gedacht, es sei nur Verrücktheit, was dieser Mann aus dem Kampf mit einem Fisch macht. Aber das ist es nicht.«

Später jedoch, in einem Nachtrag zu diesem Essay, widerrief Lorian Hemingway. Sie verurteilte das massenhafte Abschlachten, das zu der Zeit bei dieser Art von Angeln üblich war, vor allem in den Turnieren, an denen sie – und ihr Großvater vor ihr – teilgenommen hatte. »Ich kann mich nicht an der langsamen und sicheren Dezimierung dieser Fischpopulationen beteiligen.« Von da an beschränkte sie ihr Angeln auf Seen und Flüsse.

Seit diese Worte geschrieben wurden, gibt es eine Hinwendung zu Methoden des Fangens und Freilassens unter Anglern, die auf Großfischarten aus sind. Als Reaktion auf schrumpfende Populationen bestehen einige Länder inzwischen darauf, dass alle Marline lebend ins Wasser zurückgegeben werden – keine große Sache, da es ja vorwiegend um den Kampf geht. Ist der Fisch erst einmal am Boot, hat er seine Aufgabe erledigt. Er hatte die Rolle als der große Gegner in einem Scheingefecht zwischen David und Goliath (allerdings ein Kampf, in dem sich die Gewichte, dank Technologie, zugunsten Davids verschoben haben). Der Fisch ist ein Requisit, wie in diesen grässlichen Fotos am Kai: Mann mit verstümmeltem Marlin. Er wird gesucht und gefangen, damit der Mann seine Männlichkeit beweisen kann, damit er – ich glaube sich selbst ebenso sehr wie den anderen – seine Kraft und sein Durchhaltevermögen beweisen kann.

Niemand, der eine sechspfündige Forelle oder sogar einen dreißigpfündigen Karpfen fängt, würde sich einreden, dass er bis an die Grenze seiner Körperkraft gehen musste. Ein guter Fisch erfordert bei leichter Ausrüstung einiges an Überzeugungsarbeit, um ihn an Land zu holen, und vielleicht schmerzt einem danach das Handgelenk, aber eine Forelle oder ein Karpfen wird einen nicht ins Wasser ziehen und davonschleifen. Es ist einfach nicht diese Art Kampf.

Wenn es also nicht um die eigene Muskelkraft geht und auch nicht darum, den eigenen Machismo zu bestärken, was ist dann der Reiz einer Größe, die nur relativ ist? Oder, anders gesagt, was genau ist der Reiz großer kleiner Fische?

Ich glaube, die meisten Angler würden, wenn man sie fragt, auf die Schwierigkeit, sie zu fangen, verweisen und auf die Herausforderung und das Erfolgsgefühl, das man hat, wenn man es tut. Eine große Forelle zu fangen, ist generell schwieriger, als eine kleine zu fangen, und nicht nur, weil es weniger davon gibt. Große Fische stehen in dem Ruf, argwöhnisch oder sogar schlau zu sein, und es mag stimmen, dass sie mit dem Alter größere Vorsicht entwickeln. Oder, ebenso wahrscheinlich, diejenigen, die am besten auf mögliche Gefahren eingestellt sind, sind diejenigen, die am längsten überleben.

Gesteigerte Größe erlaubt es dem Fisch aber auch, seine Risikobereitschaft zu minimieren. Der größte Fisch in einem Fluss kann die beste Stelle mit der verlässlichsten Nahrungsquelle in Beschlag nehmen. Er kann alle Konkurrenten verdrängen. Ist er erst einmal an dieser Stelle, kann er es sich leisten, auf Sicherheit zu gehen. Alle Nahrung, die er braucht, wird ihm vor die Schnauze schwimmen. Die kleineren Fische an weniger ertragreichen Standorten werden es schwerer haben. Sie müssen vielleicht Risiken eingehen, um sich die Bäuche zu füllen. Dieses merkwürdige Insekt, das vorbeitreibt? Es könnte ein Zuschnappen wert sein.

Um größere, wohlgenährte Fische zu fangen, ist der Angler davon abhängig, dass der Fisch einen Fehler macht. Und dazu muss er eigene Fehler vermeiden. Würfe sollten an der richtigen Stelle landen und so behutsam, dass sie keinen Argwohn erregen. Der Angler sollte es vermeiden, von den Fischen gesehen oder gehört zu werden. Er sollte es vermeiden, einen Schatten aufs Wasser zu werfen. Die Tiefe, in der dieser Fisch sich ernährt, kann auch wichtig sein; holt er Insekten von der Oberfläche oder vom Grund oder von irgendwo dazwischen? Manchmal kann auch die Fliege selbst wichtig sein: die Größe, die Form, die Art, wie sie sich bewegt.

Ein gewisses Geschick ist also doch nötig, um einen größeren Fisch zu fangen, auch wenn Glück und die äußeren Bedingungen auch eine Rolle spielen. Geschick braucht man auch, um ihn in den Kescher zu holen, denn dieser Fisch wird, wenn er erst einmal am Haken ist, alles tun, um wieder von ihm loszukommen. Die Gefühle, die kommen, wenn der Fisch an Land und alle Unsicherheit vorüber ist, sind folgende: Erleichterung, Hochstimmung, der knisternde Nachhall nervöser Anspannung, Bewunderung für den Fisch, und ja, auch eine gewisse Bewunderung für die eigene Leistung, eine gewisse Selbstgefälligkeit, weil man alles richtig gemacht hat.

Man könnte auch vermuten, dass das Recht zu prahlen einen Teil des Reizes ausmacht, und für einige Angler trifft das mit Sicherheit zu. Diesen grinsenden Männern mit den dickbäuchigen Karpfen, deren Fotos ich in meiner Jugend sammelte, mag der Gedanke an den Neid der anderen eine gewisse Befriedigung verschaffen. (Ich habe auch gehört, dass Dating-Apps, vor allem in den Vereinigten Staaten, voll von Männern sind, deren Profilfotos sie mit riesigen Fischen in den Händen zeigen – ein, offen gesagt, verblüffendes Phänomen.) Aber die Großfischsucher, die ich kenne, sind ganz und gar nicht so. Die meisten behalten ihre besten Fische lieber für sich selbst. So werden sie auch nicht gefragt, wo sie sie gefangen haben. Wenn sie Fotos machen, dann nicht für andere, sondern für sich selbst, um diesen Fisch und diesen Augenblick auf die einzige Art festzuhalten, die sie kennen.

Angeblich fangen Angler damit an, dass sie versuchen, die meisten Fische zu fangen, dann zu den größten Fischen übergehen und sich schließlich weiterentwickeln zur Jagd auf die schwierigsten Fische. Ich teile diese Ansicht nicht. Für mich ist das Angeln einfach nicht so. Es ist kein Videospiel, bei dem man sich hocharbeitet, von einem Level zum anderen, bis man die Spitze erreicht hat. Letztendlich ist hier nichts zu gewinnen. Ich muss an dieser Stelle an die schottische Schriftstellerin und Hügelwandrerin Nan Shepherd denken, die Bergsteigern vom Gipfelsammeln abriet. Man mache reichere Erfahrungen, wenn man lernt, *in* die Berge zu gehen, rät sie, anstatt nur *auf* sie.

Es gibt Angler, denen ich in den sozialen Medien folge und deren einzige Beute der verkümmerte Bachsaibling in den Bächen der Appalachen sind. Mit nur wenigen Zentimetern Länge sind diese Fische wie winzige Sonnenuntergänge: Schattierungen von Dunkelgrün und Gold und leuchtendem Orange, kondensiert zu einem Ding, das schwimmt. In Japan gibt es Angler, die darum wetteifern, den kleinstmöglichen Fisch zu fangen, mit leichtesten Ruten und feinsten Schnüren und den winzigsten Haken, die man sich vorstellen kann. Es gibt Angler, die nur ein einfaches Leben wollen und die keinen Reiz in irgendwelchen Schwierigkeiten sehen. Tatsächlich besteht die große Freiheit, die diese Absurdität bringt – die inhärente Absurdität der relativen Größe – darin, dass man, wenn man will, das alles einfach abschütteln kann. Man kann Spaß haben oder sich Herausforderungen suchen auf die Art, die einem am meisten zusagt. Jeder Tag des Angelns kann anders sein. An einigen Tagen mag ich Zahlen, ich will dann so viele fangen, wie es geht, egal wie groß sie sind. An anderen bin ich schon zufrieden, wenn ich kaum angle, sondern nur am Ufer sitze und den Tag vorüberziehen lasse. Meistens freue ich mich einfach über das, was kommt.

Mein Bruder Rory jedoch jagt gerne große Fische. Genauer gesagt, er fängt gerne große Fische, aber da das Fangen, meiner Erfahrung nach, ein außerordentlich hohes Maß an Jagen erfordert, muss ich davon ausgehen, dass er auch das gerne tut. Worauf er aus ist, sind exemplarische Forellen, die deutlich über dem Durchschnittsgewicht liegen – was in Shetland, wo er noch immer lebt, weniger als ein Pfund ist. Er sucht nach Fischen, die außergewöhnlich sind.

Ich dagegen mag es gewöhnlich. Gewöhnlich ist mir sehr recht. Ich mag die Vielfalt, die das gewöhnliche Angeln bringt, dass man nie weiß, was man als Nächstes fängt. Nur Monster zu jagen, heißt für mich, sich die Hälfte des Spaßes entgehen zu lassen. Es klingt nach furchtbar viel Arbeit. Aber er ist mein Bruder, was soll ich da tun? Hin und wieder muss ich ihn begleiten.

An einem späten Nachmittag im Juli, während eines meiner letzten Besuche in Shetland, überlegten Rory und ich, was wir tun, wohin wir am folgenden Abend gehen könnten. Er erwähnte einen Ort, an den ich seit Jahren nicht gedacht hatte. Es war ein Loch, über den er Gerüchte gehört hatte, oben auf einem Hügel, von der Straße aus nicht leicht zu erreichen. Er kenne jemanden, der jemanden kenne, der denke, die Fische da oben seien riesig.

Ich kenne diese Art der Gerüchteküche, und ich weiß, dass sie vieles bedeuten kann. Die Informationen könnten schon Jahre alt sein, und die Fische längst alle tot. Die Informationen könnten nur Spekulationen sein, in dem Fall wäre Rory nur ein neugieriges Versuchskaninchen, das das Bauchgefühl eines faulen Anglers auf die Probe stellt. Die Informationen könnten auch einfach nur falsch sein.

Doch meine Neugier war geweckt, weil ich diesen Loch kannte. Ich war Jahre zuvor schon einmal dort gewesen. Ich war dort gewesen, um ihn zu bestücken, hatte einen Beutel Forellenbrut hineingeschüttet, zusammen mit drei anderen Anglern aus der Gegend. Damals meinte man, dass er überhaupt keine Fische enthalte, und die Shetland Anglers Association hatte ein Programm zur Bestückung von Lochs, weil man hoffte, so eine Population wiederherstellen zu können. Es war einer der wenigen derartigen Ausflüge, an denen ich teilgenommen habe, deshalb erinnere ich mich sehr gut daran, und ich weiß auch noch, dass ich dachte, eines Tages komme ich hierher zurück. Aber ich tat es nie. Soweit ich weiß, hat kein Mensch je eine der Forellen gefangen, die wir eingesetzt haben. Sie verschwanden einfach, aus welchem Grund auch immer. So etwas kommt vor.

Aber das war fünfzehn Jahre her. Vielleicht sogar zwanzig. War es möglich, dass einige dieser Tiere überlebt hatten? Ich schaute online nach, aber die Informationen waren widersprüchlich. Bachforellen haben eine Lebenserwartung von fünf Jahren, sagte eine Website. Eine andere behauptete, sie könnten bis zu achtzehn Jahre alt werden oder sogar noch mehr. Jede Quelle, die ich überprüfte, nannte eine andere Zahl, und ich hatte Mühe zu bestimmen, welche die verlässlichste war. Wenn ich den höheren Zahlen glaubte, dann könnten vielleicht, nur vielleicht, ein paar der Fische, die ich eingesetzt hatte, noch am Leben sein. Und wenn sie es waren, wie groß würden sie sein? Ich ließ meiner Fantasie freien Lauf.

»Probieren wir es dort«, sagte ich.

Kurz nach sieben am folgenden Abend stellten wir das Auto neben einem breiten Metalltor an einer ruhigen Straße ab. Die Luft war kühl für Juli, aber nicht für Shetland, und es wehte nur ein schwacher Wind. Wir stiegen über das Tor und machten uns auf nach Süden, über Moor und hohes Heidekraut. Als das Gelände steiler wurde, mussten wir die Beine heben, um voranzukommen, und ich atmete schwer vor Anstrengung. Ich blieb stehen, um wieder zu Atem zu kommen, und ging dann weiter, die Knie hoch in der Luft und mit langen Schritten, doch ich kam nur langsam voran.

Es dauerte zwanzig Minuten, um zum Kamm hoch und darüber zu kommen, zu einer Stelle, von der aus wir den Loch sehen konnten. Zwei *Bonxies* – große Raubmöwen, wütend und mit weiten Flügeln – zogen über der Anhöhe ihre Runden und schossen herab, um die Gefahr einzuschätzen. Ein paar Wochen früher in der Brutsaison wären sie weniger verträglich gewesen und hätten sich auf uns gestürzt. Jetzt aber ließen sie uns vorbei.

Der Loch selbst war größer, als ich ihn in Erinnerung hatte, vier Hektar vielleicht, doch in meinem Kopf war er nur halb so groß gewesen oder noch kleiner. Der Wind kam aus Osten, sodass beide Längsufer fischbar waren, jeder suchte sich eine Seite aus, und wir trennten uns.

Ich ging hinunter bis zu einer Stelle, an der ein Zaun endete, schon einen guten Meter im Wasser. Punkte wie dieser ziehen mich immer an, willkürliche Landmarken oder in diesem Fall Wassermarken. Ich weiß nicht, was ich mit solchen Merkmalen habe – Zäune, enge Buchten, Felsnasen, Landzungen –, aber weil sie eine Küstenlinie durchbrechen, scheinen sie einen Zugang zu bieten, und so dem Tag eine hoffungsvolle Gestalt zu geben.

Ich sah Rory zu, der vorsichtig um das westliche Ende des Lochs herumging, sich dann hinkauerte und hinter einem Horst Flatterbinsen auszuwerfen anfing. Die Pflanze war hier überall, und es war schwer, die Köderfliegen davon fernzuhalten. Die dichten Büschel waren wie Magneten für die Haken, und schon bei einem flüchtigen Streifen packten die Stängel die Leine und ließen sie nicht mehr los. Wollte man unauffällig bleiben, musste man hoch auswerfen, und ich sah, dass Rory den Arm deutlich über den Kopf gehoben hatte und seine Fliegenleine nur die geringste Störung verursachte, als sie aufs Wasser traf.

An einem solchen Ort kann es schwierig sein, zu entscheiden, wo man anfängt und welche Taktik die erfolgversprechendste ist. Größere Forellen werden in Shetland oft mit Kunstködern und *Streamers* gefangen, Imitationen von kleinen Fischen, von denen die Forellen sich möglicherweise ernähren. Aber bei dem Mangel an Brutmöglichkeiten hier befürchtete ich, dass es in diesem Loch gar keine kleinen Fische gab, und deshalb ließen sich die größeren Forellen wohl nicht auf diese Art täuschen. Ich knüpfte deshalb zwei größere Nymphen an, eine mit einem kleinen Gewicht, das sie nach unten zog, und fing an, auszuwerfen.

Wie man es an einem solchen Ort erwarten würde, war das Wasser torfig und leicht trüb, kaum ideale Bedingungen für große Fische oder das reiche Insektenleben, das sie zum Überleben brauchen würden. Ich hatte bereits gewisse Zweifel an den Gerüchten, die Rory gehört hatte, und die wurden von meinen ersten Eindrücken nicht zerstreut. Angeln wird befeuert von hoffnungsvoller Anspannung und der immer vorhandenen Möglichkeit des Erfolgs. Nicht sicher zu sein, dass es tatsächlich Fische in diesem Loch gibt, stützt diese Erwartungen nicht gerade. Lange Zeit war ich aufmerksam und suchte nach Hinweisen auf Forellen, aber dann spürte ich, wie ich entspannter wurde. Meine Aufmerksamkeit schwand.

Nach einer Weile wechselte ich die Fliegen und ging ein Stückchen am Ufer entlang. Ich knüpfte eine auf dem Wasser treibende *Floating Sedge* an, und darunter eine versinkende Nymphe, warf aus, ließ den Köder einen Augenblick stehen und holte ihn dann langsam, spritzend wieder ein. Bis jetzt hatte ich noch nichts steigen sehen, und es waren auch nur wenige Insekten in der Luft, aber manchmal kommen trotzdem Fische hoch, wenn man ihre Aufmerksamkeit erregt und sich der Aufwand für sie zu lohnen scheint.

Nichts kam hoch. Meine Aufmerksamkeit wanderte wieder. Mein Blick hob sich von der Leine.

Auf dem Loch waren zwei Sterntaucher-Familien. Die Wasseroberfläche, und manchmal auch der Himmel darüber, waren belebt von ihrer Anwesenheit. Ab und zu kam eine Familie der anderen zu nahe, und dann folgten Meinungsverschiedenheiten. Einige flogen auf, umkreisten den Hügel ein paar Mal und landeten dann spritzend wieder auf dem Wasser. Das schwindende Licht wurde durchbrochen von den schwermütigen, flirrenden Schreien dieser Vögel.

Dann, nicht ganz im Zentrum meines Blickfelds, sondern leicht seitlich, nah am Ufer, etwa zwanzig Meter von meinem Standort entfernt, ein Steigen. Eine subtile Störung der Oberfläche, nur winzige Bläschen. Ich kroch schnell vorwärts, halbierte den Abstand zwischen mir und dem Fisch und warf meine Fliegen aus, einmal, dann noch mal. Und noch einmal. Nichts passierte. Ich wartete, ob er noch einmal auftauchte, aber alles war still. Ich warf noch einmal aus. Ein wenig kürzer, ein wenig länger. Nichts.

Doch danach war alles anders. Eine Frage war beantwortet worden. Man konnte nichts über die Größe des Fisches angeben. Aber ein Fisch war da, und das war der entscheidende Unterschied.

Und dann war da noch einer.

Weiter unten am Ufer, zur nordöstlichen Ecke hin, ein größeres Steigen, viel spritzender als das erste – einen halben Sprung könnte man das nennen. Ich wägte meine Möglichkeiten ab: Sollte ich mich an diesen Fisch halten, der bis jetzt noch kein Interesse gezeigt hatte, oder sollte ich den anderen probieren? Ich wartete, um zu sehen, ob sich der erste Fisch vielleicht noch einmal zeigte. Er tat es. Noch ein Steigen, aus vierzig Metern Entfernung aber noch deutlich zu sehen. Ich setzte mich in Bewegung, so tief geduckt, wie ich ohne umzufallen konnte. Je näher ich kam, desto langsamer wurde ich, blieb leise stehen und fing an, auszuwerfen.

Es ging schon auf zehn Uhr abends zu, und so kurz vor dem Sonnenuntergang wurde das Licht gelber. Ich deckte alles Wasser vor mir ab, bewegte die Sedge mit winzigen Schlenkerern aufs Ufer zu, ein Wurf, dann ein anderer. Ich versuchte es noch einmal, diesmal eher links von mir, ließ den Köder zehn Sekunden treiben und verstärkte dann meinen Griff, um die Leine einzuholen. Bevor ich das tun konnte, verschwand die Fliege. Kein Spritzen, nicht mal ein kleiner Wirbel, eher so, als würde sie nach unten gezogen werden. Als ich nach einigen Sekunden Verzögerung die Rute nach oben kippte, leistete der Loch Widerstand.

Nachdem ein Fisch angebissen hat, gibt es immer den Augenblick, in dem der Verstand versucht, alle Indizien zusammenzufassen, sich ein Bild zu machen von dem Wesen am anderen Ende der Leine. Manchmal sieht man es, bevor es anbeißt, sodass man ungefähr weiß, was man hat. Zu anderen Zeiten hat man nur sein Gewicht, seine Kraft, um sich damit ein Urteil zu bilden. Ich hatte dieses Gewicht, diese Kraft, und ich hatte auch diese Gerüchte. Der Fisch zog kräftig. Dann noch kräftiger. Ich trat einen Schritt zurück, bekam die Leine auf der Rolle unter Kontrolle, und dann war ich mir sicher. Es war eine große Forelle.

Ich rief nach Rory, der immer noch auf der anderen Seite des Lochs war. Ich versuchte, ihm in so wenigen Worten wie möglich, aber so laut ich konnte, mitzuteilen, dass er zu mir kommen solle. »Komm sofort her!«, schrie ich. »Sie ist riesig.«

Als er dann, laufend und über Heidekraut und weiche Binsen und einen alten Drahtzaun und sumpfigen, unebenen Boden stolpernd, zu mir kam, war der Fisch schon fast zum Einholen bereit. Doch meine Nerven waren zerrüttet. Sooft ich Druck auf die Leine gab, dachte ich, die Forelle würde sie zerreißen. Sooft sie sprang oder ruckte, dachte ich, es sei vorbei. Mein Herz hämmerte, während der Fisch gegen mich zerrte, die Rute bog sich wiederholt zum Wasser. Aber es war nicht vorbei. Die Forelle kam heran, kam immer näher, und als Rory seinen Kescher ins Wasser tauchte und anhob, war sie da. Der Fisch war da.

Ich weiß nicht mehr, was wir in dem Augenblick zueinander sagten, aber ich erinnere mich noch an meine Überraschung über die Tatsache, dass er eine Digitalwaage bei sich hatte – ein Spielzeug, das ich nicht besitze. Er wog die Forelle und zog dann das Gewicht des Keschers ab, in dem sie lag; ein Kilo und achthundertachtundsiebzig Gramm: fast doppelt so groß wie die größte Bachforelle, die ich bis dahin in Shetland gefangen hatte. Wie sich zeigte, waren die Gerüchte wahr.

Ich hielt den Fisch in den Rand des Lochs, bis er bereit war, wieder zu schwimmen. Es dauerte einen Augenblick, doch dann drückte der breite Schwanz fest gegen meine Hand, und ich ließ los. Ich atmete tief durch, konnte nicht ganz glauben, dass alles so nach Plan verlaufen war, dass ich den Fisch gefangen und wieder freigelassen hatte. Ich fühlte mich beschwingt, belebt und fast unerwartet zufrieden mit mir selbst. Rory und ich waren beim Fischen nicht gerade Konkurrenten, aber ich muss zugeben, ich war froh, dass ich es war, der diesen Fisch gefangen hatte. Ich setzte mich ins Heidekraut, versuchte, es in mich aufzunehmen, dieses Gefühl zufriedenen Jubels, unvernünftiger Euphorie. In diesen süßen Augenblicken des Danach tauchte der Sonnenuntergang alles in ein golden rosiges Licht.

Rory hatte vom anderen Ufer aus nichts gesehen. Rein gar nichts. Und so erzählte ich ihm, mit dem großen Wohlwollen, das man nach einem Erfolg empfindet, von dem ersten Fisch – dem, den ich nicht hatte fangen können. »Er könnte noch immer dort sein«, sagte ich. »Wenn du Glück hast.«

Wir tauschten die Plätze. Ich ging langsam zur anderen Seite des Lochs und angelte ohne großen Enthusiasmus. Es machte mir nichts aus, wenn ich nichts mehr fing. Ein Fisch von dieser Größe war mehr als genug für einen Abend.

Eine Stunde verging, dann noch einmal fünfzehn Minuten. Noch war Licht vorhanden, aber es wurde schwach und dünn, bis ich Rory am anderen Ufer kaum noch erkennen konnte. Alles fühlte sich anstrengender an, und ich war bereit zu gehen. Ich war zufrieden. Ich packte meine Sachen und ging dann wieder hinüber, um mich hinter ihn zu setzen, an einer erhöhten Stelle am Ufer, von wo aus ich ihm sicher beim Auswerfen zusehen konnte. Ab und zu sei ein Fisch gestiegen, sagte er, aber jetzt könne er ihn nicht mehr sehen. Er konnte sich nicht sicher sein, wo er war. Seine Frustration war offensichtlich, und ich wusste, wenn ich ihn jetzt verließe, würde er weiterangeln bis weit in die Dunkelheit hinein. Also wartete ich noch ein bisschen, sah ihm zu, bis …

»Dort!« Von meiner Position aus konnte ich sehen, was für ihn nicht zu erkennen war. Zwölf Meter das Ufer entlang, nur ein kurzes Stück vom Ufer entfernt, ein Steigen. Meinen geflüsterten Anweisungen folgend, warf er aus, und die Fliege landete perfekt. Noch ein Steigen, und die Forelle war am Haken.

Einen großen Fisch für jemand anderen zu keschern, ist nervenaufreibender, als es für sich selbst zu tun. Die Konsequenzen eines Fehlers sind möglicherweise schlimmer, und in diesem Fall – Rory hatte es für mich fehlerlos gemacht – war das Risiko noch höher. Der Wasserrand war hier flach, und da ich nur Wanderstiefel anhatte, konnte ich nicht ins Wasser steigen. Die Forelle kam schnell heran, und schien von selbst ans Ufer springen zu wollen. Ich zielte mit dem Kescher nach ihr, verfehlte sie aber. Das Netz berührte den Kopf des Fisches, und er legte sich im Flachwasser auf die Seite. Ich geriet in Panik, veränderte meine Position und holte noch einmal aus. Diesmal funktionierte es.

Wenn Sie die beiden Fische nebeneinander gesehen hätten, hätten sie nie geglaubt, dass sie aus demselben Loch kommen (und fast sicher war keiner der beiden in diesem geboren worden). Während meiner kaum gepunktet und drall war, mit einem deutlich gelben Bauch, war Rorys viel dünner, fast silbrig, mit überhaupt keinen roten Punkten. Er wog ein Kilo und vierhundertdreißig Gramm. Ich würde das auf eineinhalb Kilo aufrunden, wenn er meinen auf zwei Kilo aufrundete.

Ich schoss ein Foto. Es war kurz vor Mitternacht, und auch wenn der Himmel noch blass war, benutzte ich das Blitzlicht der Kamera meines Handys. Im grellen Schein glänzt die Forelle unnatürlich, und mein Bruder schaut fast feierlich, als wäre dies eine Situation äußersten Ernstes. Direkt in die Kamera blickend, die Hände unter der Forelle, sieht er aus wie ein kleiner Junge.

Einen ungewöhnlich großen Fisch zu fangen, hat etwas Bedeutsames. So weit außerhalb der Norm, wie sie nun eben sind, prägen sie sich dem Gedächtnis ein. Sie erhalten einen Grad an Individualität, der sonst für das Seltene, das Neue, das Einmalige reserviert ist. Sie sind Freaks der wunderbarsten Art. Kein Wunder, dass man danach süchtig werden kann. Wie die Suche nach seltenen Vögeln ist die Jagd auf große Fische ein Erlebnishunger, der übermächtig werden kann. Ein Erlebnis muss auf das andere folgen, noch größer, noch seltener. Das ist eine Sucht, die ich lieber meide.

Ein paar Abende später schickte Roy mir eine Textnachricht. Er kehre zu dem Loch in den Hügeln zurück, schrieb er. Ob ich mitkommen wolle? Ich dachte darüber nach, schaute zum Fenster hinaus auf den frühen Abendhimmel, aber ich musste nicht lange nachdenken. Ich verspürte keinen Drang, so schnell wieder zurückzukehren. Ein anderes Mal, schrieb ich. Nächstes Jahr vielleicht.

Als ich am Morgen aufwachte, hatte er mir ein neues Foto geschickt: eine dunkle, breite Forelle, mit einem Gewicht von über zweieinhalb Kilo. Er hätte sich den Fisch präparieren lassen und an die Wand hängen können. Stattdessen setzte er ihn zurück.

Der geheime Loch

ASSYNT, 2016

Ich kann nicht genau sagen, wo wir an diesem Tag waren, und das nicht nur, weil ich Geheimhaltung geschworen hatte. Eigentlich war mein Versprechen, die Lage dieses speziellen Lochs nicht zu verraten, gar nicht nötig, da ich Schwierigkeiten hätte, ihn auf einer Karte zu finden, geschweige denn, mich zu erinnern, wie er hieß.

Der Name war gälisch, so viel kann ich sagen, denn wir waren im Nordwesten Schottlands, wo geografische Angaben für uns Einsprachler schwer zu entziffern sind. Ich habe den Namen nur einmal gesprochen gehört, und ich fragte nicht nach einer Übersetzung.

Der Loch liegt hoch oben auf dem Rücken eines der vielen Berge der Region, eine von Geröll begrenzte, runde Mulde, geschützt auf einer Seite und auf allen anderen den Elementen ausgesetzt. In der Hinsicht ist er genauso wie die vielen anderen geröllgesäumten Mulden in diesem Teil des Landes: ein Archipel aus Wasser, hingespritzt in einen Ozean aus Stein. Das ist eine Landschaft, in der alles außer Stein klein wirken kann, und in der die Welt außerhalb ebenfalls aus den Gedanken schwinden kann.

Zum Loch zu kommen, war nicht einfach. Nötig war ein zweieinhalbstündiger Fußmarsch, und manchmal wurde aus diesem Marsch ein steiles, langsames Stapfen, das meinen Beinen und meiner Lunge einiges abverlangte. Als wir den höchsten Punkt erreicht hatten – mein Freund Will und ich, gebeugt und erschöpft –, traf uns ein eisiger Windstoß direkt ins Gesicht, ließ aber nicht nach. Kalter Regen peitschte unsere Haut, jeder Tropfen scharf wie eine Beleidigung. Weiter unten war es ein milder Frühlingsmorgen gewesen. Oben in den Bergen war es noch Winter. Schnee lag auf den Felsen über uns, und ein Band dichten Nebels verhüllte die Klippen.

Als wir uns auf einer Uferböschung aus Stein und Heidekraut zusammenkauerten und uns mit einer Packung billiger Haferkekse stärkten, brauchte es einiges an Anstrengung, um den Enthusiasmus, mit dem unser Tag begonnen hatte, wiederaufleben zu lassen. Wir folgten einem Tipp, Informationen, die man uns nur gegeben hatte unter der Bedingung, dass wir sie nicht weitergeben dürften. Der Mann hatte uns gesagt, wo wir parken und in welche Richtung wir weitergehen sollten. Er versprach, es wäre der Mühe wert, und wir glaubten ihm. Zu der Zeit – am Abend zuvor, in einer stillen Bar in Ullapool – hatte die Tatsache, dass er leicht angetrunken war, wie ein gutes Zeichen gewirkt. Wäre er nüchtern gewesen, so sagten wir uns, hätte er es uns vielleicht nie verraten.

Einem solchen Wunschdenken ist schwer zu widerstehen, vor allem, wenn es um derartige Gerüchte geht, über Orte, die nur wenige kennen. Es gibt Orte, die in Büchern oder Touristenkarten nicht auftauchen und die kein Angelführer oder Ausstattungsladen je verraten wird. Das sind prächtige Geheimnisse, wo das Angeln erstklassig ist, und die man findet, indem man eine Gegend erkundet oder Hinweisen wie diesem folgt. Als wir an diesem Morgen aufstanden, schätzten wir uns glücklich. Unsere angetrunkene Bekanntschaft hatte sich herrlich verplappert, dachten wir. Er hatte uns einen Ort gezeigt, den wir alleine nie gefunden hätten. Als unsere Haferkekse gegessen waren und unsere Gesichter vor Eisregen brannten, war der Glanz auf unserem Glück ein wenig verblasst.

»Denkst du auch, was ich denke?« fragte ich, als ich den Reißverschluss meiner Tasche aufzog und einen Schluck Wasser trank, um den zuckrigen Hafer hinunterzuspülen.

Will bewegte den Kopf von einer Seite zur anderen, auf eine Art, aus der sich nicht erschließen ließ, was er überhaupt dachte. »Für das Wetter kann er nichts«, sagte er schließlich. Für mich schien das ein ziemlich faires Urteil zu sein.

Mit dem Rücken zum Wind bauten wir unsere Ausrüstung zusammen und suchten uns dann unsere Startpunkte aus. Will machte sich auf zum ruhigsten Teil des Lochs, geschützt von einer Geröllwand dahinter, und ich fing mehr oder weniger dort an, wo wir angekommen waren. Ich gebe zu, es lag eine gewisse Faulheit in meiner Entscheidung, aber ich angle am liebsten mit dem Wind an meiner linken Schulter und bewege mich langsam nach rechts. Da ich mit der rechten Hand auswerfe, gibt mir das maximale Flexibilität, und es reduziert das Risiko, dass ich mir mit einem Haken ein Auge aussteche.

Doch an diesem Tag gestattete der Wind gar nichts an Flexibilität. Er blies böig mal aus der einen, dann aus der anderen Richtung. Einmal wirbelte er eine Wasserfontäne hoch und trieb sie wie einen Minitornado über den Loch. Alle paar Minuten erhob sich eine sturmstarke Bö und blies weiße Schaumkronen über die Oberfläche, sodass es schon schwierig war zu stehen, geschweige denn auszuwerfen. Ich konnte nichts tun, außer den Kopf zu senken und zu warten, bis sie nachließ. An diesem Tag verbrachte ich viel Zeit mit gesenktem Kopf.

Will angelt ganz anders als ich. Er ist methodisch, sucht sich die Stelle, die ihm am besten passt, und tut dann alles, um einen Fisch zum Anbeißen zu überreden. Er kniet sich aufs Ufer, um sich zu verstecken, er sucht das Wasser mit seiner polarisierten Brille ab, er wechselt die Fliegen, seine Tiefe, seine Einholgeschwindigkeit. Er gibt nicht auf.

Ich bin nicht methodisch. Nicht im Geringsten. Meistens knüpfte ich ein paar Fliegen an, die mir richtig vorkommen, decke dann so viel Wasser wie möglich ab und versuche einen Fisch zu finden, der bereit ist zu nehmen, was ich ihm biete. Manchmal habe ich einen Loch schon halb umrundet, bevor Will auch nur einen Schritt gemacht hat.

Die zwei Techniken haben beide ihre Vorteile, und ich würde sagen, wir stehen ungefähr gleich auf, Forelle um Forelle. Manchmal – wenn Trockenfliegen besser funktionieren, zum Beispiel – schlägt Will sich ein wenig besser. Ich verliere die Geduld, bevor ich den Fisch zum Anbeißen überreden kann. Aber an anderen Tagen ist das Glück auf meiner Seite.

Doch an diesem Tag waren Trockenfliegen auf jeden Fall unbrauchbar, und auch das Glück trat kaum in Erscheinung. Ich ruckelte am Ufer entlang und warf aus, wann immer der Wind es erlaubte. Es war eine hilflose, linkische Art des Angelns, und es tat mir nicht gut. Ich sah keine Fische, kein

Steigen, rein gar nichts. Meine Finger wurden kalt, und meine Konzentration ließ nach. Meine Fliegen im Wasser zu halten, war so anstrengend, dass es so gut wie unmöglich war, es gut zu machen.

Als ich das andere Ende des Lochs erreichte, kauerte ich mich hinter einen Felsen, um mein Lunch zu essen, kaute mürrisch meine Käsebrötchen, nur froh um den zeitweiligen Schutz. Als ich den Kopf hob und zum gegenüberliegenden Ufer schaute, sah ich Will noch genau dort stehen, aber über die Entfernung konnte ich das Gesicht nicht erkennen. Ich konnte nicht sagen, ob er ebenso unglücklich aussah wie ich.

Viele Angler bewahren Geheimnisse, das ist sicher. Aber die meisten sind nicht sehr gut. Es gibt nur wenige Teile der Britischen Inseln, wo man zufällig auf ein Gewässer voller Fische treffen kann, das weder privat, also unerreichbar ist, oder nicht bereits vielen anderen bekannt ist. Doch dieser Teil gehört dazu. Überall in dieser Region gibt es Lochs, die von Anglern nur selten besucht werden, und viele davon bieten zweifellos ausgezeichnetes Angeln.

Der Reiz dieser Örtlichkeiten ist der Reiz fast aller Geheimnisse: Der Kick, etwas zu kennen, das andere nicht kennen, oder etwas zu finden, das andere suchen. Es ist das selbstsüchtige Vergnügen, ungestört zu sein, die ultimative Erfüllung der pubertären Sehnsucht nach einem Privatbereich, einem ganz eigenen Wunderland.

Ich denke, diese Geheimnisse besitzen auch einen dramatischen Charme. Ein Tag Angeln kann sich anfühlen wie eine Geschichte, die sich entfaltet, mit Spannung, Enthüllung, Enttäuschung und hin und wieder einem Triumph. Und wie in der Fiktion erhöht ein Geheimnis das Dramatische. Ein Geheimnis ist nur halb so lustig, wenn niemand weiß, dass man es hat, und die Versuchung, es zu teilen, nagt immer an einem. Schon oft wurde mir in Shetland ein Name gegeben, ein Hinweis, eine Markierung auf einer Karte, von jemandem, der die Information nicht länger für sich behalten konnte. Und jedes Mal wurde mir aufgetragen, es nicht weiterzusagen.

Doch bei Geschichten wie diesen besteht immer die Gefahr, dass einem jemand ein Märchen auftischt. Im besten Fall ist irgendein unwichtiges Detail verfälscht oder übertrieben. Im schlimmsten wird man in den Hügeln in die Wüste geschickt. Die Gefahr ist natürlich größer, wenn derjenige ein Fremder ist.

Als ich dann fertiggegessen hatte, fiel es mir ziemlich schwer, wieder in die Gänge zu kommen und hinter meinem Stein hervorzukriechen. Ich lief Gefahr, zu schnell zu entscheiden, wie diese Geschichte enden würde, und so aus dieser Entscheidung eine sich selbst erfüllende Prophezeiung zu machen. Ich musste einen Weg finden, um den Verlauf des Tages zu ändern. Die Wellen peitschten das gegenüberliegende Ufer, und es bestand absolut keine Chance, dort auszuwerfen, deshalb würde ich noch einmal dasselbe Wasser wie zuvor abdecken müssen. Sogar ich begriff, dass es sinnlos war, das zu tun, ohne vorher die Fliegen zu wechseln. Ich tauschte beide aus, knüpfte einen schlanken schwarzen Köder und eine Nymphe mit scharlachrotem Schwanz an und warf wieder aus. Der Wind blies mir jetzt ins Gesicht, aber wenigstens die Regenschauer hatten nachgelassen.

Ich war schon beinahe wieder an meinem Ausgangspunkt, als der erste Fisch anbiss, und zu diesem Zeitpunkt hatte meine Konzentration bereits so nachgelassen, dass ich zuerst gar nicht erkannte, was da passierte. Es war ein merkwürdiger Fang, linkisch und zögernd, als könnte die Forelle sich nicht so recht entscheiden. Aber sie war am Haken und kämpfte wie ein viel größerer Fisch. Sie wog höchstens ein knappes halbes Pfund, aber sie war perfekt: silbrig und gesprenkelt, mit einem schmalen gelben Streifen entlang der Flanke. Ich nahm sie vom Haken und setzte sie dankbar und erleichtert wieder zurück.

Wie sich zeigte, hatte Will bis zu dieser Zeit schon zwei gefangen, beide doppelt so groß wie meine. Ich ging zu ihm auf die Windschattenseite des Lochs, wo er schlauerweise von Anfang an geblieben war. Hier fühlte sich alles ruhiger und beherrschbarer an. Will hatte überhaupt keine Probleme beim Auswerfen.

Wir standen da und unterhielten uns, als er plötzlich den Kopf hob und nach oben deutete. »Steinadler«, sagte er und lenkte meinen Blick auf einen Punkt hoch oben in den Klippen. Der Adler schwebte langsam durch die graue Luft, mühelos und außergewöhnlich. Seine großen Flügel drehten in die eine, dann in die andere Richtung, und er kreiste, unbeeindruckt vom böigen Wind. Wir sahen ihm ein paar Augenblicke zu und trennten uns dann wieder. Will ging zu der Seite, an der ich bereits zweimal gefischt hatte, und ich bewegte mich zur Windseite des Lochs. Dort war es ein Kampf, die Leine mehr als drei oder vier Meter hinauszuwerfen, aber ich gab alles, um die wahrscheinlichen Stellen abzudecken, warf zwischen Windstößen aus und holte die Leine langsam ein.

Der Grund schien schon dicht am Ufer stark abzufallen, und die Fische standen offensichtlich am Rand dieses Felssturzes und lauerten auf Nahrung. Obwohl ich Probleme mit dem sicheren Stand hatte und trotz der mühsamen, lustlosen Würfe holte ich in weniger als einer Stunde erst eine Forelle heraus, dann eine zweite, verfehlte eine weitere und dann noch zwei andere. Schließlich gewann der Wind die Oberhand, und ich kehrte in die geschützteste Ecke zurück, wo ich eine vierte und eine letzte in den Kescher bekam. Jedes Mal war es die rotschwänzige Nymphe, die den Erfolg brachte.

Mir kam der Gedanke, dass dies an einem wärmeren Tag, einem ruhigeren Tag, ein ziemlich guter Loch sein könnte. Dass wir, trotz der Bedingungen, zusammen insgesamt acht Fische gefangen hatten, war fast schon ein Wunder, vor allem bei meinem miserablen Start. Ich musste mir einfach vorstellen, wie dieser wärmere, ruhigere Tag sich entwickeln würde, obwohl ich wusste, dass ich wahrscheinlich nie wieder hierherkommen würde.

Wir packten unsere Sachen zusammen und gingen zu dem steilen Pfad zwischen Felsbrocken, den wir hinunterklettern mussten. Ich rief mir den langen Hinweg wieder in Erinnerung, drehte ihn um und dachte an das Auto, mehr als zwei Stunden entfernt, mit seiner beheizten Luft und den fast bequemen Sitzen. Ich dachte an die schon längst gegessenen Haferkekse und die schon längst ausgetrunkene Thermoskanne Kaffee.

Manchmal ist das Gute an geheimen Plätzen die Tatsache, dass sie geheim sind. Sie sind eine Form der Währung, deren Wert erhalten wird, indem man sie nicht ausgibt. In diesem

Fall jedoch – ein Loch, der so weit entfernt von allem ist, wohin die meisten Leute sich wagen, dass seine Geheimhaltung beinahe sinnlos wirkt – gab es wirklich etwas, das der Geheimhaltung wert war. Wir waren dankbar, wir beide, dem Mann gegenüber, der das nicht getan hatte, der diesen Ort mit Fremden geteilt hatte, aus der schieren Freude darüber, es uns sagen zu können. Ob er sich an diese Großzügigkeit erinnern würde, war eine ganz andere Frage.

Danach versuchte ich erst gar nicht, den Loch auf einer Karte zu finden, und ich schrieb mir nicht einmal seinen Namen auf. Ich bin mir nicht sicher, ob ich mich noch erinnern könnte, wo wir unser Auto abgestellt hatten – auf welcher Seite des Berges –, oder an die Richtung, in die wir gegangen waren. Um ehrlich zu sein, ich kann Geheimnisse nicht gut bewahren, und irgendwie war es doch ganz passend, dass wir dieses eine nur lange genug besaßen, um es genießen zu können, und nichts weiter. Wir hatten es uns geliehen und dann wieder losgelassen.

Nach vorne schauen

Als ich um die zwanzig war, genoss ein norwegisches Musikduo mit dem Namen »Kings of Convenience« in Großbritannien eine gewisse Popularität. (Wahrscheinlich dauerte ihre Popularität länger, aber ich habe nur kurz Notiz davon genommen.) Sie waren eine Art Folkpopband, mit Songs, die um halbgeflüsterte Harmonien herumgebaut waren. Stellen Sie sich Simon and Garfunkel vor, die mitten in der Nacht üben, dabei aber versuchen, ihre Nachbarn nicht aufzuwecken: So ungefähr klangen sie. Ich hatte mir ihr erstes Album gekauft, und eine Weile hörte ich es ziemlich oft. Dann legte ich es eines Tages beiseite, wie so vieles der Musik meiner Jugend, und kam nie mehr darauf zurück. In den zwei Jahrzehnten, die seitdem vergangen sind, habe ich so gut wie alle dieser Songs vergessen. Aber eine Zeile ist mir in Erinnerung geblieben, ein Fragment, das intakt geblieben ist. Etwas über den »fishing part of fishing«, den reinen Angel-Aspekt des Angelns.

Was mir an diesen Worten gefiel und immer noch gefällt, ist, dass sie, auch wenn sie fast in den Unsinn kippen, doch ebenso sehr eine faszinierende Frage stellen. Und auch eine schwierige. Denn schließlich ist das Angeln facettenreich. Es geht um Wissen und Fachkenntnis, es geht aber auch um

Glück. Es geht um Freiheit und um Schönheit und um Nostalgie. Es geht um handwerkliche Geschicklichkeit und um Tricks, und um die Beschäftigung mit der natürlichen Welt. Es geht um Erfolg und Demut. Es geht selbstverständlich um Fische, aber es geht auch um Menschen. Ausgehend von dieser Komplexität, dieser Vielfältigkeit und auch davon, dass dieses Hobby viele Dinge auf einmal ist und sein kann, was *ist* dann der Angel-Aspekt des Angelns? Ziehen Sie alles ab, was nicht grundlegend ist. Was ist dann noch übrig?

Ich nehme an, Sie würden nicht weit danebenliegen, wenn sie *Erwartung* antworten würden. Im Kern dieser komplexen Aktivität ist, so scheint es mir, etwas ganz Einfaches: sich auf etwas zu freuen.

Unter Leuten, die nie geangelt oder es versucht, aber nicht genossen haben, gibt es den verbreiteten Irrglauben, dass Angler vor allen anderen Eigenschaften vor allem Geduld benötigen. Man geht davon aus, dass das Angeln, bei so mageren und seltenen Belohnungen für die aufgewandte Zeit, eine fast heilige Fähigkeit, die Zeit verstreichen zu lassen, ohne in Langeweile abzugleiten, erfordern muss. Es muss ein Gemüt erfordern, das keine Stimulation braucht. Aber nichts könnte weiter von der Wahrheit entfernt sein.

Der Kunstkritiker Robert Hughes schrieb, dass, neben den anderen Arten, in denen das Angeln prägend für ihn war, eine Schlüssellektion die Kunst des Zeitmanagements war. Als Kind hatte er eine quasi angeborene Ungeduld. Er wollte immer den schnellen Weg vom Wunsch zu seiner Befriedigung. Aber beim Angeln gibt es solche schnellen Wege nicht. Es kann nicht einmal versprechen, dass man dorthin kommt, wohin man will. Bei Hughes' Lektion, soweit ich sie verstehe, geht es nicht um die Vorzüge der Geduld. Um nichts so Banales. Sie lautet eher, dass Freude nicht nur im Erreichen von etwas zu finden ist, sondern in dessen Erwartung. Sie lautet, dass die Unterwerfung unter einen Zeitmaßstab – ein Tempo, wie er es nannte –, der nicht der eigene ist, einen vollkommen befreien kann von der Notwendigkeit der Geduld.

Arthur Ransome, der Autor von *Der Kampf um die Insel*, ist da sehr viel expliziter und behauptet, Geduld sei die Tugend, die ein Angler am allerwenigstens benötigt. Was er stattdessen braucht, schrieb er, in einer recht drolligen Formulierung, ist ein verlängertes Verlangen. Ein Angler, der auf einen Fisch wartet, braucht Geduld genauso wenig wie ein Fußballer, der auf ein Tor wartet. Der Fisch mag das Ziel des Spiels sein, aber der Rest ist mehr als nur Vorspiel. Der Rest ist das, was diesem Ziel Bedeutung verleiht. Er ist die letztendliche Quelle aller Freude.

Das soll aber nicht heißen, dass der Angler immer auf der Kante seines wässrigen Stuhls sitzt. Ransome meinte, Angeln werde unter beständiger Anspannung betrieben, aber das entspricht nicht ganz meiner Erfahrung. Für mich kommt und geht die Anspannung, und sie gestattet Unterbrechungen. Vielleicht bin ich nicht so zielstrebig, wie ein Angler es sein sollte, aber ich bin selten so fixiert auf das, was ich tue, dass ich nicht auch bemerken könnte, was um mich herum vorgeht. Dieses Bemerken ist in der Tat ein Teil des Grundes, warum ich beim Angeln bin, es ist Teil der Versenkung, die ich suche, wenn ich Angeln gehe.

Angeln erzeugt vielmehr ein Gefühl, das am besten als zufriedene Erwartung beschrieben werden könnte. Den größten Teil meiner Angeltage bin ich einfach glücklich darüber, dort zu sein, wo ich gerade bin. Obwohl ich immer darauf bedacht bin, Fische zu fangen, bin ich nicht unzufrieden, solange die Hoffnung besteht, welche zu fangen. Die Zufriedenheit, die ich empfinde, kommt von einer speziellen Form der Konzentration, eine, die es mir gestattet, auch meine Umgebung zu genießen, die aber die Sorgen des Alltags, die Ängste und Ablenkungen vertreibt, den infernalischen Lärm des heutigen Lebens. Und doch basiert diese Konzentration auf Erwartung, auf dem Wissen, dass in jedem Augenblick etwas wahrhaft Wunderbares passieren könnte, etwas, das den Zauber meiner stillen Aufmerksamkeit zertrümmert. Paradoxerweise wird diese Zufriedenheit aufrechterhalten durch den Wunsch, sie zu beenden.

All diese Einzelteile sind hier nötig. Ich kann dieses Gefühl, diese nach vorne gerichtete Zufriedenheit nicht heraufbeschwören, indem ich nur irgendwo an einem hübschen Ort im Freien sitze, so erfreulich das auch sein kann. Zu bald schleichen sich die Sorgen, denen ich entfliehen wollte, wieder in meine Gedanken. Ohne ein Ziel im Sinn, füllen sich meine Gedanken schnell wieder mit dem Anderswo. Aber ich kann es auch nicht heraufbeschwören – und das mag einige überraschen, die keine Angler sind –, wenn das Angeln zu einfach ist. Wenn die Fänge zu oft kommen, ist Hoffnung nicht nötig. Eine Weile kann das sicherlich anregend sein, aber ich habe mehr als einmal ein Gewässer wieder verlassen, weil die Fische nicht aufhören wollten zu beißen. Wenn das passiert, gibt es kein Gefühl der Herausforderung oder der Leistung, und es bleibt nichts mehr, worauf man sich noch freuen könnte. Und mehr noch, der Zustand der Versenkung, den Angeln hervorruft, der Zustand der Aufmerksamkeit von Augenblick zu Augenblick und der gesegneten Selbstvergessenheit, wie Le Anne Schreiber es nannte, kann einfach nicht heraufbeschworen werden.

Vielleicht liegt hier eine Lektion über die Quellen der Zufriedenheit und der Freude. Etwas über die Bedeutung kleiner Ziele – schließlich ist ein Fisch alles in allem betrachtet ein solches – und der Befriedigung in bescheidenen, unberechenbaren Mengen. Vielleicht ist es aber auch ein Fehler, diesen speziellen Fall allzu sehr zu verallgemeinern, oder aus ihm etwas abzuleiten. Angeln ist ein ganz spezielles Hobby, ein Kuddelmuddel aus emotionalen und praktischen Bestandteilen, das es, ehrlich gesagt, unvergleichlich macht mit irgendeiner anderen Aktivität, außer auf höchst oberflächliche Art. Vielleicht kann ich nur sagen, dass der Aspekt des Angelns eben nur ein Teil des Angelns als Ganzem ist, der Teil, der am wichtigsten ist, und der etwas zu tun hat mit der sinnlichen Fülle des Augenblicks und der begierigen Erwartung des nächsten.

Kürzlich, an einem Abend Ende Juli, als die Sonne eben unterging, waren Rory und ich am Loch of Girlsta, dem tiefsten und vom Volumen her größten Süßgewässer Shetlands. Es ist ein Loch, den ich nie sonderlich gemocht habe, genau wegen seiner Größe. Für mich fühlte er sich immer unverständlich an, und nicht auf eine geheimnisvolle oder faszinierende Art. Sondern eher auf eine kalte und abschreckende Art. Wann immer ich an seinen Ufern zu angeln anfange, bin ich sofort überzeugt, dass die Fische auf der anderen Seite des Lochs sind, oder eben am Grund, in einundzwanzig Metern Tiefe.

Irgendwie weckt es einen Pessimismus, der, auch wenn er für mich zu anderen Zeiten nicht ungewöhnlich ist, das Angeln eher zu einer Plackerei macht.

An diesem speziellen Abend war jedoch alles anders. Wir wussten, dass Fische da waren, weil wir sie sehen konnten. Als das Licht spät abends langsam verlosch, wurde aus dem, was bis dahin eine dürftige Insektenbrut gewesen war, unvermittelt ein Sturm. Die Luft war erfüllt von winzigen transparenten Flügeln, und die Oberfläche des Lochs war narbig von den Mäulern steigender Forellen. Zu solchen Zeiten bekommt man ein Gefühl dafür, wie viele Fische tatsächlich in einem solchen Loch leben, und wie oft deshalb die eigenen Fliegen an jedem beliebigen Tag von ebendiesen Fischen gesehen und ignoriert werden.

Die Insekten in diesem Fall waren eine Unterart der *Caeniden,* eine kleine Eintagsfliege, die an warmen Sommerabenden wie diesem in ungeheuren Zahlen auftreten können. Einem Angler können sie das Leben schwer machen – ihre enorme Menge kann einen Fressrausch auslösen, in dem künstliche Fliegen kaum Erfolg haben dürften. Aber als Schauspiel kann das erstaunlich sein. Wenn das Schlüpfen beginnt, wirkt die Luft nicht länger klar, sondern wie angefüllt mit einer Art von Statik, ein Blitzen und Flattern von Millionen kleiner Körper. Diese winzigen Insekten, kaum mehr als ein paar Millimeter lang, könnten die Welt verdunkeln, wie ein Nebel hektischen Lebens.

Eintagsfliegen gehören zur biologischen Ordnung der *Ephemeroptera,* so genannt, weil ihre Existenz über dem Wasser flüchtig, *ephemer* ist. Nach Monaten, die sie als Nymphen zwischen den Steinen und im Schlick von Lochgründen oder

Flussbetten herumkriechen, machen sie eine Verwandlung durch und tauchen aus dem Wasser als Subimago auf, mit voll ausgebildeten Flügeln, aber noch nicht geschlechtsreif. Doch ihre Existenz an der Luft ist so kurz, dass sie sich gleich nach ihrem ersten Flug noch einmal verwandeln, diesmal in ihre erwachsene Gestalt, die Imago, von Anglern auch Spinner genannt. Um das zu tun, landen sie auf der Erde, in einem Busch oder auf einem geparkten Auto, oder sogar auf einem menschlichen Wesen, und häuten sich. In einem Massenschlüpfen wie diesem häufen sich die Häute dieser Tiere sehr schnell an und bedecken alles mit gespenstischen Insektenhüllen, die von ihren Besitzern verlassen wurden. Sobald sie geschlüpft sind, schwärmen diese *Caeniden* über dem Wasser aus und tanzen und paaren sich, bevor die Weibchen ihre Eier wieder unter der Wasseroberfläche ablegen. In wenigen Stunden sind dann alle Erwachsenen tot. Viele sind in den Mägen der dankbaren Forellen gelandet.

Während die Dämmerung uns umschloss, auf der Seite des Lochs, die am weitesten von der Straße entfernt ist, versuchte ich, meine Konzentration aufrechtzuerhalten. Meine Haare, meine Haut und meine Kleidung waren bedeckt von Tausenden leerer Insektenhüllen, und hin und wieder hielt ich inne, um sie abzubürsten, was allerdings nur Platz für andere schaffte. Überall um mich herum stiegen die Fische. Einige davon konnte ich sehen – diejenigen im Umkreis von zwanzig, dann fünfzehn Metern – und andere konnte ich hören. Zu der Zeit war Rory mehr oder weniger verschwunden. Er war zu einer kleinen Insel dicht am Ufer hinausgewatet, und auch wenn ich das Zischen seines Auswerfens noch hören konnte, war seine Gestalt im Halbdunkel verschwunden.

Irgendwann entstand eine Unruhe etwa an der Stelle, wo ich ihn vermutete, eine Mischung aus Spritzen und Rufen, ich konnte es nicht so recht identifizieren. »Alles okay?«, rief ich. »War es ein Fisch?«

»Nein«, rief er zurück. »Ein Otter. Er tauchte direkt neben mir auf, und wir sind beide erschrocken.«

In Zeiten wie diesen sind die Ohren stärker gefordert. Sie übernehmen, was die Augen nicht mehr leisten können. Ich konnte noch gut sehen, aber nur so weit, wie ich auswerfen konnte. Weil das letzte Licht vom Wasser reflektiert wurde, hielt es diesen Raum sichtbar. Die Welt jenseits war dunkel, zu verschwommen, um etwas erkennen zu können. Der sanft ansteigende, mit Heidekraut bewachsene Hügel hinter mir war eine dunkle, nicht mehr zu identifizierende Masse geworden. Wenn jemand mehr als ein Dutzend Meter hinter mir gestanden hätte, hätte ich ihn wahrscheinlich nicht mehr gesehen. Ich horchte in diese unsichtbare Region, hörte Schafe einander zurufen, hörte Austernfischer in grundloser Panik quieken, hörte Spritzen vor mir und Bellen irgendwo weit weg, hörte Bewegungen, die ich nicht ganz identifizieren konnte – Flügelschlagen vielleicht oder Füße, die durch Heidekraut waten. Aber während ich konzentriert auf die Fläche klaren Wassers schaute, fraßen weiter Fische und ignorierten weiter meine Fliegen.

Bei einem Massenschlüpfen von Eintagsfliegen fressen Forellen sich voll. Die Nahrung ist in einem solchen Überfluss vorhanden, dass sie nur dicht an der Oberfläche herumschwimmen müssen und Insekten in sich hineinschaufeln können, wie ein Wal, der Plankton verschlingt. In dieser Position, dicht an der Oberfläche, ist ihre Sicht begrenzt, wie die meine. Sie sehen nur wenige Zentimeter über ihrem Kopf. (Das beidäugige Sichtfeld einer Forelle ist kegelförmig und weitet sich nach oben; je tiefer sie sind, desto mehr können sie über sich sehen.) Eine zu fangen, ist also zum Teil ein Ratespiel, es geht darum, die Fliegen dort zu platzieren, wohin man meint, dass eine Forelle schwimmt, und zum Teil eine Frage des Verschmelzens mit der Umgebung. Wenn so viel Futter vorhanden ist, gehen diese Fische kein Risiko ein. Sie können es sich leisten, auf Nummer sicher zu gehen. Hin und wieder legte ich meine Leine im Wasser aus und spähte angestrengt in die Dunkelheit, nur um zu sehen, dass eine Forelle in die andere Richtung davonzog – ob erschrocken oder abgelenkt, war nicht zu sagen. Bei jedem Wurf erwartete ich, dass es anders lief. Ich war vorsichtig und aufmerksam, suchte nach dem geringsten Hinweis auf Interesse, ahnte den Strudel voraus, in dem mein Haken verschwinden würde, das Maul, das versuchen würde, aus meiner Fliege eine Mahlzeit zu machen, den Augenblick, in dem meine Gier und die des Fisches zusammentrafen.

Es war fast Mitternacht, als dieser Augenblick endlich kam.

Wenn ich über diesen Abend schreibe, mich an ihn erinnere, befällt mich eine milde Nostalgie, die zugleich das genaue Gegenteil ist: ein auf die Zukunft, auf die nächste Gelegenheit gerichtetes Aufgeregtsein. Das ist ein vertrautes Gefühl. Sich an Tage des Angelns zu erinnern, mag es noch so wehmütig sein, bedeutet immer auch, nach vorne zu schauen. Während Nostalgie eine Sehnsucht nach unwiederbringlichen Zeiten und Orten ist, trägt diese Art von Erinnern weitere Zielsetzungen in sich. Die speziellen Details eines einzelnen Tages können nie wiederholt werden, aber die wesentlichen Freuden, das Staunen, die Erwartung, die Neugier, die Befriedigung, sind endlos abrufbar. Angeln ist zwanghaft, genau weil es auf diese Art vorhersehbar ist. Die Freude hängt nicht nur von Ergebnissen oder von spezifischen Umständen ab. Sich an einen Angelausflug zu erinnern, heißt, sich nach dem nächsten zu sehnen.

Das war einer der Hauptgründe, warum ich dieses Buch geschrieben habe, einer der Gründe, warum man generell über dieses Thema schreibt. Es gestattet mir, ans Angeln zu denken, auch wenn ich nicht am Wasser sein kann. Es bedeutet, dass ich etwas von meiner Lust mit nach Hause bringen, sie sogar kultivieren kann. Andere mit dem Angeln zusammenhängende Aktivitäten dienen dem gleichen Zweck. Das Fliegenbinden zum Beispiel oder das Browsen durch die Seiten der Angelausrüstungshersteller. Ausflüge zu planen und Karten zu studieren, ist gut, auch wenn es nie zu diesen Ausflügen kommt. Oft ertappe ich mich dabei, wie ich in den sozialen Medien Fotos von Anglern anschaue, aus ziemlich demselben Grund. In anderen Worten, ein Großteil des Angelns passiert, wenn ich tatsächlich gar nicht angle.

Für mich ist die am beständigsten genussvolle dieser vorgreifenden Beschäftigungen das Lesen. Warum soll ich in Erinnerungen an meine eigene Angelvergangenheit schwelgen, wenn ich über die Erfahrungen anderer lesen kann? Warum mich tagträumen an Gewässer, die ich bereits kenne oder wahrscheinlich besuchen werde? Lesen ist umfassend und erholsam. Es bietet, für diesen Angler, sowohl nachempfindendes Abenteuer wie stellvertretenden Optimismus.

Als ich aufwuchs, hatte ich eine Schublade, randvoll mit Angelbüchern. Die nächsten Regale standen damals vor meiner Schlafzimmertür, aber das war mir nicht nahe genug. In Second-Hand-Läden, bei Kofferraumverkäufen, bei Freunden und großzügigen Nachbarn sammelte ich alles, was ich zu dem Thema finden konnte, und stapelte es in einer Kommode, eingeklemmt zwischen meinen Pullis und meinen Socken. Diese Schublade war eine schier endlose Quelle der Freude. Sie zu öffnen, bedeutete, hinausgehoben werden in die Welt. Es bedeutete, Möglichkeiten gezeigt zu bekommen, sich auf diese Welt einzulassen und in ihr zu sein. Es bedeutete das Versprechen, dass meine jugendlichen Misserfolge, mein Herumzappeln im Hafen von Lerwick und an den Ufern von Lochs auf der Suche nach Fischen, letztendlich von Erfolg gekrönt sein würde.

Ich lese immer noch viele Angelbücher, auch wenn ich sie inzwischen an konventionelleren Orten aufbewahre (im Augenblick meistens in Stapeln um meinen Schreibtisch herum). Auch die schlechtesten dieser Bücher – und es gibt sehr viele schlechte auf dem Markt: aufgeblasen, belanglos, schlecht geschrieben – bieten noch ein gewisses Maß an Vergnügen. Doch die besten schaffen etwas Spezielles. Sie vermitteln das Erleben von bestimmten Orten, bestimmten Zeiten und bestimmten Begegnungen auf eine Art, die diese Erlebnisse fast so lebendig und bedeutend machen wie eine Erinnerung. Und zugleich erhellen und beleben sie diese geteilten Emotionen, die das Angeln bieten kann. Sie lassen etwas Neues sich vertraut anfühlen und etwas Vertrautes neu. Sie sind außerdem großzügig mit der Hoffnung, die sie vermitteln. Wenn ich anfange, ein Angelbuch zu lesen, freue ich mich darauf zu erfahren, was einem anderen passiert ist. Und wenn ich es ausgelesen habe, freue ich mich auf das, was mir passieren könnte.

Die Fähigkeit des Angelns, einen Zustand auszulösen, der manchmal »Flow« genannt wird, ist ein Grund für seine Beliebtheit (auch wenn ich vermute, dass nur wenige Angler diesen Begriff verwenden würden). Die Mischung aus wiederholter, zweckgerichteter Bewegung – vor allem das vielfache Auswerfen und die Vor- und Rückschwünge beim Fliegenfischen – und einer konzentrierten, positiven Einstellung ist angenehm und, wie sich zeigt, auch gut für die Gesundheit. 2021 begannen Ärzte im Südwesten Englands und in Manchester, als Teil zwei regionaler Studien, Patienten mit Depression und Angstzuständen Angeln zu verordnen. Aufbauend auf vorangegangenen Studien, die gezeigt haben, dass verstärkter Kontakt mit der natürlichen Welt psychologisch wie physiologisch wohltuend ist, zielen diese Feldversuche darauf ab, die Verwendung von Antidepressiva bei einigen Patienten zu ergänzen oder sogar zu ersetzen. Die Hypothese dahinter lautet, wenn man eine fokussierte und hoffungsvolle Einstellung schafft, in der Sorgen keinen Platz haben, kann das Angeln bei der Bekämpfung einer Depression wirkungsvoller sein als etwa ein Spaziergang im Park.

Ich vermute, das stimmt. Ich kenne keine andere Beschäftigung, die Zeit auf eine solche Art konzentrieren kann, die die Aufmerksamkeit so komplett auf den gegenwärtigen und den darauffolgenden Augenblick konzentrieren kann. Die Stunden, die ich mit Angeln verbringe, sind fast immer sorgenfrei – oder zumindest frei von den Sorgen, die zu psychologischem Leid beitragen können. Dennoch ist es ein Fehler, Angeln als rein eskapistisches, ausgelassenes Hobby misszuverstehen, das immun ist gegen innere Unruhe. Es ist schließlich ein Hobby, das Sorgsamkeit kultivieren kann: Sorgsamkeit im Umgang mit den Orten, wo man fischt, und mit den Arten, die man gerne fängt. Aber wie alle Sorgsamkeit ist diese untrennbar verbunden mit Sorge.

Angelbücher zeigen oft einen rosigen Blick auf die Vergangenheit. Die Autoren erinnern sich an Tage ihrer Jugend, als die Fänge ergiebiger und die Flüsse und Seen wilder waren und das Angeln eine Begegnung mit der Natur bot, die irgendwie reiner und bedeutungsvoller war als heute. Dieser Trend spiegelt zum Teil die Tatsache wider, dass diese Autoren meist in einem gewissen Alter sind, in dem die Gefahr eines wehmütigen Erinnerns hoch ist. Aber das heißt nicht, dass man diesen Blick völlig abtun kann. Es steckt eine gewisse Wahrheit darin. Ein Leben lang zu angeln, bedeutet, große Umweltveränderungen mitzubekommen, von denen die meisten Veränderungen zum Schlechteren sind. Es bedeutet, dem Wasser und dem, was darin lebt, Aufmerksamkeit zu schenken, Schäden und Verminderung zu sehen. Nostalgie ist eine verständliche Reaktion darauf. Eine andere ist Angst.

Die Bedrohungen des Wasserlebens sind zahlreich und vielfältig. Einige sind spezifisch und ortsbezogen, wie etwa Umweltverschmutzung, während andere eher global sind – der Klimawandel vor allem. Diese beiden Stränge sind jedoch nicht sinnvoll zu trennen. Viele Probleme mit identifizierbaren örtlichen Ursachen sind tatsächlich so weit verbreitet, dass sie nationale oder internationale Gefahren darstellen. Zugleich sind die Auswirkungen der Erderwärmung von Ort zu Ort verschieden; sie unterscheiden sich durch die Region, das Ökosystem, die Arten. Was die Seen, Flüsse und Meere, die wir Angler lieben, zu bewältigen haben, ist ein toxischer Cocktail aus ökologischen Gefahren, die sich gegenseitig verschärfen und verkomplizieren.

Dieser Cocktail ist deutlich zu beobachten in einem der markantesten und wichtigsten Angel-Habitate Großbritanniens. Die Kreidebäche, die aus Quellen im südlichen und östlichen England entspringen, sind aus einer Reihe von Gründen bemerkenswert. Zum einen sind sie kalt, und ihre natürliche Fließgeschwindigkeit – die von wasserführenden Kreideschichten und nicht von der Regenmenge bestimmt wird – ist über das Jahr hinweg eher konstant. Sie sind außerdem alkalisch und nährstoffreich und perfekte Lebensräume für Wasserpflanzen, Insekten und Fische, vor allem Forellen. Da sie erzeugt werden von der einzigartigen Geologie des Landes, aus dem sie entspringen, ist diese Art von Wasserläufen global sehr selten, die große Mehrheit fließt in England. Zu ihnen gehören einige der berühmtesten Angelflüsse der Welt: der Test, der Itchen, der Hampshire Avon, der Lea.

Und doch reichte ihr Ruhm und ihre Fruchtbarkeit nicht aus, um diese Wasserläufe vor Schaden zu bewahren. Tatsächlich genießen nur etwa ein Dutzend von etwa 200 in Großbritannien irgendeinen speziellen Schutzstatus, und eine Studie des World Wildlife Fund for Nature von 2014 fand heraus, dass die geschützten Flüsse in keinem besseren Zustand waren als die ungeschützten. Insgesamt wurde weniger als einem Viertel der Kreidebäche ein guter ökologischer

Zustand bescheinigt, und das kann durchaus eine optimistische Schätzung sein.

Ein großes Problem der Kreidebäche ist die Tatsache, dass ihre geografische Verbreitung zusammenfällt mit den am dichtesten besiedelten und landwirtschaftlich am intensivsten genutzten Gegenden des Landes. Das bedeutet, dass die langfristigen Bedürfnisse der Flüsse den unmittelbaren Bedürfnissen der Menschen den Vortritt lassen müssen. Seit Jahrhunderten werden die Kreidebäche missbraucht von jenen, die den Wert des Landes in ihrer Umgebung schätzen. Sie wurden für unsere Bequemlichkeit begradigt, gezwungen, den Linien zu folgen, die wir in Karten zeichnen. Sie wurden umgeleitet in Kanäle und Tunnel und unter Beton vergaben. An ihren Ufern wurden Häuser, Fabriken und Straßen gebaut.

Flüsse können diese Art von Erschließung bis zu einem gewissen Grad überleben; sie können noch immer Leben beherbergen, wenn auch nicht mehr in dem Ausmaß, wie sie es früher getan haben. Was sie allerdings nicht überleben können, ist, dass ihnen das Wasser ausgeht. Und genau das ist heute das Schicksal vieler Kreidebäche, die für einen Großteil des Jahres kaum mehr sind als trockene Narben in der Landschaft. Der Hauptgrund ist offensichtlich: Das Wasser geht woanders hin. Private Wasserkonzerne zweigen kolossale Mengen Wasser von den Flüssen selbst und den wasserführenden Schichten, die sie speisen, ab, vorwiegend für den häuslichen Gebrauch. In einigen Fällen, wie etwa dem Cam, der durch Cambridge fließt, pumpen diese Konzerne dann zusätzliches Wasser aus den wasserführenden Schichten in die Flüsse zurück, um das Problem zu lindern (oder es zu verschleiern), wodurch sie es allerdings nur noch schlimmer machen. Dies alles wird noch verstärkt durch vom Klimawandel verursachte geringere Regenmengen im Winter, die das Grundwasser nicht mehr adäquat wiederauffüllen können.

Doch die Flüsse leiden nicht nur wegen dem, was ihnen entnommen wurde, sondern auch an dem, was in sie hineinkommt. Einträge aus der Landwirtschaft sind ein Problem, wobei der überschüssige Phosphor aus der Düngung Algenblüten und Nährstoffüberschuss begünstigt, die das Leben im Wasser ersticken können. Salatwaschanlagen wurden zum Beispiel dabei ertappt, wie sie Pestizide, darunter Neonicotinoide, in Kreidebäche einleiten und dadurch das Insektenleben flussabwärts vernichten. Doch die vielleicht größte Verschmutzungsgefahr von allen geht vom Abwasser aus, das gegenwärtig in außerordentlichen Mengen in Flüsse eingeleitet wird. Allein 2020 wurde festgestellt, dass Wasserversorger drei Komma eins Millionen Stunden lang ungeklärtes Abwasser in englische Gewässer eingeleitet haben. Und obwohl das Problem je nach Region und je nach Gewässer unterschiedlich ist, gibt es keine Gegend mehr, die nicht betroffen ist. Genau in diesem Jahr wurde keinem Fluss Englands ein chemisch guter Zustand bescheinigt. Keinem einzigen. Nach dem früheren Sänger und jetzigen Umweltaktivisten Feargal Sharkey sind Englands Flüsse inzwischen nicht mehr als eine Erweiterung des Abwassersystems, verschmutzt, vergiftet und ausgebeutet.

Zusammengenommen präsentieren diese Probleme eine große Herausforderung für jeden, der Kreidebäche als gesunde und florierende Ökosysteme schätzt. Ein einzelner

Übeltäter kann nicht ausgemacht werden. Keine einzelne Lösung würde zu den Veränderungen führen, die nötig sind. Diejenigen, die schuld sind an der Schädigung dieser Flüsse, verlassen sich darauf, dass es nur wenige Menschen gibt, die es überhaupt bemerken oder denen es am Herzen liegt. Sie verlassen sich auf die Gleichgültigkeit der Öffentlichkeit und der Regierung, um weiter damit durchzukommen, und meist ist es diese Gleichgültigkeit, die sie bekommen. Eine Handvoll von Gesellschaftsgruppen und gemeinnützigen Umweltorganisationen bemühen sich weiter beharrlich um den Schutz dieser Gewässer, und die Angler und ihre Vertreter waren dabei besonders aktiv. Doch trotz einiger örtlicher Erfolge – hier eine Sanierung, dort eine strafrechtliche Verfolgung – kommt man unschwer zu dem Schluss, dass sich diese Flüsse ohne radikale Veränderungen weiter verschlechtern werden. Ihr Ruf unter Anglern kann gestützt werden durch das Einsetzen von Zuchtforellen, aber nur bis zu einem gewissen Grad. Ohne bedeutende ökologische Verbesserungen wird dieser Ruf zunehmend hohl erscheinen. Er ist dann vielleicht nur noch eine Form der Nostalgie.

In einigen Teilen der Welt ist die Bedrohung für die Fische so groß und ihre potenziellen Folgen so enorm, dass es fundamental am Thema vorbeigeht, wenn man sich überlegt, welche Auswirkungen das Angeln und die Angler haben. Im pazifischen Nordwesten Nordamerikas zum Beispiel geht die Population des Pazifischen Lachses stark zurück, und die Bestände bestimmter Arten in bestimmten Flusssystemen stehen kurz vor dem Zusammenbruch. Das ist natürlich ein wirtschaftliches Problem, da das Angeln und damit verbundene Freizeitaktivitäten Geld in diese Region bringen, und es ist eine Unannehmlichkeit für Leute, die gerne diese Arten angeln. Aber diese unmittelbaren Probleme erscheinen unbedeutend vor der größeren Umweltkatastrophe, die dieser Rückgang zweifellos bedeutet. Denn das Problem ist Folgendes: Die Ökosysteme des pazifischen Nordwestens – seine Regenwälder mit ihrem üppigen Leben – werden aufrechterhalten vom Lachs. Wenn diese Fische in großer Anzahl vom Meer ins Süßwasser zurückkehren, um dort zu laichen, die Körper randvoll mit maritimen Nährstoffen, stirbt jeder einzelne dieser Lachse und gibt diese Nähstoffe an genau das Gewässer ab, in dem er geboren wurde.

Um nur ein Beispiel zu nennen: Es wird geschätzt, dass vor dem zwanzigsten Jahrhundert jedes Jahr über zehn Millionen Chinook-Lachse in das Flusssystem des Columbia River in Washington State zurückkehrten. Diese Millionen von Fischen ernährten wiederum Millionen anderer Säugetiere und Vögel, von ikonischen Arten wie Bären, Wölfen und Adlern bis hinunter zu den kleinsten Kreaturen und letztendlich sogar die Wälder. Es zeigte sich, dass Bäume in dieser Region bis zu 75 Prozent ihres Stickstoffs aus den Lachsen bezogen. Das Leben dieser gesamten Region hängt also ab von ihrem Vorhandensein. Ohne sie leidet alles. Doch heute schätzt man, dass von den ehemals zehn Millionen nur noch etwa 200 000 von ihnen pro Jahr zurückkehren, mit fallender Tendenz.

Die Ursachen dieser Katastrophe sind kein Geheimnis, aber sie sind auch nicht leicht zu beheben. Lebensraumverlust und -verschlechterung sind, wie üblich, ein Teil des Problems, sowohl an der Küste, wo die Lachse einen Großteil ihres Lebens verbringen, aber auch in den Flüssen selbst. Und da die menschliche Bevölkerung wächst, erhöht sich auch der Druck auf die Tierwelt. Zum Teil erhöht sich dieser Druck schrittweise – durch Bauprojekte an Flussufern zum Beispiel –, aber es gibt auf konkrete Hindernisse – Kanalrohre und Dämme, die Fische daran hindern können, flussaufwärts zu schwimmen. Dann ist da noch der Klimawandel, der sich auf vielfache Weise auf die Fische auswirkt. Erstens steigt die Temperatur der Flüsse, und Lachse können in warmem Wasser nicht überleben. Zweitens werden Überschwemmungen und Lauffeuer zu immer regelmäßigeren Ereignissen, und beide können für junge Fische verheerend sein. Und drittens wird die Nahrung, von der sich die Lachse im Meer ernähren – Plankton, Krustentiere und kleinere Fischarten – immer geringer. Veränderungen ganz unten in der Nahrungskette schlagen durch bis an die Spitze.

Während diese diversen Bedrohungen immer größer wurden, sind andere hinzugekommen. Der kommerzielle Fischfang zum Beispiel war kein Problem, als die Bestände noch gesund waren, doch da die Anzahl der Lachse sinkt, wachsen die Auswirkungen dieses Fischfangs exponentiell an. Entsprechend können auch natürliche Räuber schädliche Auswirkungen haben, vor allem, wenn deren Nahrungsangebot durch dieselben klimatischen Veränderungen aus dem Gleichgewicht geraten ist. Einige Räuber, Seelöwen etwa, jagen und fressen inzwischen mehr Lachse als je zuvor. Andere, wie Orcas, verschwinden selbst. Es ist eine komplexe, verwirrende Geschichte des Niedergangs, und es ist schwer zu sagen, was man tatsächlich dagegen tun kann. Es ist schwer zu sagen, wo man überhaupt anfangen soll.

Nicht jede Lachsart ist so stark betroffen wie der Chinook, und nicht jeder Fluss ist so schwer betroffen wie der Columbia. Aber Schädigungen passieren überall, von Oregon und Washington State über British Columbia bis nach Alaska. Es ist eine Umweltkatastrophe, in der, ehrlich gesagt, das Angeln nur geringe Bedeutung hat. Aber Angler haben sie. Sie gehören zu denen, die die Veränderungen mit eigenen Augen sehen, die diese Bedrohungen erkennen und sie fürchten. Angler können – sollten – zu denen gehören, die am lautesten in die Welt rufen, was da passiert. Die darauf beharren, trotz der Gleichgültigkeit anderer, dass Fische wichtig sind.

»Was war das einst für eine schöne Welt«, sagte der Erzähler in Norman MacLeans *Aus der Mitte entspringt ein Fluss*. »Zumindest ein Fluss darin war schön.« Was für eine ungeheure Traurigkeit spricht aus diesen Zeilen.

Angeln ist für mich eine Möglichkeit, mich zu erinnern, wie schön die Welt noch immer ist. Es ist eine Möglichkeit, mich dieser Tatsache zu stellen – und mich mit ihr zu trösten. Aber heutzutage am Wasser zu stehen, heißt auch konfrontiert zu werden mit Verlust, mit der Art und Weise, wie wir diese Welt hässlicher gemacht haben und noch immer machen. Es heißt, Scharen von Plastiktüten zu sehen, die an Bäumen und Zaunpfosten hängen oder von gleichgültigen Winden oder Strömungen in Ecken gedrückt wurden. Es heißt, zerbrochene Flaschen und Bierdosen zu sehen, weggeworfen von jenen, die einen Ort genossen haben, aber keine Skrupel hatten, ihm Schaden zuzufügen. Es heißt, Zeuge zu sein von etwas, das nicht da sein sollte. Letzte Woche sah ich, wie kontaminiertes Wasser aus einer aufgegebenen Mine in den Fluss strömte, in dem ich angelte. Eine beinahe fluoreszierend orangene Schwade erstreckte sich über viele Meter vom Ausfluss weg, und über eine lange Strecke flussabwärts war das Flussbett überzogen mit rostfarbenem Dreck. Gestern watete ich, an einer anderen Stelle dieses Flusses und meilenweit von jeder Stadt entfernt, in ein Becken und wäre beinahe über einen Laufschuh gestolpert, der zwischen Felsen klemmte. Daneben etwas, das aussah wie ein alter, umgedrehter Einkaufskorb.

Solch sinnlose Schädigungen sind nicht zu ignorieren. Aber letztendlich sind sie eine geringere Bedrohung als das, was man bei einem einzigen Ausflug nicht sehen kann, das, was nur über einen längeren Zeitraum hinweg zu erkennen ist. Für Angler ist der globale Rückgang der Insektenzahlen und der -vielfalt sicherlich eine der wichtigsten dieser Veränderungen (Ein Rückgang, der selbst verschiedene Ursachen hat). Auch wenn es in diesem Trend regionale Variationen gibt, nimmt man an, dass sich weltweit mindestens vierzig Prozent der Insektenarten im Bestand verringern, wobei etwa ein Drittel der Arten gefährdet ist. Bei einer Zusammenfassung globaler Daten wurde eine Gesamtverringerung von mehr als 2,5 Prozent pro Jahr festgestellt, wobei eine kürzlich veröffentlichte, in Deutschland vorgenommene Studie einen Rückgang von niederschmetternden 76 Prozent der gesamten Insekten-Biomasse in den letzten sieben Jahren ergab. Es ist unmöglich, dass derartige Rückgänge nicht bereits Auswirkungen auf die Wildfischbestände haben, und unmöglich, dass sie es nicht weiterhin tun. Weniger Insekten bedeuten weniger Fische, so einfach ist das.

Es ist noch immer eine schöne Welt, und das wird uns zu keiner Zeit so bewusst wie beim Angeln. Aber der Mensch tut mit Sicherheit alles, um das zu ändern. Wer den Orten, die er liebt, Aufmerksamkeit schenkt oder wenigstens nur den Nachrichten Aufmerksamkeit schenkt, dem muss es grauen vor dem Grauen, dem diese Welt sich gegenübersieht. Alles, so scheint es, wird immer schlimmer.

Oder fast alles.

Mehr als einmal habe ich in diesem Buch erwähnt, dass viele Flüsse im Vereinigten Königreich und anderswo heute tatsächlich in einem besseren Zustand sind als Mitte des zwanzigsten Jahrhunderts. Die Industrielle Revolution war eine Katastrophe für das Wasserleben. Jahrhundertelang gab es nur wenige Beschränkungen, was die Leute in unsere Gewässer kippen konnten. Abwasser, Reinigungsmittel, industrielle Farben, Schmutzwasser aus dem Kohlebergbau, Ammoniak, Öl. Bei den meisten Flüssen, die das Pech hatten, in der Nähe von Orten und Städten zu fließen, landete das meiste von dem, was wir nicht mehr brauchten, letztendlich in ihrem Wasser. Kein Wunder, dass viele dieser Flüsse jahrzehntelang völlig tot waren. Solange sie weiter verschmutzt wurden, konnte nichts lange in ihnen leben.

Aber Flüsse sind ziemlich gut in der Selbstreinigung, wenn man ihnen die Chance gibt. Sobald es Beschränkungen gab und diese Beschränkungen auch politisch umgesetzt wurden, wurde das Wasser sauberer. Das Leben und die Fische kehrten zurück.

Dies festzustellen, heißt nicht, die schlechten Nachrichten kleinzureden oder von ihnen abzulenken. Es soll nur zeigen, dass sich etwas ändern kann, dass es besser werden kann.

Vor siebzig Jahren hätte sich noch niemand vorstellen können, dass in den Clyde eine gesunde Lachspopulation zurückkehren würde. Niemand hätte sich vorstellen können, dass aus der Themse wieder ein sauberer Fluss wurde. Diese Tatsache sollte man vor Augen haben, wenn wir über die Probleme nachdenken, mit denen sich unsere Gewässer heute konfrontiert sehen. Denn auch wenn die Herausforderungen gigantisch sind, ist das kein Grund für Untätigkeit. Manchmal ereignet sich das Unvorstellbare.

Ich muss zugeben, ich bin kein großer Optimist, wenn es um den Klimawandel oder generell um Umweltschäden geht. Ich bin bei so gut wie nichts ein großer Optimist, außer vielleicht beim Angeln. Ich glaube, darum geht es. Unter anderem. Es geht darum, was ich letztendlich von alldem habe. Was immer wieder erneuert wird, wenn ich nach Fischen suche. Es ist die Hoffnung. Hoffnung und Hoffnung und Hoffnung. Auswerfen und Auswerfen und Auswerfen.

Der Forth and Clyde Canal

NORTH LANARKSHIRE, 2020

Ein paar Wochen waren vergangen, seit Roxani und ich unseren Spaziergang am Forth and Clyde Canal gemacht hatten. In dieser Zeit war das Wetter kälter und ich vierzig geworden. (Diese Veränderungen haben nichts miteinander zu tun, allerdings frage ich mich morgens manchmal, ob vielleicht doch.) Ich hatte die ganze Zeit gewusst, dass ich wieder hierherkommen würde, um zu angeln. Ein Gedanke hatte mich gequält, der Gedanke daran, was hier sein könnte, unter der Oberfläche. Aber ich wartete und ließ die Erwartung immer größer werden, bis schließlich ein Tag sich einfach richtig anfühlte.

In der Zwischenzeit hatte ich einiges übers Grobfischangeln gelesen, aber nichts davon hatte mir Zuversicht vermittelt. So gut wie jeder Fisch, das erfuhr ich, kann mit einer Fliege gefangen werden, es gibt aber auch viele Vorbehalte. Zum einen legten meine Recherchen nahe, dass der Winter die völlig falsche Zeit dafür war. Erst wenn es wieder wärmer wird, schnappen die Fische mit mehr Begeisterung zu. Zum anderen fand ich keine Übereinstimmung darüber, welche Fliegen ich verwenden sollte. Wie so oft beim Angeln, hatten viele Leute Meinungen, und so gut wie alle unterschieden sich.

Ich stellte mein Auto neben einer Schleuse ab, auf einem Kiesparkplatz, der gerade groß genug war für drei Fahrzeuge. Er lag ein paar Meilen östlich des Abschnitts, wo wir unseren Spaziergang gemacht hatten, und ich hoffte, dass es hier ruhiger war, so abseits der Hauptstraße. Ich steckte eine Schnurspule und ein Kästchen mit Fliegen in meine Tasche, nahm Rute und Rolle und klemmte mir einen Kescher in den Gürtel. Mit gesenktem Kopf ging ich den Treidelpfad entlang, denn ich wollte eben anfangen zu angeln. Aber ich kam nicht weit.

Ein kurzes Stück hinter der Schleuse stand auf einer in den Kanal hineinragenden Steinplattform ein alter Mann, der durch eine Leine mit einem Hund verbunden war. Der alte Mann drehte dem Pfad den Rücken zu und schien sich eine Schwanenfamilie unten im Wasser anzuschauen. Aber das war nur ein Vorwand. Tatsächlich lauerte er auf Gesellschaft.

Als ich näher kam, drehte der Mann sich mir zu, murmelte einen Gruß und senkte dann den Blick zu der Angelrute in meiner Hand. Der Hund – ein mageres Ding, höchstens ein halber Spaniel – schien seine Bewegungen nachzuahmen. Auch er drehte sich um, schaute hoch zu mir, dann wieder nach unten.

»Eine Fliegenrute?« fragte der Mann. (Eine gute Schlussfolgerung, da die Rolle noch nicht befestigt war.)

»Ja«, sagte ich knapp, weil ich hoffte, die Sache damit abzukürzen.

Der Mann erzählte mir, dass er erst vor ein paar Monaten mit dem Fliegenfischen angefangen habe, nachdem jemand ihm eine kaputte Rute geschenkt hatte, die er repariert hatte.

Der Mann war fünfundsiebzig, vielleicht achtzig Jahre alt, ein Alter, in dem man durchaus noch mit dem Angeln anfangen konnte.

Wir unterhielten uns ein paar Minuten. Der Mann erklärte mir, im Tonfall eines geduldigen Lehrers, dass ich mit meiner Rute besser in die Forellenzucht ein Stück die Straße hoch gehen sollte. Ich sagte ihm, dass ich das wahrscheinlich auch tun würde. »Da ich aber jetzt hier bin«, sagte ich und wandte mich wieder dem Pfad zu, »kann ich es durchaus auch mal hier …«

»Haben Sie je Hecht gegessen?«, fragte er nun, und nahm mir damit jede Möglichkeit, eine weitere Unterhaltung abzuwenden. Ich atmete aus, schüttelte den Kopf und gab zu, dass ich es noch nicht getan hatte. »Ein Kerl hat mir gesagt, dass er sehr gut ist«, sagte er. »Viele Gräten, aber …« Er zuckte die Achseln. »Ich habe mir gedacht, nächstes Jahr fahre ich vielleicht zum Lake of Menteith hoch, angle mir einen kleinen Hecht und lege ihn in den Smoker. Wer weiß, das ist dann vielleicht der beste Fisch, den ich je gegessen habe.«

Ich war mir ziemlich sicher, dass Hechttöten am Lake of Menteith nicht erlaubt war, aber es schien mir nicht der richtige Augenblick, um das zu erwähnen. Außerdem redete er noch immer.

»Einmal in Südafrika«, sagte er, »habe ich einen Fisch gegessen. Sehr schönes, weißes Fleisch. Den besten, den ich je hatte. Am nächsten Tag habe ich versucht, so einen in einem Laden zu finden. Sie würden's nicht glauben. Das hässlichste Ding, das Sie sich vorstellen können. Ich glaube, es war eine Art Aal.« Er schaute mich an, wie um meine Reaktion einzuschätzen, und ich versuchte, zugleich schockiert und beeindruckt zu wirken. »Das Problem bei uns ist«, fuhr er fort, »dass wir mit den Augen essen.«

Auch wenn das wahrscheinlich eine einstudierte Bemerkung war, war sie dennoch gut. Ich nickte, um meine Anerkennung für seine Erkenntnis zu zeigen und zugleich anzudeuten, dass sie ein idealer Schlusspunkt für unsere Unterhaltung sein könnte, der Gipfel, von dem wir beide herabsteigen und unsere getrennten Wege gehen könnten. Ich wartete ein paar Sekunden, um zu sehen, ob es ihm ähnlich erging, und als ich das Gefühl hatte, dass es so war, ging ich zum Angriff über.

»Na ja«, sagte ich, »dann wollen wir mal sehen, wie's läuft.«

Ich drehte mich um und ging den Treidelweg in westlicher Richtung davon.

»Einen schönen Tag«, rief er mir nach, und sein kleiner Hund bellte dazu.

Ich hob die Hand und winkte. »Ihnen auch«, sagte ich.

Der Kanal war in diesem Abschnitt gesäumt von Schilf und Rohrkolben, ihre Blütenwalzen wie fette Zigarren auf Spießen. Hier und dort war Platz für Angler gerodet worden, nur kleine Lücken in der Vegetation, mit einer eingeebneten Stelle am Uferdamm darüber. Ich kam an einem halben Dutzend von diesen Lücken vorbei, dann zehn, dann zwölf, und wartete auf einen Hinweis, dass ich die richtige Stelle zum Anfangen gefunden hatte. Ich ging weiter, bis ich schließlich merkte, dass ich es nur hinausschob und dass ich eine Entscheidung würde treffen müssen. Bei der nächsten Lücke im Röhricht verließ ich den Pfad, stieg hinunter zum schlammigen Ufer und begann, die Fliegenschnur durch die Rutenringe zu fädeln.

Bei der Wahl der Fliegen ging ich auf Nummer sicher und entschied mich für zwei. Die erste hatte ein winziges graues Krabbenmuster, die ich wegen ihrer Größe nahm und wegen der Tatsache, dass sie leicht beschwert war, was sie auf den Grund sinken ließ. Und auch, weil es im Großen und Ganzen aussah wie eine Made, die jeder vernünftige Angler als Köder aussuchen würde. Das, so dachte ich, sollte bei jeder der kleineren Arten funktionieren. Die zweite Fliege war ein schwarzer, funkelnder Köder, der einen kleinen Fisch nachahmen sollte. Er war groß genug, um einen hungrigen Barsch anzulocken, aber zu klein, so dachte ich, um einen Hecht zu interessieren. Mein Vorfach war dünn, und ein Hecht würde es problemlos zerreißen.

Im letzten Augenblick knüpfte ich noch eine dritte Fliege an – eine große, buschige Köcherfliege – am obersten Ende des Vorfachs. Für die entschied ich mich weniger wegen ihrer Lockfähigkeiten, sondern weil sie Auftrieb bot. Da ich vergessen hatte, einen Bissanzeiger mitzunehmen, der die Sache einfacher gemacht hätte, würde diese Fliege im Wesentlichen als Schwimmer funktionieren, während die beiden anderen weiter unten baumelten. Verlockend, wie ich hoffte.

Ich warf das ganze Ensemble nach links aus, riss ein paarmal an der Leine, damit die unteren Fliegen sanken, und wartete dann. Ich hatte gelesen, dass nur wenig Bewegung nötig sei, deshalb ließ ich die Fliegen ruhen, ließ sie nur gelegentlich zucken, für den Fall, dass das zu einem Biss verleitete. Ich sah zu, wie die Köcherfliege langsam auf die Seerosenteppiche am Ufer zutrieb.

Mir fiel ein, dass ich heute zum ersten Mal seit meinem sechzehnten Lebensjahr bewusst nach Grobfischen angelte. Genau genommen seit dem Tag, an dem mein Vater starb. An diesem heißen Sommernachmittag in Sussex – ich hatte noch keine Ahnung, was passiert war – fing ich Schleien (zwei davon, wenn ich mich recht erinnere, doch es ist möglich, dass dem nicht so ist). Danach packte ich meine hässliche Fiberglas-Rute weg – diejenige, die ich acht Jahre zuvor mit meinem Onkel gekauft hatte, diejenige, die mich durch die Sommer meiner Kindheit begleitet hatte – und benutzte sie nie wieder. In einem Leben des Angelns gibt es Strömungen und Wirbel. Es gibt plötzliche Richtungsänderungen. Es gibt Erinnerungen, die ungebeten wieder an die Oberfläche kommen.

Ich warf noch einmal aus, diesmal ein bisschen weiter, und ließ die Köcherfliege treiben. Es ging fast kein Wind, nur ab und zu ein schwacher Stoß, sodass die Bewegungen der Fliege exzentrisch und unberechenbar waren. Sie trieb in eine Richtung, drehte sich und kehrte zum Ausgangspunkt zurück. Ich ließ sie eine Weile schweben, hob dann die Rute, holte aus und ließ die Schnur in Richtung Kanalmitte schnellen. Mein Blick wurde weicher, der Fokus nicht mehr auf der handgemachten Fliege, sondern der Reflexion, in der sie schwamm, von dem um den Haken gebundenen Fellbündel zu den nackten Bäumen am gegenüberliegenden Ufer, die sich im Wasser spiegelten. Irgendwann wurde aus einer komischen Bewegung, einem schmalen Aufblitzen von Weiß neben meiner Fliege, ein reales, lebendiges Reh, das zwischen diesen Bäumen umherstreifte. Nur das blasse Hinterteil war zu sehen, und ein Hauch Bronze an seiner

Flanke. Als ich mich Minuten später aus einer unerklärlichen Ahnung heraus umdrehte, sah ich ein zweites Reh, ein junges, das schlafend auf der unebenen Erde hinter mir lag. Es hatte sich zwischen Sträuchern zusammengerollt, der eigenen Unsichtbarkeit gewiss. Ich warf noch einmal aus, drehte mich dann wieder um, und natürlich war das Kitz verschwunden.

Ich ging über den Pfad zur nächsten Lücke, zurück in die Richtung, aus der ich gekommen war. Ich hatte gelesen, dass es die Erfolgschancen erhöht, wenn man oft seinen Standort wechselt. Grobangler können mehrere Handvoll Köder ins Wasser werfen, um Fische zu der Stelle zu locken, wo sie stehen, aber Fliegenangler haben diesen Luxus nicht. Sie müssen sich auf die Suche machen. Deshalb zog ich um, und dann noch einmal.

In den Vogelbeerbäumen auf der anderen Seite des Pfads war nun ebenfalls Bewegung, Schwanzmeisen flatterten auf der Suche nach Futter von Ast zu Ast und plapperten die ganze Zeit miteinander. Auf der anderen Seite des Kanals suchten Wasserhühner ebenfalls nach Futter. Ihr prägnantes Rülpsen drang aus dem Unterholz, doch die Vögel selbst waren größtenteils versteckt. Hier um mich herum herrschte ein reges Gewimmel, ein Hin und Her in alle Richtungen. In einiger Entfernung hinter mir verlief eine viel befahrene Straße, und die Bahnverbindung zwischen Glasgow und Edinburgh führte über den Hügel vor mir. Radfahrer in reflektierender Kleidung rollten mit lautem Bimmeln über den Treidelpfad. Ältere Paare gingen Arm in Arm spazieren. Über mir flogen Wildenten. Kleine Flugzeuge setzten auf dem Flugfeld in der Nähe zur Landung an. Rotkehlchen raschelten im Unterholz. Immer wieder blies der Wind in Böen. Überall waren Flügel und Füße und Äste und Räder.

Beim Angeln neige ich zur Stille. Damit meine ich nicht das Fehlen jeglicher Bewegung, sondern das Ausblenden unerwünschter Ablenkungen. Es ist ein Zustand selektiver Einstimmung, den ich meistens erreiche. Doch an diesem Tag gelang er mir nicht. Die Welt lärmte nach Aufmerksamkeit. Sie stieß mich dauernd an. Sogar mein eigener Körper machte mit. Meine Finger schmerzten und zitterten vor Kälte; mein Magen schimpfte mit mir, weil ich vergessen hatte, ein Lunch mitzunehmen.

Ein Regenschauer setzte ein, was die Vorhersage widerlegte, und ich zog mir die Kapuze über den Kopf. So angelte ich mich zum Auto zurück, blieb manchmal nur kurz stehen und nahm mir das nächste Mal Zeit, um sorgfältig auszuwerfen. Bei einem Einholen zögerte ich kurz, bevor ich die Fliege aus dem Wasser hob, und direkt vor mir brach die Nase eines Fisches durch die Oberfläche. Mein Herz machte einen Satz, und ich hielt inne, ließ die Leine noch ein wenig länger draußen und ruckte und ruckte, in der Erwartung, dass er anbiss. Ich ging im Kopf die Liste der Kandidaten durch, die Arten, die es sein könnten. Ich stellte mir den Fisch als Barsch vor, mit derben Schuppen und Tarnstreifen, die stachelige Rückenflosse aufgestellt. Oder als Rotauge, mit leuchtend silbrigem Körper und rötlichen Flossen. Oder vielleicht als Rotfeder, golden, dicklich und verdrießlich. Ich stellte mir all die Fische vor, die ich seit Jahren nicht gesehen oder in Händen gehalten hatte und die ich unbedingt wiedersehen wollte. Ich wartete, wartete, warf noch einmal aus und wartete, aber nichts kam. Was er auch gewesen war, er kehrte nicht zurück.

Gegen Mitte des Nachmittags war ich wieder in Sichtweise der Schleuse. Der Kanal ist hier schmaler, und ich konnte fast bis zum anderen Ufer auswerfen. Aus dem Regen wurde immer mal wieder Graupel, und eine Familie Höckerschwäne schwamm herbei, weil sie dachten, ich würde Brot ins Wasser werfen. Ich zischte sie an, wollte sie verscheuchen, und als sie sich weigerten, setzte ich mich in Bewegung.

Ich hatte sonst keine Hinweise auf Fische gesehen, nur dieser eine, flüchtige Blick. Ich war schon fast so weit, Schluss zu machen, meine Rute einzupacken und nach Hause zu fahren, die Heizung einzuschalten und ein Päckchen Kekse zu öffnen, meine Rückkehr an den Kanal und zum Grobfischen einen Reinfall zu nennen. Ich schlenderte mit den Augen auf dem Wasser, ließ zwei Jogger auf dem Pfad an mir vorbei und kehrte dann zu der Steinplattform zurück, wo ich vor einigen Stunden den alten Mann und seinen Hund getroffen hatte.

Noch einen letzten Wurf, sagte ich mir. Einen letzten Wurf.

Ich stellte mich an die von der Schleuse am weitesten entfernte Ecke und warf zum gegenüberliegenden Ufer hin aus, zu einer geschützten Stelle, die aussah, als könnten Fische in ihr sein. Oder zumindest die Chance auf sie bieten. Die Hoffnung auf sie.

Die Fliegen landeten genau dort, wo ich sie haben wollte. Die unteren sanken, nur die Köcherfliege blieb sichtbar, ein Klümpchen von etwas, das ich mit eigenen Händen gemacht hatte. Ich schaute genau hin, wartete auf das Zittern, das auf Leben unter Wasser hindeuten konnte. Ich zog einmal an der Leine, dann noch einmal.

Während ich so dastand und schaute, veränderte sich das Licht um mich herum, das Spiegelbild eines Baumes erblühte und verschattete den Klumpen aus Rehhaaren und Fell. Ein Fleck blauer Himmel öffnete sich, nicht über, sondern unter mir, und veränderte die Oberfläche, durchtränkte sie, als wäre alles um mich herum ebenfalls dort zu finden, wenn ich nur genau genug hinschaute. In diesem Augenblick rückte die Fliege wieder ins Blickfeld, so schwebend zwischen Reflexion und Erwartung. Ich beugte mich zum Wasser vor und straffte die Finger um die Leine.

Danksagung

Die meisten meiner Angeltage verbringe ich inzwischen allein, aber das war nicht immer so. Im Lauf der Jahre habe ich die Gesellschaft vieler anderer Angler genossen und von ihnen gelernt. Ich hatte, vor allem in meinen Teenagerjahren, das Glück, von zahlreichen Mitgliedern der Shetland Anglers Association ermutigt und von ihnen ertragen zu werden. Dafür bin ich außerordentlich dankbar, vor allem Alec Miller, der seit inzwischen drei Jahrzehnten ein großzügiger Angelbegleiter ist. In den letzten Jahren habe ich meine viel zu seltenen Angelausflüge mit Will Miles genossen, und ich bin ihm dankbar nicht nur für seine Gesellschaft bei diesen Gelegenheiten, sondern auch für seine Erlaubnis, über zwei von ihnen in diesem Buch zu schreiben.

Auch wenn sie selber (noch) nicht angelt, begleitet Roxani Krystalli mich oft ans Wasser, und diese Tage werden, wie all die Zeiten, die ich mit ihr verbracht habe, bereichert durch ihre Anwesenheit. Roxani ist außerdem meine erste und beste Leserin, und jedes Kapitel in diesem Buch wurde verbessert durch ihre Kommentare, ihre Fragen und ihre endlose Neugier.

Mein Bruder Rory Tallack las diese Kapitel ebenfalls, während sie geschrieben wurden, und bot mir in dieser

Zeit seine Vorschläge und Verbesserungen an. Rory taucht oft in diesen Seiten auf – er war bei diesem allerersten Angelausflug dabei und seitdem ebenfalls sehr oft –, und es ist nur recht und billig, dass dieses Buch ihm gewidmet ist.

Meine Eltern hatten beide nicht das geringste Interesse am Angeln, aber beide halfen mir, meine jugendliche Besessenheit am Leben zu erhalten. Sie fuhren mich regelmäßig zu verschiedenen Lochs und Seen und gaben mir genug Taschengeld, um dieses Hobby zu ermöglichen. Das ist bei Weitem nicht der einzige Grund, warum ich ihnen dankbar bin, aber ein wichtiger.

Mein Dank geht an meinen Lektor Simon Taylor, der von dem Auenblick, da dieses Buch auf seinem Schreibtisch landete, größte Begeisterung dafür zeigte, und an das ganze Team bei Transworld, das die Veröffentlichung zu einem so einfachen und unterhaltsamen Prozess gemacht hat. Dank auch an meine Agentin Jenny Brown, die hätte versuchen können, mich davon abzuhalten, als ich zum ersten Mal erwähnte, ich wolle übers Angeln schreiben, die aber genau das Gegenteil getan hat. Ihre Unterstützung macht wie immer viel aus.

Dank an die Herausgeber von *Fly Culture und Fallon's Angler*, die frühere Versionen von *The Back of Ronas Hill* und *The Secret Loch* veröffentlicht haben.

Dank an Sam Tongue, der mir nützliches Feedback zu einer Fassung der Einführung lieferte; an Walter Wetherell, der mich genau im richtigen Augenblick ermutigte; und an Tim James und Dr. Andrew Herd, die mir beide großzügig Fragen beim Verfassen dieses Buchs beantworteten.

Schließlich einen Dank an Paddy, wer immer er war. Ich werde ihm ewig dankbar sein, dass er beschloss, Rory und mich zum Angeln mitzunehmen.

Literaturhinweise

*D*ie folgenden Quellen sind die, die im Text zitiert oder erwähnt werden, aber viele andere Werke haben das Schreiben dieses Buches beeinflusst. Besonders hilfreich waren dabei Tom Forts Sozialgeschichte des Angelns in Großbritannien, *Casting Shadows* (William Collins, 2020), und Andrew Herds Geschichte des Fliegenfischens, *The Fly* (Medlar Press, 2003). Jen Corrine Browns *Trout Culture* (University of Washington Press, 2015) hat mich viel über den Stellenwert des Fliegenfischens in der amerikanischen Geschichte und Kultur gelehrt, und Bob Wyatts *What Trout Want* (Stackpole Books, 2013) lieferte eine fachkundige Bestätigung meiner eigenen laienhaften Vermutungen über Fliegenmuster und die „Selektivität" der Fische.

Einführung

Harrison, Jim: ›Older Fishing‹, in: *Astream: American Writers on Fly Fishing*, hrsg. von Robert DeMott, Skyhorse Publishing 2014, S. 105ff.

Travler, Ailm: ›Fly Fishing Folly‹, in: *Uncommon Waters: Women Write About Fishing*, hrsg. von Holly Morris, The Seal Press 1991, S. 208ff.

Walton, Izaak und **Cotton, Charles**: *The Compleat Angler*, Arcturus Publishing, 2010. – Dt.: *Der vollkommene Angler*, Bohmeier Verlag, Leipzig 2013, übers. von. J. Schumacher.

Wetherell, W.D.: *One River More*, in: ders., *A River Trilogy*, Skyhorse Publishing 2018, S. 653.

Scaland Wood

Leeson, Ted: *The Habit of Rivers: Reflections on Trout Streams and Fly Fishing*, The Lyons Press 2006.

Yates, Chris: *The Deepening Pool*, The Medlar Press 2005.

Flüchtiges

Gierach, John: *Trout Bum*, Simon & Schuster Paperbacks 1986.

Mclean Norman: *A River Runs Through It and Other Stories*, University of Chicago Press 2001. – Dt.: *Aus der Mitte entspringt ein Fluss*, Fischer Taschenbuch Verlag 1991, übers. v. Bernd Samland.

Smith, Tracy K.: ›Astral‹, in: dies., *Duende*, Graywolf Press 2007, S. 27f.

Wells, A. Laurence: *The Observer's Book of Freshwater Fishes of the British Isles*, Frederick Warne & Co. 1961.

Die Imitation des Lebens

Ælian: *De Natura Animalium*, in: Radcliffe William: *Fishing from the Earliest Times*, John Murray 1921, S. 187f. – Dt.: Claudius Aelianus: *Vom Wesen der Tiere*, Hiersemann

Stuttgart 2020, übers. Paul Gerhardt Veh, bearbeitet v. Philipp Stahlhut.

Leeson Ted: *Jerusalem Creek: Journeys into Driftless Country*, The Lyons Press 2004.

Walton, Izaak und **Cotton, Charles**: *The Compleat Angler*, Arcturus Publishing, 2010. Dt.: *Der vollkommene Angler*, Bohmeier Verlag 2013, übers. von. J. Schumacher.

Betreten verboten!

Brown, Adam: ›The National Angling Survey‹, *Angling Research Resources* 2012.

Collier, Beth: ›Black Absence in Green Spaces‹, *The Ecologist*, 10 October 2019.

Fox, Kate: ›Life Among the Anglish‹, in: *Astream: American Writers on Fly Fishing*, hrsg. von Robert DeMott, Skyhorse Publishing 2014, S.87f.

Hoffmann, Richard C.: ›Fishing for Sport in Medieval Europe: New Evidence‹, *Speculum* 60 (4) 1985, S. 900ff.

Locker Alison: ›The Social History of Coarse Angling in England AD 1750-1950‹, *Anthropozoologica* 49 (1) 2014, S. 102.

N.N.: *Treatyse of Fysshynge wyth an Angle*, übers. von Duggan, Alfred, in: *Sports Illustrated*, 20 May 1957, S. 79. – Der *Treatyse* wird üblicherweise **Dame Juliana Bernes** zugeschrieben, ist aber nicht mit Sicherheit nachzuweisen.

N.N.: ›Special Report on Fishing‹, Outdoor Foundation 2018.

N.N.: ›Fly Tier‹, *The New Yorker*, 23 May 1942, S. 9.

Profumo, David, zit. nach: Tyzack, Anna: ›Megan Boyd: The Scottish Fishing Fly Maker Who Wove Magic‹, *The Telegraph*, 4 February 2014.

Stolk, Paul: ›Angling Participation: Interim Report‹, *Angling Research Resources* 2009.

US Government Report: ›National Survey of Fishing, Hunting, and Wildlife-Associated Recreation‹, U.S. Department of the Interior, Fish and Wildlife Service, and U.S. Department of Commerce, U.S. Census Bureau 2006.

Sich der Wildheit aussetzen

Farson, Negley: *Going Fishing*, Hamlyn Paperbacks 1983. – Dt.: *Auf Fischerspfaden durch die Welt*, Verlag A. Müller 1954, übers. von. Hellmut Lorenz.

Ders.: *The Way of a Transgressor*, Zenith Publishing 1983.

Halverson, Anders: *An Entirely Synthetic Fish: How Rainbow Trout Beguiled America and Overran the World*, Yale University Press 2010.

Hunter, Jim, zit. nach **McKenna, Kevin**: ›Scotland Has the Most Inequitable Land Ownership in the West. Why?‹, *The Observer*, 10 August 2013.

Middleton, Harry: *The Bright Country*, Pruett Publishing Company 2000.

Miller, Matthew L.: *Fishing Through the Apocalypse: An Angler's Adventures in the 21st Century*, The Lyons Press 2019.

Rangeley-Wilson, Charles: *The Accidental Angler*, Yellow Jersey Press 2007.

Zurücksetzen und Mitnehmen

Berger, John: *About Looking*, Pantheon 1980.

Dillard, Annie: *Teaching a Stone to Talk: Expeditions and Encounters*, Perennial Library 1988.

Dunayer, Joan: ›Animal Equality‹, Speech at the Austrian Animal Rights Conference, 2002.

Kimmerer, Robin Wall: *Braiding Sweetgrass: Indigenous Wisdom, Scientific Knowledge and the Teachings of Plants*, Milkweed Editions 2013. – Dt.: *Geflochtenes Süßgras*, Aufbau Verlag 2021, übers. von Elsbeth Ranke.

Leopold, Aldo: *A Sand County Almanac: And Sketches Here and There*, Oxford University Press 1968. – Dt.: *Am Anfang war die Erde*, Knesebeck 1992, dt. v. Elisabeth M. Walther.

McMahan, Jeff: ›The Meat Eaters‹, *The New York Times*, 19 September 2010.

Regan, Tom: *The Case for Animal Rights*, Routledge 1988.

Rose J.D. et al.: ›Can Fish Really Feel Pain?‹, *Fish and Fisheries* 15 (1) 2014.

Scruton, Roger: *Animal Rights and Wrongs*, Metro Books 2000.

Singer, Peter: *Animal Liberation*, Bodley Head 2015. – Dt.: *Die Befreiung der Tiere*, Rowohlt 1996, übers. von Claudia Schorcht.

Sneddon, L.U. et al.:›Do Fishes Have Nociceptors? Evidence for the Evolution of a Vertebrate Sensory System‹, *Proceedings of the Royal Society of London: Biological Sciences* 270, 2003.

Snyder, Gary:*The Practice of the Wild* (Shoemaker & Hoard, 2003. – Dt.: *Lektionen der Wildnis*, Matthes&Seitz 2011, übersetzt von Hanfried Blume.

Turner, Jack, zit. nach **Kerasote, Ted:** *Heart of Home: People, Wildlife, Place* Villard Books 1997.

Die Möglichkeit von Monstern

Hemingway Ernest: ›On the Blue Water‹, *Esquire*, 1 October 1973.

Hemingway, Lorian: ›The Young Woman and the Sea‹, in: *Uncommon Waters: Women Write About Fishing*, hrsg. von Holly Morris, The Seal Press, 1991

Nan Shepherd: *The Living Mountain*, Canongate 2011. – Dt.: *Der lebende Berg*, Matthes & Seitz 2017, übers. von Judith Zander.

Nach vorne schauen

Bøe, Eirik Glambek und **Øye, Erlend** (als **Kings of Convenience**): ›Singing Softly to Me‹, aus dem Album *Quiet is the New Loud*, EMI 2001.

Hallmann, Caspar A., et al.: ›More than 75 Percent Decline over 27 Years in Total Flying Insect Biomass in Protected Areas‹, *PLOS ONE* 12 (10), October 2017.

Hughes, Robert: *A Jerk on One End: Reflections of a Mediocre Fisherman*, The Harvill Press 2000.

O'Neill, Rose und **Hughes, Kathy**: ›The State of England's Chalk Streams‹, World Wildlife Fund 2014.

Ransome, Arthur: *Rod and Line*, Oxford Paperbacks 1980.

Sánchez-Bayo, Francisco und **Wyckhuys, Kris A. G.**: ›Worldwide Decline of the Entomofauna: A Review of Its Drivers‹, *Biological Conservation* 232, April 2019.

Schreiber, Le Anne: ›Life After Fly Fishing‹, in: *Astream: American Writers on Fly Fishing*, hrsg. von Robert DeMott, Skyhorse Publishing 2014, S. 246ff.

Sharkey, Feargal, zit. nach **N.N.**: ›Dumping Raw Sewage in Rivers‹, *Salmon & Trout Conservation*, 1 April 2021.

MALACHY TALLACK

60° Nord

Von der Faszination des Nordens und der Suche nach einem Zuhause

288 Seiten, 978-3-442-71917-4

Malachy Tallack begibt sich auf eine Reise entlang des 60. nördlichen Breitengrades, einmal rund um die Welt, und er beginnt und endet in Shetland, wo er den Großteil seines Lebens verbracht hat. Das Buch erzählt von den Landschaften – in Grönland, Alaska, Sibirien, Finnland – und den Menschen dort, ihrer Geschichte und der wechselseitigen Prägung durch Mensch und Natur. Durch die Auseinandersetzung mit den Themen Wildnis und Gemeinschaft, Isolation und Dialog, Exil und Gedächtnis, durch seinen klaren, kritischen Blick und die offene Selbsterforschung wird der Reisebericht des schottischen Autors zu einem anschaulichen, spannenden und sehr persönlichen Memoir.

Das Tal in der Mitte der Welt

Roman

384 Seiten, 978-3-442-77296-4

Shetland – Schafe und Natur, unbarmherziges Wetter, enge Bindungen und althergebrachte Lebensweisen. Hier, in dem Tal auf einer kleinen Insel, hat David sein ganzes Leben verbracht, wie vor ihm sein Vater und sein Großvater. Aber die Zeiten ändern sich, Menschen sterben oder ziehen weg, und David fragt sich, wie die Geschichten und Traditionen seines Tals weitergeführt werden sollen, während andere zweifeln, ob sie jemals dazugehören werden. Die Geschichte des kleinen Tals birgt die ganze Welt.